COLLECTION JULES VERNE

COLLECTION JULES VERNE
BAND 32

Die fünfhundert Millionen der Begum

Pawlak Taschenbuch Verlag, Berlin, Herrsching

Nachdruck mit freundlicher Genehmigung des
Verlages A. Hartleben, Inh. Dr. Walter Rob, Wien I.
Die Vorlagen für die Umschlagillustrationen der
Collection Jules Verne sind Jules Verne Bänden,
erschienen im A. Hartleben's Verlag, Wien, entnommen.
Umschlaggestaltung: Bine Cordes, Weyarn
Die Orthographie wurde der heutigen Schreibweise angeglichen.

Gesamtherstellung: Elsnerdruck GmbH, Berlin
Printed in Germany
ISBN: 3-8224-1032-2

Inhalt

Erstes Kapitel

In dem Mr. Sharp sich bei dem Leser einführt

»Diese englischen Zeitungen leisten doch wirklich alles mögliche!« sprach der wackere Doktor so für sich hin, während er sich's in dem großen, lederbezogenen Lehnstuhle bequem machte.

Doktor Sarrasin liebte den Monolog von jeher als eine Art Zerstreuung.

Er war ein Mann von fünfzig Jahren, mit feinen Zügen, lebhaften, durch die Stahlbrille hervorblitzenden Augen und ernster, doch liebenswürdiger Physiognomie, kurz, er gehörte zu den Leuten, bei deren erstem Anblick man sich sagt: Das ist ein braver Mann. Auch in heutiger früher Morgenstunde zeigte sich der Doktor, ohne daß seine Erscheinung etwas Gesuchtes verriet, schon frisch rasiert und mit blendend weißer Krawatte.

In seinem Hotelzimmer zu Brighton lagen da und dort die »Times«, der »Daily Telegraph« und die »Daily News« ausgebreitet. Es schlug eben zehn Uhr, doch hatte der Doktor schon Zeit gefunden, einen Weg in die Stadt zu machen, ein Krankenhaus zu besuchen und, nach seinem Hotel zurückgekehrt, in den wichtigsten Tagesblättern Londons den ausführlichen Bericht über eine Denkschrift zu lesen, die er erst vorgestern dem großen internationalen hygienischen Kongresse vorgelegt hatte und welche einen von ihm erfundenen »Blutkügelchen-Zähler« betraf.

Auf einem mit sauberer Serviette überdeckten Teebrette standen vor ihm ein schwach gebratenes Kotelett, eine Tasse dampfenden Tees und mehrere delikate Röstschnittchen, welche die englischen Köchinnen so vorzüglich zubereiten, weil ihnen die Bäcker dazu eine besondere Sorte kleiner Brote liefern.

»Ja, ja«, wiederholte er, »die Zeitungen des Vereinigten Königreichs leisten wirklich alles mögliche, das ist nicht zu leugnen! ... Der Speech des Vizepräsidenten, die Antwort des Doktor Cigogna aus Neapal, die Darlegung aus meiner Denkschrift – alles ist im Fluge, auf frischer Tat erfaßt, fotografiert möcht' ich's nennen.«

»Doktor Sarrasin aus Douai hat das Wort. Das ehrenwerte Mitglied des Kongresses spricht französisch. ›Die verehrten Zuhörer werden entschuldigen‹, beginnt er, ›daß ich mir diese Freiheit nehme; Sie verstehen aber jedenfalls alle meine Muttersprache besser, als ich mich in der ihrigen auszudrücken vermöchte‹ . . .«

»Fünf Spalten kleiner Schrift! . . . Ich weiß nicht, ob der Bericht der ›Times‹ den Vorzug verdient oder der im ›Telegraph‹ . . . zuverlässiger und eingehender kann man eben nicht referieren! . . .«

Hier stand Doktor Sarrasin eben in seinem Gedankengange, als der Zeremonienmeister in höchsteigener Person – einen geringeren Titel würde man der untadelhaft schwarzgekleideten Persönlichkeit kaum beizulegen wagen – an die Tür klopfte und anfragte, ob »Monsiou« zu sprechen sei . . .

»Monsiou« ist eine beliebte Allgemeinbezeichnung bei den Engländern, welche sie instinktiv allen Franzosen gegenüber gebrauchen, so wie sie gegen alle Regeln des Anstandes zu verstoßen fürchten würden, wenn sie einen Italiener nicht mit »Signor« und einen Deutschen nicht mit »Herr« anredeten. Gewiß hat diese durchgängig eingebürgerte Gewohnheit mindestens den Vorteil, die Nationalität der Leute gleich von vornherein kenntlich zu machen.

Doktor Sarrasin hatte die ihm überreichte Karte in der Hand. Erstaunte er überhaupt schon darüber, in einem Lande, wo er keinen Menschen kannte, Besuch zu erhalten, so war das noch mehr der Fall, als er auf dem kleinen, länglichviereckigen Kärtchen las:

»Mr. Sharp, Sollicitor,
93 Southampton row,
London.«

Er wußte, daß ein »Sollicitor« der einheimische englische Anwalt war, oder vielmehr ein Bastard-Rechtsbeflissener, ein Zwischending zwischen Kanzleianwalt und Advokat, etwa der frühere Prokurator.

»Was, zum Teufel, kann ich mit diesem Mr. Sharp zu schaffen haben«, fragte er sich selbst. »Sollte ich mich unbewußterweise vergangen haben? . . . Sind Sie sicher, daß diese Karte mir gilt?«

»O yes, Monsiou.«

»Gut, lassen Sie den Herrn eintreten.«

Der Zeremonienmeister öffnete die Tür einem noch jungen Manne, den der Doktor auf den ersten Blick als Angehörigen der großen Familie der »Totenköpfe« erkannte. Seine dünnen oder vielmehr vertrockneten Lippen, die langen weißen Zähne, die unter der pergamentartig durchschimmernden Haut fast offen liegenden Schläfengruben, der mumienhafte Teint und die kleinen Augen mit ihrem wahrhaft stechenden Blicke versetzten ihn unzweifelhaft in die Klasse jener, uns immer etwas abstoßenden Erscheinungen. Sein Skelett verbarg sich von den Fersen bis zum Hinterhaupte unter einem großkarierten Überrock, und in der Hand trug er eine Reisetasche von lackiertem Leder.

Diese Person trat ins Zimmer, grüßte flüchtig, legte Reisetasche und Hut ab, setzte sich, ohne eine Aufforderung dazu abzuwarten, und sagte:

»William Henry Sharp junior, Associé des Hauses Billows, Green, Sharp & Comp. . . . Ich habe doch die Ehre, Herrn Doktor Sarrasin . . .«

»Gewiß, mein Herr.«

»François Sarrasin?«

»Das ist mein Name.«

»Aus Douai?«

»Mein gewöhnlicher Aufenthaltsort.«

»Ihr Vater hieß Isidore Sarrasin?«

»Ganz richtig.«

»Wir gehen also davon aus, daß er Isidore Sarrasin hieß.«

Mr. Sharp zog ein Notizbuch aus der Tasche und fuhr fort:

»Isidore Sarrasin, gestorben zu Paris im Jahre 1857, 6. Arrondissement, Rue Taranne Nr. 54, Hotel des Ecoles, jetzt abgebrochen.«

»Alles in Ordnung«, bestätigte der Doktor mit wachsendem Erstaunen. »Würden Sie mir nun erklären . . .«

»Seine Mutter hieß Julie Langevol«, fuhr Mr. Sharp unbeirrt fort. »Sie stammte aus Bar-le-Duc, war eine Tochter von Benedict Langevol, wohnhaft in der Sackgasse Loriol, gestorben 1812, wie aus den amtlichen Registern genannter Stadt hervorgeht – diese Register sind eine höchst schätzbare Einrichtung, mein Herr, eine ungemein unschätzbare – Hm! . . . Hm! . . . und Schwester von Jean Jacques Langevol, Tambourmajor des 36. leichten . . .«

»Ich gestehe Ihnen«, fiel hier der über diese umfassende Kenntnis seiner Genealogie verwunderte Doktor ein, »daß Sie über verschiedene Punkte besser unterrichtet scheinen, als ich es selbst bin. Wirklich lautete meiner Großmutter Familienname Langevol, das ist aber auch alles, was ich von ihr weiß.«

»Sie verließ Bar-le-Duc im Jahre 1807 mit Ihrem Großvater Jean Sarrasin, den sie schon 1799 geheiratet hatte. Beide wandten sich zu Etablierung eines Klempnergeschäftes nach Melun und verblieben dort bis 1811, in welchem Jahre Julie Langevol, verehelichte Sarrasin, mit Tod abging. Ihrer Ehe entstammte nur ein einziges Kind, Isidore Sarrasin, Ihr Vater, mein Herr. Von hier ab weiß man nun nichts Weiteres, bis auf den Todestag des letzteren, der in Paris wieder auftauchte . . .«

»Den verlorenen Faden bin ich aber imstande, wieder anzuknüpfen«, sagte der Doktor, den diese wirklich mathematische Genauigkeit wider Willen mehr und mehr fesselte. »Mein Großvater etablierte sich später in Paris, um sich die Erziehung seines Sohnes, der medizinischen Studien oblag, zu erleichtern. Er starb im Jahre 1832 in Palaiseau bei Versailles, woselbst mein Vater praktizierte und ich selbst 1822 geboren wurde.«

»Sie sind mein Mann«, erklärte Mr. Sharp. »Keine Brüder oder Schwestern?...«

»Nein. Ich war und blieb der einzige Sohn, und meine Mutter starb schon, als ich erst zwei Jahre zählte. Doch werden Sie mir endlich mitteilen, mein Herr, wozu das...«

Mr. Sharp erhob sich.

»Sir Bryah Jowahir Mothooranath«, sagte er, diese Worte mit all' dem Respekt aussprechend, den jeder Engländer gegenüber vornehmen Titeln beobachtet, »ich schätze mich glücklich, Sie gefunden zu haben und als der erste Ihnen meine Huldigung darzubringen.«

»Der Mann ist von Sinnen«, dachte der Doktor, »kommt ja bei ›Totenköpfen‹ häufiger vor.«

Der Sollicitor erriet seinen Gedanken.

»Halten Sie mich um alles in der Welt nicht etwa für geisteskrank«, sagte er sehr ruhig. »Zur Stunde sind Sie der einzige bekannte Erbe des Baronet-Titels, welcher auf Vorschlag des General-Gouverneurs einst Jean Jacques Langevol verliehen wurde, der 1819 in den englischen Untertanenverband eintrat und später Witwer und Nutznießer der Besitzungen der Begum (Ehrentitel der indischen Fürstinnen) Gokool war, welche 1841 starb und nur einen Sohn hinterließ, der als Idiot ohne Nachkommen und ohne Testament im Jahre 1869 verschied. Die Nachlassenschaft betrug vor dreißig Jahren schon gegen fünf Millionen Pfund Sterling. Sie ward unter vormundschaftliches Sequester gestellt und während der Lebenszeit des schwachsinnigen Sohnes Jean Jacques Langevols fast durch die vollen Zinsenerträgnisse vermehrt. Im Jahre 1870 berechnete sich jene Verlassenschaft auf rund einundzwanzig Millionen Pfund Sterling oder fünfhundertfünfundzwanzig Millionen Francs. In Ausführung einer Entscheidung des Gerichtes in Agra, welche die höhere Instanz in Delhi und zuletzt auch der Geheime Rat des Reiches bestätigte, wurden die beweglichen und unbeweglichen Güter des Erblassers veräußert, der Ertrag des Verkaufes eingezogen und das ganze bei der Bank von England deponiert. Jetzt liegen daselbst fünfhundertsiebenundzwanzig Millionen Francs, die Sie durch eine einfache Anweisung erheben können, sobald Sie dem Kanzleramte die Beweise Ihrer Abstammung beigebracht haben und auf welche Summe ich mich schon hiermit erbiete, Ihnen bei der Bankfirma Trollop, Smith and Compagnie einen Vorschuß in jeder beliebigen Höhe . . .«

Doktor Sarrasin war versteinert. Eine kurze Zeit lang vermochte er keine Worte zu finden. Dann erwachte doch der Geist des Zweifels wieder in seinem Innern, und da er diese Verwirklichung eines Traumbildes aus »Tausendundeiner Nacht« nicht so ohne weiteres anerkennen wollte, sagte er:

»Ja, mein Herr, welche Beweise können Sie mir beibringen für die Wahrheit dieser ganzen Geschichte, und wie sind Sie auf meine Spur gekommen?«

»Die Beweisstücke befinden sich hier«, erwiderte Mr. Sharp, auf die Glanzledertasche klopfend. »Daß ich Sie jetzt auffand, ging sehr einfach zu. Eigentlich suche ich Sie schon seit fünf Jahren. Die Auskundschaftung der Berechtigten, der ›next of kin‹, wie das englische Recht sich ausdrückt, für die vielen unbeanspruchten Nachlassenschaften, welche die Gerichte in den britischen Besitzungen in Verwaltung nehmen, ist eine Spezialität unseres Hauses. Gerade die Erbschaft der Begum Gokool hält uns nun schon seit einem ganzen Lustrum in Atem. Wir streckten unsere Fühlhörner nach allen Seiten hin aus und stellten Nachforschungen über mehr als hundert Familien Sarrasin an, ohne darunter eine zu finden, welche von jenem Isidore herstammte. Ich beruhigte mich schon mit der Überzeugung, daß es einen Sarrasin in Frankreich nicht mehr gäbe, als ich gestern morgens bei der Durchlesung der ›Daily News‹ den Bericht von dem hiesigen hygienischen Kongresse und darin den Namen eines Arztes fand, den ich noch nicht kannte. Sofort nahm ich meine eigenen Notizen vor, verglich sie mit den Tausenden von Schriftstücken, die wir bezüglich dieser Angelegenheit aufgesammelt haben, und erkannte daraus zur größten Verwunderung, daß die Stadt Douai unserer Aufmerksamkeit entgangen war. In dem beinahe sicheren Bewußtsein, hiermit die richtige Spur entdeckt zu haben, benützte ich den ersten Zug nach Brighton, sah Sie selbst beim Verlassen des Kongresses und – meine Ahnung war erfüllt. Sie sind das lebendige Ebenbild Ihres Großvaters Langevol, wie ihn eine in unserem Besitz befindliche, nach einem Ölbilde des indischen Malers Saranoni angefertigte Fotografie darstellt.«

Mr. Sharp nahm eine Fotografie aus einem Notizbuche und übergab sie Doktor Sarrasin. Das Bild zeigte einen hochgewachsenen Mann mit prächtigem Barte, einem Turban mit flimmernder Aigrette und einem grün verbrämten Brokatrocke in der beliebten Haltung der historischen Porträts eines kommandierenden Generals, der den Befehl zu einem Angriffe ausfertigt, während sein Auge auf das des Beschauers gerichtet ist. Den Hintergrund bildete die Andeutung des Gewühls einer Schlacht und einer Reiterattacke.

»Diese Schriftstücke werden Ihnen mehr sagen als ich«, nahm Mr. Sharp wieder das Wort. »Ich lasse dieselben jetzt in Ihren Händen und komme mit Ihrer Erlaubnis nach zwei Stunden wieder, Ihre Aufträge entgegenzunehmen.«

Mit diesen Worten entnahm Mr. Sharp seiner Reisetasche sechs bis sieben teils gedruckte, teils geschriebene Aktenpakete, legte dieselben auf den Tisch nieder und näherte sich rückwärts schreitend langsam der Türe.

»Sir Bryah Jowahir Mothooranath, ich habe die Ehre, mich Ihnen zu empfehlen.«

Halb vertrauend und halb zweifelnd ergriff der Doktor die Aktenhefte und begann, sie zu durchblättern.

Schon eine flüchtige Prüfung genügte, ihn zu überzeugen, daß die Sache in Ordnung und jeder Zweifel unbegründet sei, gegenüber so vollwichtigen Dokumenten wie dem folgenden:

»Bericht an die hochehrwürdigen Lords des Geheimen Rates der Königin, deponiert am 5. Januar 1870, betreffend die unbeanspruchte Nachlassenschaft der Begum Gokool von Ragginahra, Provinz Bengalen.

Tatbestand. – Es handelt sich um das Eigentumsrecht mehrerer Mehals und 43.000 Bengales Ackerlandes, verschiedener Gebäude, Paläste, Wirtschaftshöfe, Mobilien, Kapitalien, Waffen usw. usw., welche aus der Nachlassenschaft der Begum Gokool von Ragginahra herrühren. Aus mehrfachen, dem Zivilgericht in Agra und dem Appelationsgericht in Delhi unterbreiteten Darlegungen geht hervor, daß die Begum Gokool, Witwe des Rajah Luckmissur und Erbin höchst umfangreicher Besitzungen, im Jahre 1819 einen Ausländer, einen Franzosen von Geburt, namens Jean Jacques Langevol ehelichte. Dieser Ausländer diente mit dem Grade eines Unteroffiziers (Tambourmajors) bis 1815 im 36. Infanterie-Regiment der französischen Armee und schiffte sich, als die sogenannte Loire-Armee damals aufgelöst wurde, in Nantes als Faktor eines Kauffahrers ein. Er langte in Kalkutta an, begab sich in das Innere des Landes und erhielt bald die Stelle eines Instruktions-Hauptmannes der kleinen Armee von Eingeborenen, welche der Rajah Luckmissur zu halten berechtigt war. In kurzer Zeit avancierte er zum Oberbefehlshaber derselben und erhielt, bald nach dem Tode des Rajah, auch die Hand von dessen Witwe. Aus Rücksichten der Kolonialpolitik und in Anbetracht der wichtigen Dienste, welche Jean Jacques Langevol den Europäern in Agra unter mißlichen Verhältnissen erwiesen, sah sich der General-Gouverneur der Präsidentschaft Bengalen veranlaßt, für den Gemahl der Begum den Baronetstitel zu erbitten, der ihm auch zugestanden wurde. Das Gebiet von Bryah Jowahir Mothooranath wurde infolgedessen zum Lehen erhoben. Die Begum verstarb im Jahre 1839 und hinterließ die Nutznießung aller ihrer Besitzungen an Langevol, der ihr zwei Jahre später ins

Grab nachfolgte. Ihrer Ehe entsproß nur ein einziger, von Kindheit auf schwachsinniger Sohn, der sofort unter obrigkeitliche Vormundschaft gestellt werden mußte. Bis zu seinem im Jahre 1869 erfolgten Tode wurden dessen Güter usw. getreulich administriert. Jetzt existieren für die ungeheure Nachlassenschaft keine bekannten Erben. Da das Gericht von Agra und der Appellationshof in Delhi auf Ansuchen der Lokalbehörden im Namen des Staates die Licitation dieses Nachlasses verfügt haben, geben wir uns die Ehre, die Lords des Geheimen Rates um ihre Bestätigung der beabsichtigten Maßnahmen zu ersuchen usw. usw.«

Folgen die Unterschriften.

Die beglaubigten Kopien der Gerichtsbescheide aus Agra und Delhi, die Verkaufsakten, Duplikate der Depositenscheine der Bank von England, ein Bericht über die in Frankreich getanen Schritte zur Auffindung der Erben Langevols, nebst einer großen Menge auf dieselbe Sache bezüglicher Dokumente verscheuchten auch Doktor Sarrasins letzte Zweifel. Er war nach Gesetz und Recht der »next of kin« und Erbe der Begum. Zwischen ihm und den in den Kellern der Bank von England deponierten 527 Millionen lag nur noch die Erfüllung gewisser Formalitäten, die einfache Herbeischaffung der beglaubigten Geburts- und Totenscheine.

Ein so unerhörter Glücksfall bringt ja wohl auch das ruhigste Gemüt etwas in Aufregung, und auch der gute Doktor konnte sich derselben, gegenüber dieser unerwarteten Gewißheit, nicht völlig erwehren. Jedenfalls hielt seine Erregung jedoch nicht lange an und machte sich nur in einer kurzen Promenade durch das Zimmer Luft. Dann gewann er wieder die vollkommene Herrschaft über sich, tadelte jenes vorübergehende Fieber als eine seiner unwürdige Schwäche, warf sich in einen Lehnstuhl und versank eine Zeitlang in tiefes Nachsinnen.

Hierauf schritt er nochmals im Zimmer auf und ab. Jetzt leuchteten seine Augen, aber in reinerem Feuer, man sah, daß sich aus seinem Innern ein großer edelmütiger Gedanke emporrang. Er erkannte ihn, überlegte, pflegte ihn mit Liebe und adoptierte ihn zuletzt.

Eben klopfte es an der Tür. Mr. Sharp kehrte zurück.

»Ich bitte Sie um Verzeihung wegen meines Zweifels«, redete ihn der Doktor vertraulich an. »Jetzt bin ich überzeugt und danke Ihnen vorläufig tausendmal für Ihre gehabte Mühe.«

»Bitte, bitte ... ein einfaches Geschäft ... mein Metier ...«, antwortete Mr. Sharp. »Darf ich hoffen, daß mir Sir Bryah sein wertes Vertrauen zuwenden wird?«

»Das versteht sich von selbst. Ich lege die ganze Sache in Ihre Hände ... nur darum bitte ich: Verschonen Sie mich mit jenem lächerlichen Titel ...«

Lächerlich! Ein Titel im Werte von einundzwanzig Millionen Pfund Sterling! sagten etwa die Gesichtszüge des Mr. Sharp, der aber viel zu sehr Hofmann war, um nicht sofort nachzugeben.

»Wie es Ihnen beliebt, Sie haben zu befehlen«, antwortete er mit einer Verbeugung. »Ich werde also wieder nach London zurückfahren und erwarte Ihre weitere Entschließung.«

»Darf ich diese Aktenstücke behalten?« fragte der Doktor.

»Gewiß, wir besitzen davon Duplikate.«

Als Doktor Sarrasin allein war, begab er sich nach dem Schreibtische, nahm ein Stück Briefpapier und schrieb wie folgt:

»Brighton, am 28. Oktober 1871.

Mein lieber Sohn! Es ist uns plötzlich ein enormes, ungeheures, übergroßes Vermögen zugefallen! Halte mich nicht für geistig gestört, sondern lies zunächst die gedruckten Aktenstücke, welche ich diesem Briefe beilege. Du wirst daraus ersehen, daß ich Erbe des Titels eines englischen oder vielmehr indischen Baronets und eines, jetzt bei der Bank von England deponierten Kapitals von mehr als einer halben Milliarde Francs bin. Ich weiß schon im voraus, mein lieber Octave, mit welchen Empfindungen Du diese unerwartete Nachricht aufnimmst. Du wirst, gleich mir, einsehen, daß solche Schätze uns ganz andere Pflichten auferlegen, und die Gefahren begreifen, die sie uns wegen ihrer Verwendung bereiten können. Kaum eine Stunde mit dem Sachverhalt bekannt, erstickt mir doch die Sorge um eine derartige Verantwortlichkeit schon halb die Freude, welche mir derselbe zuerst um Deinetwillen bereitet hatte. Vielleicht wirkt dieser Glückswechsel gar ungünstig auf unser späteres Schicksal ein! ... Als bescheidene Pioniere der Wissenschaft fühlten wir uns in der Verborgenheit glücklich. Wird das so bleiben? Nein, vielleicht; doch ich will jetzt einen in mir aufgestiegenen Gedanken noch unterdrücken – wenn jenes uns zugefallene Vermögen zu einem neuen mächtigen, wissenschaftlichen Hilfsmittel, zu einem fruchtbringenden Werkzeug der Zivilisation würde ... Doch davon sprechen wir später. Schreib' mir und sag' mir schnell, welchen Eindruck diese hochwichtige Neuigkeit auf Dich gemacht, und sorge, daß auch Deine Mutter davon erfährt. Ich hoffe, daß sie als verständige Frau diese Nachricht mit Ruhe und Gelassenheit aufnimmt. Deine Schwester ist noch zu jung, als daß ihr irgend etwas Derartiges das Köpfchen verwirren könnte. Freilich ist sie schon recht verständig; doch auch wenn sie sich alle möglichen Folgen der Dir übermittelten Nachricht zu vergegenwärtigen vermöchte, bin ich doch der Überzeugung, daß sie durch diesen plötzlichen Wechsel unserer Verhältnisse am wenigsten berührt würde. Einen Händedruck unserem lieben Marcel. Er ist bei keinem meiner Zukunftspläne vergessen.

Dein wohlgewogener Vater.
Dr. Fr. Sarrasin.«

Nachdem er diesen Brief mit den wichtigsten Dokumenten in ein Kuvert gesteckt und dieses mit der Aufschrift »Herrn Octave Sarrasin, Studierender an der Zentralschule für Künste und Gewerke, 32, rue du Roi-de-Sicile, Paris« versehen, nahm der Doktor seinen Hut, legte den Überrock an und begab sich zum Kongreß. Eine Viertelstunde später dachte der brave Mann nicht im geringsten mehr an seine Millionen.

Zweites Kapitel

Zwei Stubenburschen

Octave Sarrasin, der Sohn des Doktors, gehörte nicht geradezu unter die Faulenzer. Er war weder dumm noch gescheit, weder schön noch häßlich, weder blond noch braun und überhaupt ein Muster von Mittelmäßigkeit nach allen Seiten. Im Kolleg errang er sich gewöhnlich einen zweiten Preis und zwei oder drei Accessits. Beim Baccalaureats-Examen lautete seine Zensur »leidlich«. Einmal bei der Ecôle centrale abgewiesen, wurde er bei einer zweiten Prüfung mit Nummer hundertsiebenundzwanzig aufgenommen. Er war einer jener unentschiedenen Charaktere, einer der Geister, die sich schon mit einer unvollständigen Sicherheit zufriedengeben, die mit dem »Ungefähr« auf vertrautem Fuß stehen und durchs Leben wandeln wie ein Mondstrahl. In der Hand des Schicksals gleichen diese Leute dem Korkpfropfen auf dem Wellenkamme. Je nachdem der Wind von Norden oder Süden weht, werden sie nach dem Pole oder dem Äquator hineingetrieben. Ihre Laufbahn entscheidet nur der Zufall. Hätte sich Doktor Sarrasin nicht selbst einigen Täuschungen über den Charakter seines Sohnes hingegeben, so würde er wahrscheinlich gezögert haben, ihm jenen Brief zu schreiben; ein wenig väterliche Verblendung ist jedoch auch den besten Köpfen nachgelassen.

Zum Glück verfiel Octave gleich im Anfange seiner höheren Ausbildung der Herrschaft einer energischen Natur, deren etwas tyrannischer, aber wohltätiger Einfluß sich ihm mit unwiderstehlicher Gewalt aufdrängte.

Auf dem Lyzeum Charlemagne, wohin ihn sein Vater zur Beendigung der Studien geschickt hatte, schloß Octave einen innigen Freunschaftsbund mit einem seiner Kameraden, einem Elsässer, Marcel Bruckmann, der zwar ein Jahr jünger war als er, physisch, geistig und moralisch aber das entschiedenste Übergewicht über ihn behauptete. Der schon in seinem zwölften Jahre verwaiste Marcel Bruckmann besaß als Erbteil eine kleine Rente, welche gerade hinreichte, seine Kollegien zu bezahlen. Ohne Octave, der ihn während der Ferien zu seinen Eltern mitzunehmen pflegte, hätte er wohl niemals den Fuß außer die Mauern des Lyzeums gesetzt.

Erklärlicherweise wurde Doktor Sarrasins Familie bald auch die des jungen Elsässers. Trotz scheinbarer Kälte, doch von tiefempfindsamer Natur, sagte ihm eine innere Stimme, daß er jenen braven Leuten, die ihm Vater- und Mutterstelle vertraten, sein ganzes Leben zu widmen habe. Es ging also ganz natürlich zu, daß er Doktor Sarrasin, dessen Gattin und deren hübsches und schon recht verständiges Töchterchen aufrichtig verehren lernte, doch gab er allen seine Erkenntlichkeit nicht durch Worte, sondern mehr durch die Tat kund. Er stellte sich nämlich die angenehme Aufgabe, aus Jeanne, welche viel Wißbegierde zeigte, ein junges Mädchen mit klarem Verstande, mit festem, urteilsfähigem Geiste heranzubilden, und Octave gleichzeitig zu einem, seinem Vater würdigen Sohn zu erziehen. Die Erreichung dieser Ziele machte ihm der junge Mann allerdings weniger leicht als das junge Mädchen, das für sein Alter dem Bruder offenbar überlegen war. Marcel hatte sich aber einmal in den Kopf gesetzt, seine Aufgabe nach beiden Seiten hin zu erfüllen.

Marcel Bruckmann gehörte zu den mannhaften und klugen Köpfen, welche Elsaß-Lothringen alljährlich zu ihrer Erprobung in den Strudel des Pariser Lebens zu entsenden pflegte. Schon als Kind zeichnete er sich ebenso durch die Kraft und Geschmeidigkeit seiner Muskeln, wie durch seine hervorragenden geistigen Anlagen aus. Er war innerlich ebenso ganz willens- und tatkräftig, wie äußerlich ein Hüne von Gestalt. Von der Schule her beherrschte ihn stets das Bedürfnis, sich in allem auszuzeichnen, in der Arbeit wie beim Spiele, im Turnsaale wie im chemischen Laboratorium. Entging ihm ein Preis seiner jährlichen Ernte, so hielt er das Jahr für verloren. Mit zwanzig Jahren war er ein Riese an Körper, voller Leben und Tätigkeit, eine hochangespannte organische Maschine von größter Leistungsfähigkeit. Sein intelligenter Kopf erregte die Aufmerksamkeit feinerer Beobachter. Als zweiter in die Zentralschule eingetreten, hatte er beschlossen, sie nur als erster zu verlassen.

Nur seiner unbeugsamen und für zwei Menschen völlig ausreichenden Energie verdankte Octave überhaupt seine Zulassung. Im Laufe eines Jahres hatte ihn Marcel »gedrillt«, an strenge Arbeit, auch an das schöne Bewußtsein des Erfolges gewöhnt. Ihn beseelte für diese schwächliche, schwankende Natur ein Gefühl freundschaftlichen Mitleids, ähnlich demjenigen, das ein Löwe etwa für einen jungen Hund haben kann. Es machte ihm Vergnügen, diese anämische Pflanze durch den Überschuß seines Lebenssaftes zu kräftigen und sie auch neben sich Früchte zeitigen zu lassen.

Der Krieg von 1870 überraschte die beiden Freunde, als sie eben mit Absolvierung ihres Examens beschäftigt waren. Sofort, nachdem der Unterricht unterbrochen worden, trat Marcel voll patriotischen Schmerzes über die Gefahren, welche Straßburg und Elsaß bedrohten, in das einunddreißigste Bataillon der Jäger zu Fuß ein. Octave folgte seinem Beispiel.

Schulter an Schulter standen beide Vorposten während der schrecklichen Belagerung von Paris. Bei Champigny erhielt Marcel eine Kugel in den rechten Arm, bei Buzeval eine Epaulette auf die linke Schulter. Octave besaß weder eine Auszeichnung noch eine Wunde. Gewiß lag dieser Mangel nicht an ihm, denn er wich auch im Feuer nie von seines Freundes Seite; kaum sechs Meter blieb er hinter jenem zurück; sechs Meter taten eben alles.

Nach dem Friedensschlusse und der Wiederaufnahme der gewohnten Arbeiten bewohnten die Studierenden zwei benachbarte Zimmer in einem einfachen Hause in der Nähe des Kollegs. Das Unglück Frankreichs, der Verlust Elsaß' und Lothringens hatten Marcels Charakter die ganze Reife des Mannes aufgeprägt.

»Es ist die Aufgabe der französischen Jugend«, sagte er, »die Fehler ihrer Väter wiedergutzumachen, ein Ziel, das sie nur durch ernstliche Arbeit zu erreichen vermag.«

Um fünf Uhr stand er gewöhnlich auf und nötigte Octave ebenfalls dazu. Er geleitete ihn zum Unterricht und beim Spazierengehen und wich nie einen Fuß breit von seiner Seite. Nach Hause zurückgekehrt, ging es an die Arbeit, die wohl zuweilen durch eine Pfeife Tabak und eine Tasse Kaffee gewürzt wurde. Um zehn Uhr ging man zu Bett mit befriedigtem, wenn auch nicht zufriedenem Herzen und von geistiger Nahrung gesättigt. Von Zeit zu Zeit eine Partie Billard, ein gutes Schauspiel, in längeren Zwischenräumen ein Konzert des Konservatoriums, ein Ritt bis in den Wald von Verrières, ein Spaziergang unter den Bäumen, zweimal wöchentlich ein Wettkampf im Boxen und Fechten – das waren so die Zerstreuungen der beiden Freunde. Octave versuchte zwar manchmal, sich gegen diese Ordnung aufzulehnen, und ließ seine Neigung zu weniger empfehlenswerten Vergnügungen durchschimmern. Er sprach davon, Aristide Leroux zu sehen, der in der Brauerei von St. Michel seinen Mann stellte. Marcel spottete aber so bitter über derartige Abweichungen, daß jener seine Lust meist unterdrückte.

Am 29. Oktober 1871 saßen die beiden Stubenburschen gegen sieben Uhr abends wie gewöhnlich an demselben Tische unter dem Schirme einer gemeinschaftlichen Lampe. Marcel war mit Leib und Seele in ein Problem der deskriptiven Geometrie vertieft. Octave beschäftigte sich höchst aufmerksam mit der für ihn leider weit wichtigeren Herstellung einer Kanne Kaffee. Hierin zeichnete er sich mit Vorliebe aus, weil er damit täglich Gelegenheit fand, für einige Minuten der schrecklichen Notwendigkeit, verwirrte Gleichungen aufzulösen, eine der Aufgaben, die Marcel seiner Meinung nach gar zu häufig wiederholte, überhoben zu sein. Tropfen für Tropfen ließ er also das siedende Wasser durch eine dicke Schicht gemahlenen Mokkas sickern, ein stilles Vergnügen, das ihm volle Befriedigung gewährte. Wenn Marcels Fleiß ihm Gewissensbisse machte, so fühlte er stets das unwiderstehliche Bedürfnis, ihn wenigstens durch sein Geplauder einmal zu stören.

»Wir werden uns wohl einen ordentlichen Durchseiher anschaffen müssen«, sagte er plötzlich. »Dieser antike Filter steht wahrlich nicht auf der Höhe der Zivilisation.«

»So kauf einen Durchseiher! Das wird mindestens dazu dienen, dich nicht jeden Abend eine Stunde bei dieser Kocherei verspielen zu lassen!« antwortete Marcel.

Wiederum wandte er sich seinem Problem zu.

»Ein Gewölbe hat als Intrados ein Ellipsoid mit drei ungleichen Winkeln. A, B, D, E sei die Grundellipse, welche die größte Achse o A = a enthält, die mittlere Achse aber o B = b, während die kleinste Achse (o, o′, o^1) vertikal und gleich c ist, wonach das Gewölbe ein gedrücktes darstellt...«

In diesem Augenblick klopfte es an die Türe.

»Ein Brief, Herr Octave Sarrasin!« rief der Hausbursche herein.

Man kann sich denken, wie lieb dem jungen Studenten diese Abwechslung war.

»Der ist von meinem Vater«, bemerkte Octave. »Ich erkenne die Handschrift... Das nennt man doch wenigstens ein Sendschreiben!« fügte er, das Papierpaket in der Hand wiegend, hinzu.

Marcel wußte so wie er, daß der Doktor in England verweilte. Als er vor acht Tagen durch Paris kam, wurde seine Anwesenheit durch ein den beiden Kameraden gegebenes Mittagsmahl im Restaurant des Hotel-Royal gefeiert, das früher berühmt, jetzt aus der Mode gekommen ist, von Doktor Sarrasin aber noch immer als das Nonplusultra des Pariser Raffinements betrachtet wurde.

»Teile mir mit, was der Vater von dem hygienischen Kongresse schreibt«, sagte Marcel. »Es war von ihm ein guter Gedanke, dahinzugehen. Die französischen Gelehrten verfallen zu leicht in den Fehler, sich zu isolieren.«

Marcel machte sich wieder an das Studium seines Problems.

»... Die Extrados bestehen aus einem dem ersten ähnlichen Ellipsoid, das sein Zentrum unter o^1 der Vertikale o haben möge. Nach Bezeichnung der Brennpunkte der drei Hauptellipsen F_1, F_2, F ziehen wir die Hilfsellipse und Hyperbel, deren gemeinschaftliche Achse ...«

Da veranlaßte ihn ein Schrei Octaves den Kopf zu erheben.

»Was gibt es denn?« fragte er, etwas beunruhigt über das erbleichte Gesicht seines Freundes.

»Lies selbst!« erwiderte dieser, der über die eben empfangene Nachricht ganz von Sinnen zu sein schien.

Marcel nahm den Brief, las ihn zu Ende, durchlas ihn noch einmal, warf einen Blick auf die ihn begleitenden Dokumente und sagte:

»Das ist merkwürdig!«

Dann stopfte er seine Pfeife und setzte sie in aller Muße in Brand. Octave hing an seinen Lippen.

»Glaubst du, daß das alles wahr ist?« fragte er mit zitternder Stimme.

»Wahr? ... Natürlich. Der Vater hat einen viel zu klaren Verstand und wissenschaftlichen Geist, als daß er sich durch eine derartige Täuschung fangen ließe. Übrigens liegen ja die Beweise bei und die Sache ist im

Grunde sehr einfach.«

Nachdem die Pfeife richtig in Ordnung gebracht war, ging Marcel aufs neue an seine Arbeit. Octave stand mit schlotternden Armen dabei, unfähig, nur noch den Kaffee zustande zu bringen, viel weniger vermögend, einen logischen Gedanken zu erfassen. Er fühlte sich aber gedrängt zu sprechen, nur um sich zu überzeugen, daß er nicht träume.

»Aber . . . wenn das wahr ist, so stellt das alles auf den Kopf! . . . Weißt du wohl, daß eine halbe Milliarde ein wahrhaft enormes Vermögen darstellt?«

Marcel erhob wie zur Bestätigung den Kopf.

»Enorm ist das richtige Wort. Es gibt vielleicht kein ähnliches in ganz Frankreich; man kennt nur wenig solche Vermögen in den Vereinigten Staaten und fünf oder sechs in England, fünfzehn oder zwanzig in der ganzen Welt.«

»Und ein Titel noch obendrein!« rief Octave, »ein Baronets-Titel! Ich habe gewiß niemals danach gestrebt, einen solchen zu besitzen, da sich dieser aber von selbst bietet, so muß man doch wohl zugestehen, daß er einen eleganteren Klang hat als der bloße Name Sarrasin.«

Marcel blies eine dicke Rauchwolke vor sich her, sagte aber kein Wort. Diese Wolken sagten ja deutlich genug: »Bah! . . . Bah!«

»Ich hätte es«, fuhr Octave fort, »gewiß nie so gemacht wie viele Menschen, welche ihren ehrlichen Namen ein Partikelchen anhängen oder sich ein papierenes Marquisat erkaufen! Doch einen echten authentischen Titel zu besitzen, der völlig regelrecht in die ›Peerage‹ Großbritanniens und Irlands eingetragen ist, ohne daß darüber ein Zweifel oder Einspruch aufkommen kann, wie das sonst so häufig geschieht . . .«

»Die Pfeife Marcels wiederholte immer ihr »Bah . . . Bah!«.

»Du magst nun dagegen sagen, was du willst, mein Lieber«, fuhr Octave mit Wärme fort, »aber ›das Blut ist doch etwas Besonderes‹, wie die Engländer sagen.«

Er hielt vor dem spöttischen Blicke Marcels ein wenig ein und kam wieder auf seine Millionen zurück.

»Erinnerst du dich«, plauderte er weiter, »daß Binôme, unser Mathematik-Professor, in seiner ersten Stunde jedes Unterrichtsjahres regelmäßig wiederkäute, daß eine halbe Milliarde eine größere Zahl ist, als daß der menschliche Geist sich von ihr eine richtige Vorstellung zu machen imstande wäre, wenn man nicht die graphische Darstellung zu Hilfe nähme? ... Du weißt wohl noch, daß ein Mann, selbst wenn er jede Minute einen Franc verausgabte, mehr als tausend Jahre brauchte, um mit jener Summe fertig zu werden. Oh, wahrhaftig ... es ist doch ein eigentümliches Gefühl, sich zu sagen, daß man der Erbe einer halben Milliarde Francs ist!«

»Eine halbe Milliarde Francs«, wiederholte Marcel mehr erregt durch das Wort als die Sache selbst. »Weißt du auch, was ihr am besten damit anfangen könntet? Ihr solltet sie Frankreich schenken zur Bezahlung seiner Kriegsschulden! Das Vaterland brauchte nur zehnmal so viel! ...«

»Laß um Himmels willen meinem Vater gegenüber von einem solchen Gedanken nichts verlauten! ...« rief Octave erschreckt. »Er wäre imstande, darauf einzugehen. Ich sehe schon kommen, daß er selbst über ein ähnliches Projekt nachdenken wird ... es mag noch hingehen, dem Staate das Kapital zu verschreiben, aber die Rente davon müßten wir mindestens für uns behalten!«

»Sieh da, du bist ja, ohne davon eine Ahnung zu haben, ein geborener Kapitalist!« erwiderte Marcel. »Dennoch sagt mir ein gewisses Etwas, mein armer Octave, daß es für dich besser gewesen wäre – wenn nicht auch für deinen Vater, der doch klaren Kopf und Sinn hat –, daß diese ungeheure Erbschaft sich auf bescheidenere Dimensionen beschränkte. Ich sähe es weit lieber, du hättest mit deiner braven kleinen Schwester eine Rente von fünfundzwanzigtausend Pfund zu verzehren, als diesen Berg von Gold!« Er ging wieder an seine Arbeit.

Auch Octave war es unmöglich, ganz müßig zu bleiben, und er wanderte deshalb so hastig im Zimmer auf und ab, daß sein Freund endlich ungeduldig wurde.

»Du würdest besser tun, in die Luft zu gehen«, sagte er, »heute abend bist du doch für alles andere untauglich.«

»Du hast recht!« antwortete Octave, der mit Freuden diese halbe Erlaubnis ergriff, jeder Art von Arbeit zu entschlüpfen.

Schnell griff er nach dem Hute, eilte die Treppen hinab und befand sich auf der Straße. Nach kaum zehn Schritten machte er schon wieder unter einem Gaskandelaber halt, um den Brief seines Vaters noch einmal zu durchlesen. Er fühlte das Bedürfnis, sich zu überzeugen, daß er wirklich wach sei.

»Eine halbe Milliarde! . . . Eine halbe Milliarde . . .«, wiederholte er sich immer. »Das gibt mindestens fünfundzwanzig Millionen Rente . . . Wenn mir mein Vater jährlich nur eine zum Unterhalte gewährt, nur eine halbe, nur eine viertel davon, so wäre ich ja glücklich. Mit Geld läßt sich gar viel anfangen! Gewiß würde ich es weise anwenden. Ich bin doch kein Dummkopf, nicht wahr? . . . Man hat ja in der Ecôle centrale Aufnahme gefunden! . . . Dazu besitze ich auch einen Titel! . . . Ich werde ihm keine Schande machen!«

Im Vorbeigehen sah er sich in den Spiegelscheiben eines Ladens.

»Ich werde ein Hotel haben und Pferde! . . . Marcel natürlich ganz wie ich. Von dem Augenblicke an, wo ich reich bin, ist es ganz dasselbe, als ob er es wäre. Das versteht sich von selbst! . . . Eine halbe Milliarde! . . . Baronet! . . . Es ist drollig; jetzt, da es gekommen ist, scheint es mir, als hätte ich schon darauf gewartet. Eine innere Stimme sagte mir, daß ich nicht dazu auserlesen sei, ewig über Büchern zu brüten und Gleichungen zu enträtseln! . . . Doch wie dem auch sei, es ist doch ein schöner Traum!«

Octave wanderte mit derlei Gedanken im Kopfe längs der Arkaden der Rivoli-Straße hin. Er kam nach den

Elysäischen Feldern, bog um die Ecke der Rue Royale und gelangte nach dem Boulevard. Früher fiel sein Blick teilnahmslos auf die Schaufenster mit ihren glänzenden Ausstattungen, die er als unnütze Sachen betrachtete, welche ihn nichts angingen. Heute blieb er davor stehen und empfand mit freudiger Erregung, daß alle diese Schätze ihm gehörten, wenn er nur wollte.

»Für mich«, sagte er, »drehen die Spinnerinnen Hollands ihre Spindeln, für mich erzeugt Elboeuf seine geschmeidigen Gewebe, konstruieren die Uhrmacher die feinsten Chronometer, strahlt der Kronleuchter der großen Oper sein Meer von Licht, klingen die Geigen und schreien sich die Sängerinnen heiser! Für mich züchtet man Vollblut in den Manegen und erstrahlt das Café Anglais in vollem Glanze! ... Paris ist mein! ... Alles gehört mir! ... Sollte ich nicht auf Reisen gehen? Nicht meine Baronie in Indien besuchen? Da könnte ich einmal eine Pagode kaufen, sowie die bronzenen und elfenbeinernen Idole über den Marktpreis bezahlen! ... Dann schaffte ich mir Elefanten an ... ginge auf die Tigerjagd! ... Und die herrlichen Gewehre! ... Das prächtige Boot! ... Ein Boot? Ei nein, aber eine schöne tüchtige Dampfyacht, die mich hinbringt, wohin ich will, und anhält und abfährt nach meinem Belieben. Halt, da ich eben beim Dampf bin, meiner Mutter werd ich doch Nachricht zugehen lassen müssen. Wenn ich nun nach Douai führe? ... Aber jetzt ist Unterrichtszeit ... oh, das Kolleg, man kann ja wohl einmal fehlen. Aber Marcel muß davon wissen. Ich werde ihm eine Depesche senden, er muß doch begreifen, daß es mich drängt, unter solchen Umständen meine Mutter und meine Schwester zu sehen.« Octave trat in ein Telegrafenbüro, meldete seinem Freunde, daß er abreise und in zwei Tagen zurückkehren werde. Dann sprang er in einen Fiaker und ließ sich nach dem Nordbahnhof fahren.

Sobald er im Waggon saß, setzte er seine Träumereien fort.

Um zwei Uhr morgens läutete Octave geräuschvoll an

der Türe seines Vaterhauses – an der Nachtklingel – und setzte das friedliche Stadtviertel des Aubette in Aufregung.

»Wer mag denn so krank sein?« fragten sich die Gevattern von einem Fenster zum anderen.

»Der Doktor ist nicht in der Stadt!« rief die alte Magd aus ihrer Luke in der obersten Etage herab.

»Ich bin's, Octave! . . . Machen Sie schnell auf, Francine!« Nach längerem Warten gelang es Octave, in das Haus einzudringen. Seine Mutter und die Schwester Jeanne liefen eiligst in Nachtkleidern herbei, um die Ursache seines plötzlichen Besuches zu erfahren. Der mit lauter Stimme vorgelesene Brief des Doktors lieferte schnell den Schlüssel zu diesem Rätsel.

Madame Sarrasin war einen Augenblick ganz außer sich. Mit Freudentränen im Auge, umarmte sie ihren Sohn und ihre Tochter. Es schien ihr, als gehöre ihnen nun die ganze Welt und als könnte das Unglück unmöglich jemals die jungen Leute treffen, welche jetzt einige hundert Millionen besaßen. Die Frauen sind indes weit mehr als die Männer dazu geschaffen, große Schicksalswandlungen zu ertragen. Madame Sarrasin durchlas den Brief ihres Gatten noch einmal, sagte sich, daß es seine Sache wäre, über ihr Geschick und das der Kinder zu bestimmen, und die Ruhe zog damit wieder in ihr Herz ein. Jeanne schien über die Freude ihrer Mutter und ihres Bruders beglückt zu sein; ihr dreizehnjäriges Köpfchen selbst aber träumte von keinem größeren Glücke, als sie in diesem kleinen Hause schon genoß, wo sich ihr Leben zwischen dem Unterrichte der Lehrer und den Liebkosungen der Eltern in Frieden und Freuden abspielte. Sie hatte keine besondere Vorstellung davon, warum einige Stöße Banknoten mehr in ihrer Lebensweise eine besondere Veränderung hervorbringen sollten, und machte sich deshalb über die Zukunft keine besonderen Sorgen.

Madame Sarrasin, sehr jung schon die Gattin eines gänzlich mit seinen stillen Studien beschäftigten Fachgelehrten, respektierte die Liebhaberei ihres Mannes, den sie zärtlich liebte, wenn sie ihn auch nicht immer verstand. Da sie das Glück, das Doktor Sarrasin in seiner Arbeit fand, nicht zu teilen vermochte, fühlte sie sich wohl manchmal etwas vereinsamt an der Seite dieses fleißigen Forschers und wandte ihre Liebe, ihre Hoffnungen nur desto mehr ihren Kindern zu. Für sie träumte sie immer eine glänzende Zukunft, welche ihnen unzweifelhaft bevorstehen müsse. Octave – daran zweifelte sie keinen Augenblick – war gewiß noch zu höheren Dingen berufen. Seit seinem Eintritte in die Zentralschule hatte sich die bescheidene und nützliche Akademie für junge Ingenieure in ihrer Vorstellung zu einer Pflanzschule berühmter Männer erhoben. Ihre einzige Beunruhigung hatte den Grund darin, daß sie ihr geringes Vermögen für ein Hindernis, für eine Schwierigkeit ansah, welches die glorreiche Laufbahn ihres Sohnes hemmen und auch der einstigen Lebensstellung ihrer Tochter schaden könne. Was sie jetzt freilich aus dem Schreiben ihres Mannes ersah, sagte ihr, daß sie solche Befürchtungen fallenlassen könne. Jetzt war ihre Befriedigung vollständig.

Mutter und Sohn verbrachten einen großen Teil der Nacht plaudernd und Pläne entwerfend, während die mit der Gegenwart zufriedene und um die Zukunft unbesorgte Jeanne in einem Lehnstuhl friedlich eingeschlummert war.

Endlich wollten sich auch die beiden anderen einige Ruhe gönnen.

»Du hast mir noch gar nichts von Marcel mitgeteilt«, sagte Madame Sarrasin zu ihrem Sohne. »Setztest du ihn von dem Briefe des Vaters etwa gar nicht in Kenntnis? Was meint er dazu?«

»Oh«, erwiderte Octave, »du kennst ja Marcel! Er ist mehr als ein Gelehrter, er ist ein Stoiker vom Kopf bis zu den Zehen! Ich glaube, er erschrak über die Größe dieser Erbschaft, d. h. in bezug auf uns; den Vater nahm er davon aus, dessen gesunder Sinn, wie er sagte, und tiefe wissenschaftliche Bildung ihn beruhigte. Zum Teufel, aber was dich betrifft, Mutter, und Jeanne auch und vorzüglich mich, so verhehlte er nicht, daß er eine geringere Erbschaft, so etwa fünfundzwanzigtausend Pfund Rente, weit lieber gesehen hätte ...«

»Marcel hat vielleicht so unrecht nicht«, antwortete Madame Sarrasin mit einem Blick auf ihren Sohn. »Ein plötzlicher Glücksfall birgt für gewisse Naturen nicht selten seine Gefahren!«

Jeanne war eben wieder erwacht und hatte nur die letzten Worte ihrer Mutter gehört.

»Du weißt, Mama«, sagte sie, sich die Augen reibend und nach ihrem Kämmerchen wankend, »du weißt, was du mir eines Tages gesagt hast, daß Marcel immer recht habe! Ich, ich glaube, was unser Freund Marcel für wahr hält!«

Jeanne umarmte noch ihre Mutter und verschwand.

Drittes Kapitel

Unter »Vermischtes«

Als sich Doktor Sarrasin zur vierten Sitzung des hygienischen Kongresses einstellte, drängte sich ihm die Beobachtung auf, daß ihn alle Kollegen mit ganz besonderer Auszeichnung empfingen. Bis jetzt hatte der ehrenwerte Lord Glandover, Ritter des Hosenbandordens, der den nominellen Vorsitz der Versammlung führte, es kaum für der Mühe wert erachtet, von der persönlichen Anwesenheit des französischen Arztes Notiz zu nehmen.

Dieser Lord war ein hochgestellter Mann, dessen Aufgabe darin bestand, die Sitzungen zu eröffnen oder zu schließen und ganz mechanisch denjenigen Rednern das Wort zu erteilen, welche auf einer ihm vorliegenden Liste verzeichnet standen. Er steckte stets die Hand in eine Öffnung seines im übrigen zugeknöpften Überrockes – nicht etwa, weil er vom Pferde gestürzt war – sondern einzig deshalb, weil einige englische Bildhauer diese unbequeme Stellung für die Statuen mehrerer Staatsmänner gewählt hatten.

Ein bleiches glattes Gesicht mit einzelnen roten Flekken, eine Perücke aus Queckengras, hoch über einer wahrscheinlich etwas hohlklingenden Stirne aufgetürmt, bildeten eine höchst komische und gleichzeitig ungeheuer steife Erscheinung. Lord Glandover bewegte sich nur im ganzen, als wäre er aus Holz oder Papiermaché hergestellt. Selbst seine Augen zuckten unter dem Knochenbogen ihrer Höhlen nur stoßweise, wie die einer Puppe oder eines Gliedermannes.

Bei der ersten Vorstellung hatte der Präsident des hygienischen Kongresses Doktor Sarrasin mit gnädiger Herablassung begrüßt, welche, in Worte übersetzt, etwa lautete:

»Guten Tag, Sie kleiner Mann! . . . Sie sind also derjenige, welcher, um sein bißchen Leben zu gewinnen, solche kleinen Arbeiten mit den kleinsten Maschinchen ausführt? . . . Ich muß in der Tat ein scharfes Gesicht besitzen, um eine auf der Stufenleiter der lebenden Wesen so tief unter mir stehende Kreatur zu erkennen . . . Setzen Sie sich in den Schatten meiner Herrlichkeit, ich gestatte es Ihnen!« Heute begrüßte ihn Lord Glandover mit dem zuvorkommendsten Lächeln und trieb die Höflichkeit so gar so weit, ihm einen leeren Platz an seiner rechten Seite anzubieten. Übrigens hatten sich auch alle übrigen Mitglieder des Kongresses von ihren Sitzen erhoben.

Verwundert über diese Zeichen außerordentlich schmeichelhafter Aufmerksamkeit und in der Überzeugung, daß der Blutkügelchen-Zähler seinen Kollegen bei näherer Betrachtung doch als eine weit wichtigere Entdeckung als auf den ersten Blick erschienen sei, nahm Doktor Sarrasin den ihm angebotenen Platz ein.

All sein Entdeckerstolz schwand aber dahin, als Lord Glandover sich mit einer so ungewohnten Verrenkung, daß er sich dabei wohl einen steifen Hals zuziehen konnte, zu seinem Ohr neigte und sagte:

»Ich höre, daß Sie ein Mann von großem Vermögen sind? Man sagt mir, Sie ›wären einundzwanzig Millionen Sterling wert‹?«

Lord Glandover schien untröstlich, daß er das eine so hübsche Summe erreichende Äquivalent an Fleisch und Bein hatte so unbeachtet lassen können.

»Warum teilten Sie mir das nicht gleich mit? ... Offen gesagt, das war nicht hübsch; man soll sich nicht solchem falschen Verdacht aussetzen!«

Doktor Sarrasin, der sich seinem Gefühle nach nicht um einen Deut mehr wert schätzte als bei den früheren Sitzungen, fragte sich, wie die ihn betreffende Neuigkeit schon eine solche Verbreitung habe finden können, als ihm Doktor Ovidius aus Berlin, sein rechter Nachbar, mit falschem Lächeln zuflüsterte:

»Sie sind ja ein wahrer Rothschild geworden! – Der ›Daily Telegraph‹ bringt schon die Nachricht! ... Meinen herzlichen Glückwunsch!«

Er übergab ihm dabei eine Nummer des Journals von demselben Morgen. Da las man unter der Rubrik »Vermischtes« folgende Zeilen, die ihren Verfasser deutlich genug erkennen ließen:

»Eine ungeheure Erbschaft. – Die berühmte, unerhobene Nachlassenschaft der Begum Gokool hat endlich durch die Gewandtheit und Mühe der Herren Billows, Green und Sharp, Sollicitors, 93 Southampton row, London, ihren berechtigten Empfänger gefunden. Der glückliche Eigentümer jener jetzt in der Bank von England niedergelegten einundzwanzig Millionen Sterling ist ein französischer Arzt, der Doktor Sarrasin, über dessen schöne Denkschrift, die er dem Kongresse für Hygiene in Brighton vorgelegt, wir vor wenig Tagen erst berichtet haben. Nach vieler Mühe und vergeblichen Nachforschungen, deren Aufzählung fast einen Roman für sich bilden würde, ist Mr. Sharp der unbestreitbare Nachweis gelungen, daß Doktor Sarrasin der einzige lebende Nachkomme des Baronet Jean Jacques Langevol, des zweiten Gemahls der Begum Gokool, ist. Der Erwähnte stammt, wie alle Dokumente bestätigen, aus der kleinen französischen Stadt Bar-le-Duc. Zum Zwecke der Besitzergreifung sind nur noch einige unbedeutende Formalitäten zu erfüllen. Das Gesuch liegt dem Kanzleihofe jetzt schon vor. Es ist wahrlich eine wunderbare Verknüpfung von Umständen zu nennen, die auf das Haupt eines französischen Gelehrten außer einem britannischen Titel nun die Schätze einer ganzen Reihe indischer Rajahs aufgehäuft haben. Die Glücksgöttin hätte ja auch eine minder gute Wahl treffen können, und man darf wohl darüber erfreut sein, daß ein so bedeutendes Kapital in Hände gefallen ist, welche gewiß den besten Gebrauch davon zu machen wissen werden.«

Es war eine ganz eigentümliche Empfindung, welche Doktor Sarrasin die so schnelle Veröffentlichung seiner Angelegenheit widerwärtig erscheinen ließ; nicht die kleinen Unannehmlichkeiten waren daran schuld, die er als scharfer Menschenkenner als nächste Folge derselben voraussah, sondern er fühlte sich selbst erniedrigt durch die Wichtigkeit, die man der ganzen Sache beilegte; er erschien sich persönlich verkleinert gegenüber der enormen Summe seines Kapitals. Seine Arbeiten, sein persönliches Verdienst – was er selbst nicht zu gering anschlug – verschwanden schon in diesem Ozean von Gold und Silber, selbst in den Augen seiner Kollegen. Sie sahen in ihm nicht mehr den unermüdlichen Forscher, den feinen, erleuchteten Geist, den scharfsinnigen Erfinder – sie erkannten in ihm nur eine halbe Milliarde. Wäre er ein kropfbehafteter Krüppel aus den Hochalpen gewesen, ein roher Hottentotte, ein noch so tief gesunkenes Menschenkind, statt einer der ehrenwertesten Repräsentanten der Menschheit, sein »Gewicht« wäre doch dasselbe geblieben. Lord Glandover hatte sich des Wortes bedient, er »wertete« einundzwanzig Millionen Sterling, nicht mehr und nicht weniger.

Dieser Gedanke entmutigte ihn, und der gesamte Kongreß, der ihn mit vollständig wissenschaftlicher

Neugier betrachtete, um zu sehen, wie sich »ein halber Milliardär« ausnähme, bemerkte mit Verwunderung, daß sich seine Physiognomie durch eine gewisse Traurigkeit verschleierte.

Doch das war nur eine vorübergehende Schwäche. Die Größe des Zweckes, dem er die unerwarteten Reichtümer zu widmen entschlossen war, trat dem Doktor vor Augen und heiterte seine Züge wieder auf. Er wartete das Ende der Vorlesung des Doktor Stewenson aus Glasgow über die Erziehung der jungen Idioten ruhig ab und erbat sich dann das Wort zu einer Mitteilung.

Lord Glandover erteilte es ihm sofort, sogar noch vor dem schon angemeldeten Doktor Ovidius. Er hätte es ihm gegeben, auch wenn der ganze Kongreß dagegen opponiert, wenn alle Gelehrten Europas Einspruch erhoben hätten gegen eine solche Bevorzugung! Die Stimme des Präsidenten ließ dies deutlich genug erkennen.

»Meine Herren«, begann Doktor Sarrasin, »ich gedachte eigentlich noch einige Tage zu warten, bevor ich Sie mit dem ungeahnten Glücksfall bekannt machte, der mich getroffen, und ehe ich Ihnen die weiteren Folgen vor Augen führte, welche dieser Zufall für die Wissenschaft haben kann. Da die Sache jedoch ohne mein Zutun schon bekanntgeworden ist, möchte es als Ziererei erscheinen, wenn ich mich nicht über die Begründung oder Übertreibung etwaiger Gerüchte ausspreche... Nun, meine Herren, es ist allerdings an dem, daß mir eine beträchtliche Summe, eine Summe ›von mehreren hundert Millionen‹, welche jetzt im Depot der Bank von England liegt, rechtlicher Weise zugefallen ist. Brauche ich Ihnen erst zu sagen, daß ich mich unter diesen Verhältnissen nur als Fidei-Kommissär der Wissenschaft betrachte? (Allseitige Sensation.) Mir gehört ja eigentlich dieses Kapital nicht, es gehört der Menschheit, dem Fortschritt! (Bewegung, Ausrufe, einstimmiges Bravo. Der ganze Kongreß erhebt sich, begeistert durch die eben gehörte Erklärung.) Beschämen Sie mich nicht durch Ihren Beifall, meine Herren. Ich kenne keinen einzigen Jünger der Wissenschaft, keinen, der dieses schönen Namens würdig wäre, der an meiner Stelle nicht das Nämliche getan hätte. Wer weiß, ob es nicht gar noch Mißgünstige gibt, die da meinen, daß auch eine solche Handlungsweise mehr von Eigenliebe, als von der Hingebung an edlere Zwecke diktiert sei? . . . (Nein! Nein!) Darauf kommt übrigens nicht viel an. Halten wir nur das letzte Ziel im Auge. Ich erkläre also hiermit endgültig und ohne jeden heimlichen Hintergedanken: Die halbe Milliarde, welche der Zufall in meine Hände gab, ist nicht mein Eigentum, sondern das der Wissenschaft. Wollen Sie das Parlament bilden, welches das nötige Budget aufstellt? . . . Ich habe nicht das genügende Vertrauen zu mir, daß ich imstande wäre, allein darüber zu verfügen. Ich rufe Sie zu Richtern auf, Sie mögen selbst entscheiden, wie dieser Schatz am nützlichsten zu verwenden sein mag!« (Hurras. Ungeheure Erregung. Allgemeines Delirium.)

Der ganze Kongreß war auf den Füßen. Einige Mitglieder desselben haben in ihrer Begeisterung die Tische bestiegen. Professor Turnbull aus Glasgow scheint von einem Schlaganfall bedroht. Doktor Cicogna aus Neapel ist ganz außer Atem. Nur Lord Glandover bewahrt die Würde und heitere Ruhe, welche seinem Range entspricht. Er ist übrigens vollkommen überzeugt, daß Doktor Sarrasin sich nur einen angenehmen Scherz erlaube und nicht im mindesten die Absicht habe, einen so extravaganten Plan auch auszuführen.

Der endlich wieder zu einigem kalten Blute gelangte Kongreß hörte mit wahrhaft kirchlicher Ruhe zu.

»Meine Herren, unter den Veranlassungen zu Krankheiten, den Ursachen des Elends und vorzeitigen Todes, welche uns umringen, gibt es eine, die meiner Ansicht nach gewiß die höchste Beachtung verdient, es sind das die bedauernswerten hygienischen Verhältnisse, unter denen die meisten Menschen leiden. Sie drängen sich in den Städten dicht zusammen, in Wohnungen, denen es an Luft und Licht, den beiden unentbehrlichen Bedingungen des Lebens und der Gesundheit, mangelt. Diese Anhäufungen von Menschen werden nicht selten wirkliche Infektionsherde. Diejenigen, welche dabei den Tod nicht finden, werden doch in ihrer Gesundheit geschädigt; ihr Produktionsvermögen nimmt ab und die Gesellschaft verliert auf diese Weise große Summen von Arbeit, welche sonst vorteilhaft zu verwenden wäre. Warum, meine Herren, sollten wir gegen diesen Übelstand nicht einmal das mächtigste Mittel der Überredung, nämlich das eigene Beispiel versuchen? Warum sollten wir nicht einmal alle Kräfte, alle unsere Kenntnisse vereinigen, um den Plan zu einer Musterstadt, die den strengsten wissenschaftlichen Anforderungen entspräche, auszuarbeiten und durchzuführen? ... (Ja, ja, sehr richtig!) Warum sollten wir also nicht das Kapital, das uns zur freien Verfügung steht, dazu anwenden, diese Stadt zu erbauen und sie der Welt gleichsam als praktischen Unterrichtsgegenstand vor Augen zu stellen?« (Jawohl! Gewiß! – Donnernder Beifall.)

Die Mitglieder des Kongresses drücken, wie von ansteckender Tollkrankheit befallen, einander die Hände, stürzen sich auf Doktor Sarrasin, heben ihn in die Höhe und tragen ihn im Triumph durch den Saal.

»Nach dieser Stadt, meine Herren«, fuhr der Doktor fort, als es ihm gelungen, seinen Platz wieder zu erobern, »die jeder von uns schon vor seinem geistigen Auge vollendet sieht, was wohl binnen wenig Monaten zur Wahrheit werden kann, nach dieser Stadt der Gesundheit und des Wohlergehens laden wir dann alle Völker zum Besuche ein, verbreiten den Plan und die Beschreibung derselben in allen Sprachen und ziehen solche ehrenwerte Familien dahin, welche Armut und Arbeitsmangel aus den überfüllten Ländern vertrieben haben. Auch solche – Sie werden nicht darüber erstaunen, wenn ich daran denke –, welche äußere Verhältnisse zu einem grausamen Exil gezwungen haben, würden bei uns einen Platz für ihre Tätigkeit, für die fruchtbringende Entfaltung ihrer Geisteskräfte finden und uns moralische Schätze zuführen, welche mehr wert sind als Goldminen und Diamantengruben. Wir errichten hier geräumige Schulen, in denen die Jugend, erzogen nach weisen, alle moralischen, physischen und intellektuellen Fähigkeiten gleichmäßig ausbildenden Grundsätzen, uns für die Zukunft vielversprechende Generationen sichern würde!«

Wir müssen darauf verzichten, den enthusiastischen Lärm zu beschreiben, der dieser Mitteilung folgte. Die Beifallsrufe, die »Hipp! Hipp!«, die Hurras hörten eine ganze Viertelstunde nicht mehr auf.

Doktor Sarrasin hatte sich kaum wieder niedergesetzt, als sich Lord Glandover nochmals zu ihm herabneigte und mit den Augen zwinkernd ihm ins Ohr sagte:

»Eine ausgezeichnete Spekulation! ... Sie rechnen auf den Ertrag des Oktroi, ja? ... Ein ganz sicheres Geschäft, sobald es von gewählten Namen eingeführt und patronisiert wird! ... Alle Kranken und Halbgesunden werden dort wohnen wollen! ... Ich hoffe, Sie heben mir ein gutes Stück Land auf, nicht wahr?«

Der durch diese Hartnäckigkeit, mit der er seinen besten Absichten nur eigennützige Motive untergeschoben sah, erzürnte Doktor wollte diesmal Seiner Herrlichkeit antworten, als er hörte, daß der Vizepräsident einen durch Akklamation darzubringenden Dank vorschlug für den Urheber der menschenfreundlichen Vorschläge, welche die Versammlung eben vernommen hatte.

»Es wird dem Kongreß von Brighton«, sagte er, »zur ewigen Ehre gereichen, daß dieser Gedanke hier ans Licht trat. Ihn überhaupt zu fassen, das bedurfte nichts Geringeres als der höchst klarsten Einsicht im Verein mit einem großen Herzen und einer Freigebigkeit ohnegleichen ... und doch, jetzt, da diese Idee ausgesprochen ist, wundert man sich fast, daß sie nicht schon lange einmal verwirklicht wurde! Wie viele in nutzlosen Kriegen verschwendete Milliarden, wieviel durch lächerliche Spekulation vergeudete Kapitalien hätte man einem solchen Zwecke schon opfern können und sollen!«

Schließlich machte der Redner den Vorschlag, die neue Stadt als gerechte Ehrenbezeugung für ihren Gründer »Sarrasina« zu nennen.

Dieser Vorschlag hatte schon einstimmige Annahme gefunden, als man auf das Ersuchen Doktor Sarrasins ihn doch noch einmal in Beratung nehmen mußte.

»Nein«, sagte dieser, »mein Name hat hierbei nichts zu schaffen. Hüten wir uns überhaupt, die zukünftige Stadt durch eine Benennung zu entstellen, welche unter dem Vorwande, aus dem Griechischen oder Lateinischen zu stammen, dem Wesen der Sache, die sie trägt, immer einen etwas pedantischen Anstrich verleiht. Jene wird die Stadt des Wohlbefindens sein, doch ich wünschte, daß mit ihr der Name meines Vaterlandes verknüpft würde und wir sie z. B. ›France-Ville‹ tauften!«

Man konnte dem Doktor diese wohlverdiente Satisfaktion nicht weigern.

France-Ville war mit Worten schon gegründet; es sollte, da die Sitzung geschlossen wurde, das auch bald auf dem Papiere sein. Man beschäftigte sich sofort mit der Beratung der Hauptgegenstände des Projekts.

Lassen wir den Kongreß jedoch bei dieser praktischen Beschäftigung, welche sich von der gewöhnlichen Tätigkeit derartiger Versammlungen so wesentlich unterschied, um dem Schicksal der Mitteilung des »Daily Telegraph« auf einer ihrer unzähligen Wanderungen Schritt für Schritt zu folgen.

Vom Abend des 29. Oktober ab strahlte die pikante, wörtlich abgedruckte Neuigkeit mittels der englischen Journale nach allen Provinzen des Vereinigten Königreiches aus. Sie erschien unter anderem in der Huller Zeitung und stand am Kopfe der zweiten Seite einer Nummer dieses bescheidenen Blattes, das die »Mary Queen«, ein mit Kohlen beladener Dreimaster, schon am 1. November nach Rotterdam brachte.

Dort sofort von der fleißigen Schere des Chefredakteurs und einzigen Sekretärs des »Niederländischen

Echos« ausgeschnitten und in die Sprache Cuyps und Potters übertragen, gelangte die sensationelle Nachricht auf den Flügeln des Dampfes am 2. November an die »Bremer Nachrichten«. Hier erhielt sie, ohne an der Tatsache etwas zu ändern, ein neues Kleid und erschien nun bald gedruckt in drei Sprachen. Wir wissen freilich nicht, warum der teutonische Journalist, nachdem er seine Übersetzung mit »Eine übergroße Erbschaft« überschrieben hatte, zu der elenden Ausflucht griff, die Leichtgläubigkeit seiner Leser dadurch zu mißbrauchen, daß er in Parenthese hinzufügte: »Original-Korrespondenz aus Brighton?«

Nachdem die Sache nun einmal deutsch geworden, gelangte der Bericht auch an die Redaktion der großen »Norddeutschen Allgemeinen«, welche ihm einen Platz in der zweiten Spalte der dritten Seite einräumte, während sie die frühere Überschrift, als eine zu scharlatanmäßige für eine so ernsthafte Person, einfach unterdrückte.

Nachdem der Bericht so verschiedene Wandlungen durchgemacht, kam er am Abend des 3. November in die große Hand eines sächsischen Hausdieners und durch diesen in das Zimmer des Professor Schultze an der Universität Jena.

Einen so hohen Platz eine solche Persönlichkeit auch auf der Stufenleiter der lebenden Wesen einnimmt, so bot der Genannte auf den ersten Blick doch nichts Außergewöhnliches dar. Er war ein hochgewachsener Mann von fünf- bis sechsundvierzig Jahren; seine mächtigen Schultern deuteten auf eine gute Konstitution; seine Stirne war kahl und die wenigen Haare an den Schläfen und dem Hinterkopfe erinnerten mit ihrer Farbe etwa an den Flachs. Seine Augen waren blau, doch von jenem unbestimmten Blau, das keinen Gedanken verrät. Aus ihnen scheint kein Strahl hervorzuleuchten, und doch fühlt man sich unangenehm berührt durch ihren Blick. Professor Schultze hatte einen großen Mund mit einer Doppelreihe tüchtiger Zähne, welche nicht wieder loslassen, was sie einmal packten, doch mit einem Saume schmaler Lippen, deren Hauptaufgabe darin zu bestehen schien, die Worte zu zählen, welche sie passierten. Die ganze Erscheinung machte auf jeden anderen einen beunruhigenden, fast widerwärtigen Eindruck, worüber der Professor selbst übrigens ganz befriedigt zu sein schien.

Bei dem durch seinen Diener verursachten Geräusch wandte er die Augen nach dem Kamine und sah nach einer sehr hübschen Wiener Stutzuhr, die sich merkwürdigerweise unter die sonst sehr einfache Ausstattung seines Zimmers verirrt hatte, wobei er mit einer mehr steifen als rauhen Stimme sagte:

»Sechs Uhr fünfundfünfzig! Mein Kurier kommt spätestens um sechs Uhr dreißig. Sie bringen mir ihn heute wieder fünfundzwanzig Minuten zu spät. Das nächste Mal, wenn er nicht um sechs Uhr dreißig auf meinem Tische liegt, verlassen Sie binnen acht Tagen meinen Dienst.«

»Wünscht der Herr Professor jetzt zu speisen?« fragte der Diener, bevor er sich zurückzog.

»Es ist jetzt erst um sechs Uhr fünfundfünfzig und ich esse um sieben Uhr! Das ist Ihnen schon seit den drei Wochen, die Sie in meinem Hause sind, bekannt. Beachten Sie für die Zukunft, daß ich niemals mit den Stunden wechsle und nicht gewohnt bin, meine Anordnungen zu wiederholen.«

Der Professor legte das Journal auf den Tisch und begann wieder an einem Aufsatze zu arbeiten, der in den nächsten Tagen in den »Annalen für Physiologie« erscheinen sollte. Wir begehen wohl keine Indiskretion, wenn wir die Überschrift dieser Arbeit mitteilen. Dieselbe lautete nämlich:

»Warum verfallen alle Franzosen in höherem oder geringerem Grade einer fortwährenden Entartung?«

Während sich der Professor mit dieser Aufgabe beschäftigte, wurde das Abendessen, bestehend aus einer Schüssel mit Würstchen und Kohl, nebst einem tüchtigen Krug Bier auf einem anderen Tische serviert. Der Gelehrte legte die Feder weg und verzehrte diese Mahlzeit mit größerem Wohlgefallen, als man von einer so ernsthaften Persönlichkeit erwartet hätte. Dann klingelte er nach dem Kaffee, zündete eine große Porzellanpfeife an und machte sich wieder an die Arbeit.

Es war fast Mitternacht, als der Professor das letzte Blatt weglegte, worauf er sich sofort nach seinem Schlafzimmer begab, um der wohlverdienten Ruhe zu pflegen. Erst im Bette löste er das Kreuzband von seinem Journal und begann vor dem Einschlafen noch ein wenig zu lesen. Eben als ihm die Augen zufallen wollten, wurde seine Aufmerksamkeit durch einen fremden Namen, nämlich Langevol, erregt, dem er unter der Rubrik »Vermischtes« in Verbindung mit der ungeheuren Erbschaftsangelegenheit begegnete. So viel er sich aber auch bemühte, sich klarzumachen, weshalb ihm dieser Name besonders auffiel, so gelangte er doch zu keinem Resultate. Nachdem er eine Zeitlang vergeblich hin und her überlegt hatte, warf er die Zeitung weg, blies das Licht aus und lag bald in tiefem Schlafe.

Infolge eines gewissen physiologischen Phänomens aber, über welches er sich früher selbst in langen gelehrten Abhandlungen verbreitet hatte, kehrte dieser Name Langevol sogar in Professor Schultzes Träumen wieder. Ja, beim Erwachen am nächsten Morgen hatte er ihn zu seiner größten Verwunderung zuerst auf den Lippen.

Plötzlich, als er gerade nach der Uhr sehen wollte, ging ihm ein unerwartetes Licht auf. Er hob das vor dem Bett liegende Journal wieder auf und las die betreffende Nachricht wiederholt von Anfang bis zu Ende durch, während er sich immer noch die Stirne rieb, als wolle er seine Gedanken in besseren Fluß bringen. Offenbar wurde er sich klar, denn er sprang plötzlich auf und lief, ohne sich zum Anziehen des großgeblümten Schlafrockes Zeit zu nehmen, nach der Wand, holte ein neben dem Fenster hängendes kleines Porträt herab und strich mit dem Ärmel über dessen bestaubte Rückseite.

Der Professor hatte sich nicht getäuscht. Hinter dem Bilde las man in vergilbten, durch ein halbes Jahrhundert schon nahezu unleserlich gemachten Schriftzügen die Worte:

»Therese Schultze, geborene Langevol.«

Noch am Abend desselben Tages reiste der Professor mit dem Schnellzuge nach London ab.

Viertes Kapitel

Jeder seinen Teil

Am 5. November um 7 Uhr morgens kam Herr Schultze auf dem Bahnhofe von Charing-Cross an. Gegen Mittag stellte er sich in Nummer 93, Southampton row, in einem durch eine hölzerne Barriere in zwei Teile getrennten größeren Zimmer ein, das auf der einen Seite für die Beamten des Hauses, auf der anderen für das Publikum bestimmt war und dessen Mobiliar aus sechs Stühlen, einem dunklen Tische, unzähligen grünen Pappbänden und einem ungeheuren Adreßbuche bestand. Vor dem Tische saßen zwei junge Leute, welche eben dabei waren, ihr aus Brot und Käse bestehendes Frühstück – die gewöhnliche Mahlzeit im Reiche der Schreiber – zu verzehren.

»Ich komme hier recht zu den Herren Billows, Green und Sharp?« fragte der Professor mit demselben Tone, mit dem er etwa sein Essen bestellte.

»Mister Sharp ist in seinem Kabinett. – Ihr Name? Und welche Angelegenheit?«

»Professor Schultze aus Jena, Langevolsche Erbschaftssache.«

Der junge Mann meldete diese Auskunft durch ein Sprachrohr weiter und erhielt auf dem nämlichen Wege eine Antwort, die er sich freilich hütete, laut zu wiederholen. Man konnte dieselbe etwa übersetzen:

»Zum Teufel mit der Langevolschen Erschaftssache! Wiederum ein Narr, welcher Ansprüche zu haben glaubt!«

Antwort des jungen Mannes:

»Es ist ein Herr von ›respektabler‹ Erscheinung. Er macht keinen besonders angenehmen Eindruck, gehört aber offenbar nicht zu den gewöhnlichen Leuten.«

Ein weiterer mysteriöser Ausruf.

»Und er kommt aus Deutschland?«

»So sagt er wenigstens.«

Durch das Sprachrohr zitterte ein Seufzer.

»Lassen Sie ihn heraufkommen.«

»Zwei Treppen hoch, die Tür geradeaus!« wendete sich der junge Mann nun an Herrn Schultze, indem er ihm den Weg andeutete.

Der Professor verschwand in einem inneren Gang, kletterte zwei Treppen hinauf und stand bald vor einer gepolsterten Tür, an der der Name des Mister Sharp sich in schwarzen Buchstaben von einem Messingschilde abhob.

Der Bezeichnete saß vor einem großen Mahagonischreibtische in einem gewöhnlich ausgestatteten Zimmer mit wollenen Teppichen, lederüberzogenen Stühlen und gewaltigen Aktenfaszikeln. Er erhob sich kaum in seinem Armstuhl und schien, nach der gewöhnlichen höflichen Methode der meisten Büromenschen, fünf Minuten eifrigst mit dem Durchblättern des größten Aktenpaketes beschäftigt, um zu zeigen, wie sehr seine Tätigkeit beansprucht sei. Endlich geruhte er, sich an Professor Schultze zu wenden, der neben ihm Platz genommen hatte.

»Ich bitte, mein Herr«, begann er, »mir möglichst kurz auseinanderzusetzen, was Sie zu mir führt. Meine Zeit ist außerordentlich beschränkt und ich bin nur imstande, Ihnen wenig Minuten zu widmen.«

Der Professor lächelte ziemlich gleichgültig und bewies jenem dadurch, daß ein solcher Empfang auf ihn gar keinen imponierenden Eindruck hervorbringe.

»Vielleicht werden Sie noch einige Minuten zugeben, wenn Sie erst wissen, was mich hierherführt.«

»So sprechen Sie, mein Herr.«

»Es betrifft den Nachlaß Jean Jacques Langevols aus Bar-le-Duc, und ich bin der Enkel von dessen älterer Schwester, Therese Langevol, vermählt im Jahre 1792 mit meinem Großvater, Martin Schultze, früherem Wundarzt der Armee von Braunschweig und verstorben im Jahre 1814. Ich besitze selbst noch drei von meinem Großonkel an seine Schwester gerichtete Briefe und verschiedene Nachrichten über seinen Marsch in die Heimat nach der Schlacht bei Jena, ohne jetzt hier der anderen amtlichen Urkunden zu erwähnen, welche meine direkte Abstammung bescheinigen.«

Wir brauchen dem Professor Schultze nicht weiter zu folgen in den Aufklärungen, welche er Mr. Sharp gab. Er wurde dabei, ganz gegen seine Gewohnheit, fast weitschweifig und schien sich über dieses Thema gar nicht erschöpfen zu können. Ihm lag nämlich vor allem daran, Mr. Sharp, als einen Engländer, von der Notwendigkeit zu überzeugen, der germanischen Rasse den Vorrang vor allen übrigen zu bewahren. Wenn er überhaupt den Gedanken hegte, seine Ansprüche auf diesen Nachlaß geltend zu machen, so geschah das nur, um ihn jenen französischen Händen zu entreißen, die davon leicht ungeeigneten Gebrauch machen konnten! ... Worin er seinen Gegner in erster Reihe bekämpfte, das war vor allem dessen Nationalität! ... Einem Deutschen gegenüber würde er jedenfalls Verzicht leisten usw., usw. Die Befürchtung aber, daß ein angeblicher Gelehrter, ein Franzose, jenes gewaltige Kapital zur Unterstützung französischer Ideen verwenden könne, brachte ihn aus Rand und Band und legte ihm die Pflicht auf, seine Rechte bis zum äußersten geltend zu machen.

Auf den ersten Blick erschien diese Ideenverbindung zwischen der politischen Anschauungsweise und dem reichen Nachlasse nicht recht verständlich. Mr. Sharp besaß aber zu viel geschäftlichen Scharfblick, um den höheren Zusammenhang zwischen den Anforderungen des Vertreters der germanischen Rasse im allgemeinen und denen des Professor Schultze im besonderen bezüglich der Beerbung der Begum zu durchschauen. Beide erschienen ihm übrigens von nahezu gleichem Werte.

Ein Zweifel hierüber war ja nicht wohl möglich. So erniedrigend es auch für einen akademischen Lehrer der Universität Jena sein mußte, zu Leuten aus untergeordneter Menschenrasse in verwandtschaftlichen Beziehungen zu stehen, so lag es doch auf der Hand, daß diesem unvergleichlichen menschlichen Produkte etwas französisches Blut, wenigstens mütterlicherseits, beigemischt war. Immerhin handelte es sich hier nur um eine Verwandtschaft in zweiter Linie gegenüber der Abstammung des Doktor Sarrasin, welche natürlich auch nur einen rechtlich untergeordneten Anspruch auf jene Erbschaft bedingte. Der Sollicitor erkannte jedoch schnell die Möglichkeit, dieselbe mit einiger Aussicht auf Erfolg anhängig zu machen und in dieser Möglichkeit auch noch weiter die günstige Lage der Verhältnisse für den Vorteil der Firma Billows, Green und Sharp, nämlich die Gelegenheit, aus dieser jetzt schönen Affäre Langevol eine ganz außerordentlich ertragsreiche zu machen, so etwa eine neue Inszenierung von Boz Dickens »Jarndyce gegen Jarndyce«. Vor den Augen des Mannes der Gesetze breitete sich schon ein ganzer Horizont von Stempelpapier, Akten und Schriftstücken aller Art aus. Oder, was noch mehr wert schien, er dachte im Interesse seiner Klienten an einen durch ihn, Sharp, herbeizuführenden Kompromiß, der ihm fast ebensoviel Ehre als Vorteil bringen mußte.

Inzwischen setzte er Herrn Schultze die Ansprüche des Doktor Sarrasin auseinander, brachte die Belege für dieselben bei und deutete dabei mit daraufhin, daß, wenn Billows, Green und Sharp es in die Hand nähmen, die Rechtsansprüche des Professors – »Ansprüche übrigens, mein lieber Herr, welche sich einem ordentlichen Prozesse gegenüber wohl schwerlich als stichhaltig erweisen dürften!« –, die er aus seiner Verwandtschaft mit dem Doktor herleite, zu verteidigen, er darauf rechne, daß der allgemein anerkannte Gerechtigkeitssinn der Deutschen es auch Billows, Green und Sharp nicht verübeln werde, wenn sie, der Erkenntlichkeit des Professors gewiß, jenen anderen, begründeteren Ansprüchen gegenüber seine Sache zu führen versuchten.

Der Professor war ein viel zu offener Kopf, um die Logik in der Darlegung des Geschäftsmannes nicht zu begreifen. Er bemühte sich, ihn nach dieser Seite hin zu beruhigen, ohne sich, bezüglich der »Erkenntlichkeit«, gerade bestimmt zu binden. Mr. Sharp bat ihn nun in höflichster Form um die Erlaubnis, seine Angelegenheit nach eigenem Ermessen prüfen zu dürfen, und geleitete ihn mit rücksichtsvollster Artigkeit wieder zur Tür. Jetzt war bei ihm keine Rede mehr von den nur knapp zugemessenen Minuten, mit denen er vorher so sehr geizte!

Herr Schultze zog sich zwar mit der Überzeugung zurück, daß er wohl keinen vollberechtigten Anspruch auf die Erbschaft der Begum habe, aber auch mit der anderen, daß ein Kampf zwischen der angelsächsischen und lateinischen Rasse, ganz abgesehen von seiner Verdienstlichkeit an sich, wenn er nur richtig geführt würde, nicht anders als zum Vorteil der ersteren ausschlagen könne.

Zunächst erschien es nun von Wichtigkeit, die Meinung des Doktor Sarrasin kennenzulernen. Eine unverzüglich nach Brighton abgelassene Depesche brachte den französischen Gelehrten schon gegen fünf Uhr in das Kabinett des Sollicitors.

Doktor Sarrasin vernahm mit einer Ruhe, über welche Mr. Sharp nicht wenig erstaunte, den eingetretenen Zwischenfall. Auf die ersten Worte des Mr. Sharp hin erklärte er mit aller Offenheit, daß er sich erinnere, in seiner Familie davon reden gehört zu haben, wie eine, von einer reichen vornehmen Dame erzogene Großtante von ihm, mit jener ausgewandert sei und sich in Deutschland verheiratet haben solle. Im übrigen war ihm weder der

Name, noch der genaue Grad der Verwandtschaft dieser Großtante bekannt.

Mr. Sharp griff schon nach seinen sorgfältig katalogisierten Aktenstücken, die er dem Doktor zur Einsicht vorlegte.

Es erwuchs hiermit – Mr. Sharp verheimlichte das nicht – Material zu einem Prozesse, und Prozesse dieser Art ziehen sich gern in die Länge. Man brauchte zwar der gegnerischen Partei das Zugeständnis, zu dem Doktor Sarrasin sich eben in seiner Aufrichtigkeit dem Sollicitor gegenüber herbeigelassen hatte, nicht mitzuteilen . . . immerhin existierten noch jene Briefe Jean Jacques Langevols an seine Schwester, deren Herr Schultze erwähnte und welche der Sache offenbar eine ihm günstige Wendung gaben. Stand diese auch auf schwachen Füßen und entbehrten jene Beweisstücke des eigentlichen legalen Charakters, so waren sie doch einmal vorhanden. Aus dem Staube der städtischen Archive würden dann schon noch weitere Beweise ausgegraben werden. Vielleicht ging die gegnerische Partei, wenn ihr authentische Beweise mangelten, sogar so weit, solche zu erfinden. Man mußte eben auf alles vorbereitet sein. Wer konnte es vorhersagen, ob nicht neue Untersuchungen jener plötzlich wieder auferstandenen Therese Langevol und ihrer Vertreter nicht am Ende gar noch Ansprüche zu Tage förderten, welche denen des Doktor Sarrasin vorgingen? . . . Jedenfalls drohten lange Streitigkeiten, endlose Beweisführungen und eine Lösung der ganzen Frage erst in weiter Ferne. Die Wahrscheinlichkeiten, den Prozeß zu gewinnen, wögen auf beiden Seiten etwa gleichviel; beiden Parteien würde es nicht schwerfallen, von fremder Hand die nötige Unterstützung zum Kostenvorschuß zu finden, um alle Hebel in Bewegung zu setzen. Ein berühmt gewordener ähnlicher Prozeß hätte im Kanzleigericht volle dreiundachtzig Jahre gespielt und wäre zuletzt nur niedergeschlagen worden, weil die Mittel zu seiner Weiterführung ausgegangen waren; Kapital und Interessen – alles hatte er verschlungen! ... Sachverständigenurteile, Kommissionen, Beibringung von Beweisstücken und gewöhnliche Prozeduren würden einen gar nicht zu bestimmenden Zeitraum beanspruchen! ... Nach zehn Jahren könne die Sache recht wohl noch völlig unentschieden und die halbe Milliarde in der Bank eingeschlafen sein ...

Doktor Sarrasin hörte dieser Darlegung ruhig zu. Wenn er auch nicht alles so fest wie die Worte des Evangeliums glaubte, so bemächtigte sich seiner doch eine Art Entmutigung. Wie ein Reisender, der vorn auf einem Schiffe steht, wenn er den Hafen, in den er einzulaufen gedachte, plötzlich sich weiter zurückziehen sieht, so gestand er sich, daß es nicht unmöglich sei, daß jenes große Vermögen, welches ihm schon so sicher war, daß er im voraus darüber verfügt hatte, sich gar noch verflüchtigen und ihm noch entschwinden könnte.

»Ja, was ist dann zu tun?« fragte er den Sollicitor.

»Was? ... Hm! ...« Das war freilich schwer zu sagen. Noch schwieriger, es auszuführen. Immerhin konnte sich ja noch alles nach Wunsch ordnen lassen. Er, Sharp, hegte wenigstens diese Ansicht. Die englische Justiz war ja ausgezeichnet – vielleicht etwas langsam, das gestand er zu – ja sicher etwas langsam pede claudo ... hm! ... hm! ... aber dafür desto zuverlässiger. Es könnte ja gar nicht fehlen, daß Doktor Sarrasin nach Verlauf einiger Jahre in Besitz jenes Nachlasses kam, vorausgesetzt ... hm! ... hm! ... daß seine Ansprüche wirklich rechtlich begründet wären! ...

Der Doktor verließ das Kabinett in Southampton row mit sehr stark erschüttertem Vertrauen und überzeugt, daß er werde auf eine ganze Serie endloser Prozesse eingehen oder auf seinen schönen Traum verzichten müssen. Wenn er freilich an sein herrliches Projekt dachte, so konnte er sich doch einigen Bedauerns nicht erwehren.

Inzwischen bestelle Mr. Sharp den Professor Schultze, der ihm seine Adresse hinterlassen hatte, wieder zu sich. Er teilte diesem mit, daß Doktor Sarrasin niemals habe von einer gewissen Therese Langevol reden hören, daß er ausdrücklich die Existenz eines deutschen Zweiges seiner Familie ableugnete und jede Vereinbarung ablehne. Es blieb also dem Professor, wenn er sein Recht für begründet halte, nichts übrig als zu »klagen«. Er stehe zwar der Sache ganz ohne eigenes Interesse, mehr als Liebhaber gegenüber und habe gewiß nicht die Absicht, ihn zu irgendwelchen Maßregeln zu überreden. Was könne andererseits ein Sollicitor wünschen als einen Prozeß oder lieber zehn Prozesse dreißig Jahre hindurch, wie sie diese Nachlaßregelung mit sich zu führen scheine? Er, Sharp, hätte ja alle Ursache, sich darüber zu freuen. Wenn er nicht fürchte, Professor Schultze einen von ihm verdächtig aussehenden Vorschlag zu machen, könnte er seine Uninteressiertheit wohl so weit treiben, dem Herrn selbst einen seiner Kollegen vorzuschlagen, dem er seine Vertretung übertragen könnte ... und gewiß, auf die Wahl eines solchen käme jetzt sehr viel an. Die Karriere des Juristen sei zur wahrhaften Landstraße geworden! ... Abenteurer und Langfinger wandelten diese in Menge! ... Er gestand das ein mit Schamröte auf der Stirn! ...

»Wenn der französische Doktor einen Vergleich eingehen wollte, was würde das kosten?« fragte der Professor.

Ihn, als Gelehrten, konnten jene Worte Sharps nicht verblüffen! Als praktischer Mann ging er gerade auf sein letztes Ziel los, um unterwegs keine kostbare Zeit zu verlieren. Der Sollicitor kam durch dieses Verfahren außer Fassung. Er stellte Herrn Schultze vor, daß die Sache nicht so geschwind gehe, daß man nicht ein Ende vorhersehen könne, wo man erst im Anfange stehe; daß es, um Doktor Sarrasin einem Vergleiche geneigt zu machen, notwendig sei, die Sache etwas zu verzögern und jenem seine Bereitwilligkeit zu einem solchen Schritte zu verheimlichen.

»Ich bitte Sie, mein Herr«, schloß er, »lassen Sie mir freie Hand und vertrauen Sie mir, ich stehe für alles.«

»Gewiß, das glaube ich«, erwiderte Schultze, »ich wüßte jedoch am liebsten bald, woran ich wäre.«

Es gelang ihm diesmal noch nicht, von Mr. Sharp herauszulocken, wie hoch er die sächsische Erkenntlichkeit taxiere, und er mußte ihm zunächst freie Hand lassen.

Am folgenden Tage ließ jener Doktor Sarrasin zu sich bitten. In größter Gelassenheit fragte ihn dieser, ob er ihm wichtige Neuigkeiten mitzuteilen habe. Der durch diese Gleichgültigkeit beunruhigte Sollicitor eröffnete ihm, daß eine allseitige Überlegung ihn überzeugt habe, es werde das beste sein, das Übel an der Wurzel zu fassen und dem neuen Prätendenten einen Vergleich vorzuschlagen. Das wäre, Doktor Sarrasin müsse das selbst zugestehen, gewiß ein uneigennütziger Vorschlag, den wenig Kollegen an seiner Stelle gemacht haben würden. Er setzte aber seinen Stolz daran, diese Angelegenheit, welche er fast mit den Augen eines Vaters betrachtete, schnell zu erledigen.

Doktor Sarrasin hörte diesen Rat an und billigte ihn, als das verhältnismäßig klügste Auskunftsmittel. Er hatte sich seit einigen Tagen schon so sehr in den Gedanken, seinen wissenschaftlichen Traum zur Ausführung zu bringen, hineingelebt, daß er diesem Projekt alles andere unterordnete.

Zehn Jahre oder auch nur ein Jahr zu warten, ohne zu dessen Verwirklichung schreiten zu können, wäre für ihn eine grausame Täuschung gewesen. Mit den gesetzlichen Fragen wenig vertraut, hätte er, ohne gerade von Mr. Sharps Worten düpiert zu sein, doch seine Anrechte gern für eine Barsumme hingegeben, wenn diese ihm nur erlaubte, von der Theorie zur Praxis überzugehen. Er erteilte Mr. Sharp also ebenfalls uneingeschränkte Vollmacht und reiste wieder ab.

Der Sollicitor hatte nun erreicht, was er wollte. Gewiß wäre mancher andere an seiner Statt der Versuchung unterlegen, die streitigen Punkte durch einen Prozeß zu erledigen, der ihm, der Lage der Sache nach, eine fette, lebenslängliche Rente gesichert hätte. Mr. Sharp gehörte aber nicht zu den Leuten, welche sich gern auf weitausgehende Spekulationen einlassen. Er sah die Möglichkeit vor sich, mit einem Schlage eine reichliche Ernte einzuheimsen, und beschloß, diese Gelegenheit zu benützen. Schon am nächsten Tage schrieb er wieder an den Doktor und ließ dabei durchblicken, daß Herr Schultze vielleicht nicht abgeneigt sein werde, auf ein gütliches Arrangement einzugehen. Besuchte er dann wiederum einmal Doktor Sarrasin, das andere Mal Professor Schultze, so äußerte er sich abwechselnd immer gegen den einen und den anderen, daß die gegnerische Partei von dem gemachten Vorschlage nichts hören wolle und daß die Gerüchte von dem Streite jetzt gar noch einen dritten Kandidaten herbeigezogen hätten ...

Dieses Spiel währte etwa acht Tage. Morgens ging alles nach Wunsch und des Abends erhoben sich irgendwelche unerwartete Schwierigkeiten, welche der Sache wieder eine üblere Wendung gaben. Für den armen Doktor waren das lauter Fußangeln, Ausflüchte oder doch schmerzliche Verzögerungen. Mr. Sharp konnte sich nicht entschließen, den Angelhaken anzuziehen, aus Furcht, der Fisch könnte sich zuletzt zu einer äußersten Anstrengung aufraffen und den Faden, an dem er ihn hielt, zerreißen. Diese Vorsicht erwies sich jedoch im gegebenen Falle für überflüssig. Vom ersten Tage ab erklärte sich Doktor Sarrasin, der vor den Belästigungen eines langen Prozesses zurückscheute, getreu seinem Worte zu einem Ausgleiche bereit. Als Mr. Sharp denn endlich den physiologischen Moment, wie der technische Ausdruck lautete, gekommen glaubte, wo sein Klient, nach weniger anständiger Ausdrucksweise, »gar gekocht« sein mußte, demaskierte er plötzlich seine Batterie und schlug selbst einen sofortigen Ausgleich vor.

Dazu stellte sich auch eine andere wohlwollende Persönlichkeit, Bankier Stilbing, ein, der den Rat gab, zwischen den beiden Parteien einfach zu teilen, und sich erbot, jeder derselben 250 Millionen Francs auszuzahlen, während er als Kommissionsgebühr für sich bescheidener Weise nur den Überschuß über die halbe Milliarde, nämlich 27 Millionen beanspruchte.

Doktor Sarrasin hätte Mr. Sharp gern umarmt, als er ihm dieses Resultat mitteilte, daß jenem noch höchst günstig erschien. Er war auf der Stelle bereit zu unterzeichnen, er verlangte nach nichts anderem, er hätte den Bankier Stilbing und dem Sollicitor Sharp gern goldene Statuen gewidmet und der hohen Bank von England samt allen Schikanen des Vereinigten Königreiches noch dazu.

Die Akten wurden geschlossen, die Zeugen waren bestellt, die Stempelmaschine von Sommerset House zur Arbeit bereit. Herr Schultze hatte sich ergeben. Durch den gewandten Sharp an die Mauer gedrückt, mußte er zitternd eingestehen, daß die Sache, einem weniger gutmütigen Gegner als Doktor Sarrasin gegenüber, für ihn wohl einen schlimmeren Ausgang gehabt haben würde. Die ganze Angelegenheit kam nun in Ordnung. Gegen ihre gebührend legitimierte Vollmacht und ihre Zustimmungserklärung zu der Teilung des Nachlasses in zwei gleiche Hälften erhielten sie einen auf sich ausgestellten Scheck über je hunderttausend Pfund und für den Rest Wechsel, welche sofort nach Erfüllung der gesetzlichen Formalitäten fällig waren.

So endete diese erstaunliche Angelegenheit zum größeren Ruhme der Superiorität der anglo-sächsischen Rasse.

Man erzählt sich noch, daß Mr. Sharp beim Abendessen im Cobden-Club in Gesellschaft seines Freundes Stilbing ein Glas Champagner auf das Wohl des Doktor Sarrasin, ein zweites auf das des Professor Schultze getrunken und sich beim Leeren der Flasche zu dem indiskreten Ausspruche habe hinreißen lassen:

»Hurra! . . . Rule Britannia! . . . Es gibt doch niemand außer uns!«

In Wahrheit freilich betrachtete Bankier Stilbing seinen Gast als armen Teufel, der sich für siebenundzwanzig Millionen ein Geschäft von fünfzig habe aus den

Händen gehen lassen, und der Professor dachte im Grunde nicht anders, wenigstens von der Stunde ab, da er, Herr Schultze, sich in die Notlage versetzt sah, jedem beliebigen Arrangement seine Zustimmung zu geben. Und wozu hätte man nicht einen Mann wie Doktor Sarrasin, einen leichtblütigen, raschen und gewiß schwärmerischen Mann vielleicht noch bestimmen können!

Gerüchtweise hatte der Professor reden gehört von dem Projekt seines Rivalen, eine französische Stadt unter den ausgewähltesten hygienischen Verhältnissen zu begründen, welche das Aufblühen einer geistig und körperlich aufs beste entwickelten jungen Generation sicherten. Ein solches Unternehmen erschien in seinen Augen absurd und mußte allem Anscheine nach scheitern, schon weil es im Widerspruche stand gegen das von ihm verfochtene Gesetz, daß die lateinische Rasse dem Untergange geweiht sei, sich vorläufig jedenfalls der sächsischen Rasse unterzuordnen und nach und nach überhaupt vom Erdboden zu verschwinden habe. Diese Resultate konnten nun doch einigermaßen in Frage gestellt werden, wenn das Programm des Doktors seiner Verwirklichung entgegenging, noch mehr, wenn sich dasselbe erfolgversprechend entwickelte. Im Interesse der allgemeinen Weltordnung und infolge eines unausweichlichen Gesetzes lag es also jedem Sachsen ob, ein so wahnwitziges Unternehmen, wenn irgend möglich, zu vereiteln. Unter den gegebenen Verhältnissen war es für ihn, Professor Schultze, Dozent der Chemie an der Universität Jena, bekannt durch seine zahlreichen vergleichenden Arbeiten über die verschiedenen Menschenrassen – aus denen ganz deutlich hervorging, daß die germanische Rasse alle übrigen zu absorbieren bestimmt sei – es war also für ihn klar, daß er durch die gleichzeitig schöpferische und zerstörende Kraft der Natur, dazu ausersehen sei, die Pygmäen zu bekämpfen, welche sich gegen sie auflehnten. Von aller Ewigkeit her war es bestimmt gewesen, daß Therese Langevol Martin Schultze heiraten mußte, und daß, wenn sich eines Tages die beiden Nationalitäten, vertreten durch den französischen Doktor und den deutschen Professor, gegenüberstehen würden, der letztere unbedingt den ersteren zermalmen müsse. Schon hielt er ja die Hälfte des Vermögens seines Gegners in der Hand. Das war das Mittel, dessen er bedurfte.

Jenes Projekt stand seiner Wichtigkeit nach für Herrn Schultze übrigens erst in zweiter Linie; er betrachtete es nur neben den weit umfänglicheren, über denen er selbst brütete, um alle Völker zu unterwerfen, die sich weigern würden, sich mit dem deutschen Volke zu verschmelzen und sich dem »Vaterlande« anzuschließen. Da er jedoch Doktor Sarrasins, seines unversöhnlichen Feindes, Absichten bis zum Grunde – wenn sie einen solchen überhaupt besaßen – kennenlernen wollte, vermittelte er sich Zutritt zu dem internationalen, hygienischen Kongreß und besuchte fleißig dessen Sitzungen. Beim Weggehen aus einer solchen Versammlung hörten einige Mitglieder, darunter zufällig auch Doktor Sarrasin selbst, ihn die Erklärung abgeben, daß sich gleichzeitig mit France-Ville eine befestigte Stadt erheben werde, welche die Existenz jenes absonderlichen und widernatürlichen Ameisenhaufens schnell genug unmöglich machen werde.

»Ich hoffe«, fügte er hinzu, »daß die Erfahrung, welche wir mit ihr machen werden, der Welt als warnendes Beispiel dienen werde!«

Besaß Doktor Sarrasin auch ein großes Herz voller Liebe für die Menschheit, so brauchte er doch nicht erst zu lernen, daß nicht alle seinesgleichen den Namen Philantropen verdienten. Er schrieb jenes Wort seines Gegners also in sein Gedächtnis, da er als vernünftiger Mann sich sagte, daß man keine Drohung gänzlich außer acht lassen solle. Als er bald darauf an Marcel schrieb, um diesen einzuladen, ihn bei seinem Vorhaben zu unterstützen, erwähnte er auch dieses Vorfalles und entwarf von Herrn Schultze dabei ein Bild, welches den jungen Elsässer überzeugte, daß der gute Doktor in jenem einen halsstarrigen Gegner haben werde.

»Wir brauchen vor allem kräftige und entschlossene Männer«, schloß der Doktor, »tüchtige Gelehrte, nicht allein zum Bauen, sondern auch zum Verteidigen.«

»Wenn ich Ihnen«, antwortete Marcel darauf, »nicht augenblicklich an die Hand zu gehen imstande bin, um an der Begründung Ihrer Stadt teilzunehmen, so rechnen Sie doch darauf, mich zur richtigen Stunde zu finden. Ich werde jenen Herrn Schultze nicht einen Tag aus den Augen verlieren. Meine Eigenschaft als Elsässer gibt mir einen Schimmer von Recht, mich um seine Angelegenheiten zu bekümmern. Fern oder nahe, ich bleibe Ihnen allezeit ergeben. Beunruhigen Sie sich nicht, wenn Sie möglicherweise einmal monate- oder gar jahrelang nichts von mir hören sollten. Nah oder fern werd ich nur den einen Gedanken haben, für Sie zu arbeiten und Frankreich zu dienen.«

Fünftes Kapitel

Die Stahlstadt

Ort und Zeit haben gewechselt. Seit fünf Jahren befindet sich der Nachlaß der Begum schon in den Händen der beiden Erben, und den Schauplatz bilden jetzt die Vereinigten Staaten, im Süden Oregons, zehn Meilen vom Ufer des Pazifischen Ozeans. Hier breiten sich ungeheure Gebiete aus, welche zwischen den beiden Nachbarstaaten noch nicht genau abgegrenzt sind und die eine Art amerikanischer Schweiz bilden.

In der Tat, eine Schweiz, wenn man nur die Außenseite der Dinge ins Auge faßt, die steilen Gipfel, welche zum Himmel emporsteigen, die tiefen Täler, welche die langen Gebirgszüge trennen, den großartigen wilden Anblick, den alle diese Landschaften aus der Vogelschau gewähren würden.

Diese falsche Schweiz betreibt aber nicht wie die europäische die friedlichen Beschäftigungen des Hirten, Fremdenführers oder Gastwirts. Das Ganze ist nichts als eine auf eisen- und kohlenhaltigem Boden aufgetürmte Alpendekoration, eine Kruste von Felsen, Erdreich und hundertjährigen Fichten.

Wenn der in diese Einöden verirrte Wanderer die Stimmen der Natur belauscht, so hört er nicht wie im Oberlande das harmonische Murmeln des Lebens neben dem tiefen Schweigen der Bergwelt. Von fern her vernimmt er die schweren Schläge des Stampfhammers und unter seinen Füßen erstickte Detonationen von Pulver. Es hat den Anschein, als bedecke dieser Boden die Maschinerie eines Theaters und als könne er jeden Augenblick in geheimnisvolle Tiefen versinken.

Längs der Seiten der Berge laufen hier mit Asche und Kohlenstückchen makadamisierte Straßen hin. Unter gelblichem Buschwerk schillern kleine Schlackenhaufen hervor. Da und dort gähnt der von Regengüssen zerrissene, von Brombeerstäuchern halbverdeckte Mund eines verlassenen Schachtes, wie der Krater eines erloschenen Vulkans. Die Luft ist mit Rauch geschwängert und lastet wie ein schwerer Mantel auf der Erde. Keine Vögel flattern lustig dahin, kein Insekt schwärmt im Sonnenschein, und seit Menschengedenken hat man einen Schmetterling hier nicht gesehen.

Falsche Schweiz! An ihren nördlichen Grenzen, da wo die Ausläufer der Berge sich in der Ebene verlieren, liegt zwischen zwei mageren Hügelketten das Gebiet, welches bis 1871 die »Rote Wüste« hieß von der Farbe des eisenoxydreichen Bodens und welche jetzt »Stahlfeld« genannt wird.

Denke man sich eine fünf bis sechs Quadratmeilen große Fläche mit sandigem, dann und wann mit Gerölle untermischtem Boden, und so dürr und trostlos, wie etwa das vertrocknete Bett eines Meeres der Vorzeit. Um dieses Land zu erwecken, ihm Leben und Bewegung zu verleihen, hat die Natur so gut wie nichts getan; dafür aber hat die Menschenhand mit einer Energie ohnegleichen eingegriffen.

Auf der nackten steinigen Ebene sind binnen fünf Jahren achtzehn Arbeiterdörfer mit kleinen, gleichmäßig grauen, aus Chicago fix und fertig hierher geschafften Häusern emporgewachsen, die eine Schar kräftiger Arbeiter bergen.

Im Mittelpunkt dieser Ansiedlungen, am Fuße der Coal-Butts, jener unerschöpflichen Steinkohlengebirge, erhebt sich eine ungeheure, düstere, fremdartige Masse, eine Anhäufung regelmäßiger Gebäude mit symmetrisch angeordneten Fenstern, bedeckt mit roten Dächern und überragt von einem Wald zylindrischer Schornsteine, welche aus tausend Schlünden rußige Wolken aushauchen. Der Himmel erscheint nur wie hinter einem schwarzen Vorhang, den manchmal rötliche Blitze durchzucken. Der Wind trägt von hier ein rollendes Geräusch weiter, das etwa entferntem Donner oder dem Rauschen der hohlen See vergleichbar ist. Alles dieses zusammen ist »Stahlstadt«, die deutsche Stadt, das persönliche Besitztum des Herrn Schultze, des Ex-Professors der Chemie von Jena, der durch die Millionen der Begum zum größten Eisen-Industriellen und speziell zum berühmtesten Kanonengießer der ganzen Erde geworden ist.

Er fertigt solche von jeder Form und jedem Kaliber, mit glatter oder gezogener Seele, mit beweglicher oder fester Kulasse, für Rußland und die Türkei, für Rumänien und Japan, vor allem aber für Deutschland. Dank der Macht eines enormen Kapitals erwuchs hier ein Riesenetablissement, eine wirkliche Stadt und gleichzeitig Musterwerkstatt wie durch Zauberschlag aus der Erde. 30000 Arbeiter, meist geborene Deutsche, siedelten sich rings um dieselbe an und bildeten dadurch deren Vorstädte. Binnen wenigen Monaten schon eroberten sich die Erzeugnisse dieser Anstalt durch ihre allseitigen Vorzüge die ausgedehnteste Anerkennung.

Professor Schultze gräbt das Eisenerz und die Steinkohle aus seinen eigenen Bergwerken. Auf Ort und Stelle wandelt er das erstere in Gußstahl um. Auf Ort und Stelle macht er daraus Kanonen.

Was keiner seiner Konkurrenten auszuführen vermöchte, das war ihm ein Leichtes. In Frankreich gewinnt man Stahlbarren von 40 000 Kilogramm; in England hat man eine schmiedeeiserne Kanone von hundert Tonnen Gewicht hergestellt; Krupp in Essen liefert Gußstahlblöcke von 500 000 Kilogramm. Herr Schultze kennt keine Grenzen; verlangt von ihm eine Kanone von ganz beliebigem Gewicht und der außergewöhnlichsten Wirkung, er wird sie herstellen, glänzend wie ein Geldstück aus der Münze und in der bedungenen Frist.

Aber – er läßt sich auch dafür bezahlen! Es scheint, als hätten die 250 Millionen von 1871 nur seinen Appetit gereizt.

In der Kanonen-Industrie, wie überhaupt in allen anderen Dingen steht man groß da, wenn man das kann, was die anderen nicht vermögen. Hier verdient auch hervorgehoben zu werden, nicht nur, daß Herrn Schultzes Kanonen früher nie dagewesene Dimensionen erreichten, sondern daß sie, wenn durch den Gebrauch bei ihnen von einer Abnützung überhaupt die Rede sein konnte, doch jedenfalls niemals zersprangen. Das Material von Stahlstadt scheint ganz besondere Eigenschaften zu besitzen. Man erzählt sich über diesen Punkt von mancherlei unbekannten Zuschlägen, von chemischen Geheimnissen. Sicher ist jedoch nur, daß hierüber niemand etwas Verläßliches kennt.

Man weiß nur, daß in Stahlstadt das Fabrikationsverfahren mit eifersüchtiger Strenge geheimgehalten wird.

In diesem von Wüsten umgebenen, von der Welt durch einen Wall von Bergen abgeschlossenen und fünfhundert Meilen von den nächsten kleinen Ansiedlungen entfernten Winkel Nordamerikas würde man freilich vergeblich eine Spur jener Freiheit suchen, welche die Macht der Vereinigten Staaten begründet hat.

Wer etwa bis unter die Mauern von Stahlstadt kommt,

der versuche ja nicht, eines der massiven Tore zu passieren, die von Strecke zu Strecke die Linie von Gräben und Festungswerken unterbrechen. Der Wachposten würde jeden ohne Widerrede zurückweisen. Nach Stahlstadt gelangt man nur mit Hilfe einer geheimen Formel, eines Feldgeschreies oder zum mindesten einer gestempelten, unterzeichneten und in aller Ordnung ausgestellten Erlaubniskarte.

Diese Erlaubnis besaß offenbar ein junger Arbeiter, der an einem Novembermorgen in der Stahlstadt ankam, denn nach Zurücklassung eines alten, abgenützten ledernen Mantelsacks begab er sich nach dem nächsten Tore von dem Dorfe aus.

Es war ein großer, starkknochiger Mensch, nachlässig gekleidet, im Schnitte der amerikanischen Pioniere. Mit einem lockeren Matrosenkittel, einem wollenen Hemd ohne Kragen und mit Streifen besetzten Beinkleidern, die er in die großen Stiefeln gesteckt hatte. Über das Gesicht drückte er einen groben Filzhut tief herein, als wollte er den auf der Haut angesammelten Kohlenstaub verbergen, und schritt elastischen Schrittes dahin, während er ein Liedchen in den braunen Bart pfiff.

An der Pforte angekommen, überreichte der junge Mann dem Wachthabenden ein gedrucktes Blatt und ward sofort eingelassen.

»Ihre Ordre ist ausgestellt an Werkmeister Seligmann, Sektion K, Straße neun, Atelier siebenhundertdreiundvierzig«, sagte der Unteroffizier. »Sie haben nur dem Wege längs der Umfassung, hier rechter Hand bis zur Marke K zu folgen und sich dort dem Pförtner vorzustellen ... Sie kennen die Fabriksordnung? ... Sie sind entlassen, wenn Sie eine andere Sektion als die Ihrige betreten!« fügte er in dem Augenblicke hinzu, als der neue Ankömmling sich schon entfernte.

Der junge Arbeiter folgte der ihm bezeichneten Richtung und schlug den Weg längs der Umwallung ein. Zu seiner Rechten zog sich ein Graben hin und auf dem Erdaufwurf vor demselben wandelten Wachen auf und ab. Zur Linken, zwischen dem breiten Rundwege und einer Menge von Gebäuden, zeigte sich zunächst das Doppelgeleis einer Gürteleisenbahn; dahinter erhob sich noch eine zweite Mauer, ähnlich der äußeren, woraus die Gestalt von Stahlstadt leicht zu erkennen war.

Das Etablissement bildete nämlich einen Kreis, der strahlenförmig in einzelne, wiederum befestigte Sektoren zerfiel, welche voneinander unabhängig waren, außer daß sie Mauer und Graben gemeinschaftlich umschlossen.

Der junge Arbeiter fand bald am Rande des Weges die Marke K von einem großartig angelegten Tore, an dessen Wölbung derselbe Buchstabe wiederum in Stein gehauen zu sehen war, und stellte sich hier dem Pförtner vor.

Dieses Mal hatte er es nicht mit einem Soldaten zu tun, sondern sah einen Invaliden mit hölzernem Bein und ordengeschmückter Brust vor sich.

Der Invalide prüfte seinen Schein und versah denselben wiederum mit einem Stempel.

»Alles in Ordnung«, sagte er darauf, »die neunte Straße linker Hand.«

Der junge Mann passierte die zweite befestigte Linie und befand sich nun in dem Sektor K; die an dem Tore auslaufende Straße bildete dessen Achse. Nach beiden Seiten erstreckten sich rechtwinklige lange Reihen von Baulichkeiten.

Das Getöse der Maschinen wurde nach und nach betäubend. Diese grauen, von hundert Fenstern durchbrochenen Gebäude glichen eher lebenden Ungeheuern als toten Massen. Der neue Ankömmling schien mit einem derartigen Anblick indes schon vertraut zu sein, denn die Umgebung erregte offenbar seine Aufmerksamkeit nicht sonderlich.

In fünf Minuten befand er sich in der neunten Straße, Atelier siebenhundertdreiundvierzig und gelangte hier zunächst in ein kleines Kontor voller Kartons und Verzeichnisse zu dem Werkmeister Seligmann.

Letzterer nahm den mit allen Bescheinigungen versehenen Zettel des jungen Mannes entgegen und sah diesen wie prüfend an.

»Als Puddler engagiert?« fragte er. »Sie scheinen mir noch ziemlich jung zu sein?«

»Das Alter tut wohl nichts zur Sache«, erwiderte jener. »Ich zähle fast sechsundzwanzig Jahre und habe schon sieben Monate lang gepuddelt. Wenn Sie es wünschen, kann ich Ihnen meine Atteste vorlegen, auf welche hin ich in New York von dem Chef des Personals angenommen wurde.«

Der junge Mann sprach zwar deutsch ziemlich geläufig, doch mit einem leichten Akzent, der das Mißtrauen des Werkführers erweckte.

»Sind Sie etwa ein Elsässer?« fragte er.

»Nein, ich bin Schweizer ... aus Schaffhausen. Bitte, hier meine Legitimationspapiere.«

Er holte dabei ein ledernes Notizbuch aus der Tasche und zeigte dem Werkmeister einen Paß, ein Wanderbuch und andere Zertifikate.

»Schon gut, Sie sind einmal angenommen und ich habe Ihnen nur Ihren Platz anzuweisen!« erwiderte Seligmann, beruhigt durch jene amtlichen Zeugnisse.

Er schrieb den Namen Johann Schwartz in ein Register, machte auf den Annahmeschein eine zugehörige Bemerkung, lieferte dem jungen Manne eine blaue Karte mit seinem Namen und der Nummer 57.938 aus und fügte hinzu:

»Sie haben sich jeden Morgen um sieben Uhr am Tore K einzustellen, zeigen diese Karte vor, ohne welche Sie auch die äußere Umfassung nicht passieren dürfen, nehmen sich dann von dem Gestell in der Torstube eine Marke mit Ihrer Matrikelnummer und zeigen mir diese beim Eintreten vor. Um sieben Uhr abends, wenn Sie wieder weggehen, werfen Sie dieselbe an der Türe des Ateliers in die Büchse, deren Einwurf nur zu dieser Zeit offen ist.«

»Ich weiß schon davon ... kann man hier im Etablissement wohnen?« fragte Schwartz.

»Nein, ein Unterkommen müssen Sie sich in der Umgebung suchen; dagegen können Sie aus der Arbeiterküche des Ateliers um billigen Preis ein Mittagsmahl erhalten. Ihr Lohn beträgt anfänglich einen Dollar per Tag. Er steigt jedes Vierteljahr um zwanzig Prozent ... für Vergehen gibt es nur eine Strafe, die Entlassung. Sie wird von mir in erster Instanz ausgesprochen, im Falle des Einspruchs durch den Ingenieur bestätigt oder verworfen. Fangen Sie schon heute an?«

»Warum nicht?«

»Das wäre nur ein halber Arbeitstag!« bemerkte Seligmann, während er Schwartz durch einen Gang hinführte.

Beide überschritten einen weiten Hof und kamen in eine geräumige Halle, welche ihrer Ausdehnung und der Anordnung ihres Sparrenwerkes nach der Personenhalle eines großen Bahnhofes ähnelte. Als Schwartz dieselbe überblickte, konnte er sich eines Gefühls von Erstaunen doch nicht ganz erwehren.

An jeder Seite dieses langen Raumes erhoben sich zwei Reihen gewaltiger runder Säulen, die dem Durchmesser und der Höhe nach denen von St. Peter in Rom entsprachen, von der Erde bis zu der verglasten Dachwölbung, über welche sie hinausragten. Das waren die Kamine ebensovieler Puddelöfen, welche an deren Basis aufgemauert standen. Jede Reihe zählte fünfzig solcher Öfen.

An dem einen Ende kamen fortwährend Lokomotiven an, welche mit Gußeisenzainen beladene Wagen zur Speisung jener Öfen heranschleppten. Am anderen Ende nahmen leere Wagenzüge das in Stahl verwandelte Gußeisen zur Weiterbeförderung wieder auf.

Durch die Operation des Puddelns wird diese Umwandlung bewirkt. Viele Rotten halbnackter Zyklopen mit langen eisernen Haken verrichteten diese Arbeit.

Die Roheisenzaine wurden in einem mit Schlackenmantel umgebenen Ofen stark erhitzt. Um Schmiedeeisen zu erhalten, würde man diese Gußstücke sogleich umzurühren (d. i. zu puddeln) beginnen, sowie die Masse teigig geworden ist. Um aber Stahl, d. h. jenes Eisenkarbonat, das jenem zwar verwandt, aber doch bestimmt verschieden von ihm ist, zu erzielen, wartet man die völlige Schmelzung des Gußeisens ab und treibt die Hitze in den Öfen dann noch höher hinauf. Der Puddler rührt und schaufelt die metallische Masse dann nach allen Seiten um, dreht und wendet sie inmitten der Flamme; wenn sie dann durch Vermischung mit gewissen Zuschlägen einen gewissen Grad von Widerstandsfähigkeit erlangt hat, trennt er sie in vier Klumpen oder »Luppen«, die er einzeln an die Hammergehilfen abgibt.

Die weitere Bearbeitung erfolgt nun in der Mittellinie des Saales. Vor jedem Ofen befindet sich daselbst nämlich ein entsprechender Stampfhammer, der durch den Dampf eines stehenden, in oben erwähnten Kaminen angebrachten Kessels bewegt und von einem Zängemeister geleitet wird. Vom Kopf bis zu den Füßen mit Stiefeln und Gamaschen von Eisenblech ausgerüstet, geschützt durch ein Schurzfell aus dickem Leder und von einer metallenen Maske verhüllt, erfaßte dieser Kürassier der Industrie die glühende Luppe mit seiner langen Zange und brachte sie unter den Hammer. Bei den wiederholten Schlägen dieser enormen Masse spie jene unter einem Regen glänzender Funken und brennender Eisenteilchen die in ihr enthaltenen Verunreinigungen, wie ein gedrückter Schwamm das Wasser, nach allen Seiten aus.

Darauf gab sie der Zängemeister den Gehilfen zurück, die sie zur Wiedererhitzung nach dem Ofen schleppten, von dem aus sie dann noch einmal mit dem gewaltigen Hammer bearbeitet wurde.

In der ungeheuren Schmiede herrschte eine ewige Bewegung, liefen die endlosen Riemen über ihre Scheiben, dröhnten die dumpfen Schläge, krachte das Feuerwerk der bearbeitenden Eisenmassen und blendete die Weißglut der zahlreichen Öfen. Inmitten dieses Gedonners und Gebrauses erschien der Mensch nur wie ein Kind gegenüber den leblosen Massen, die er hier beherrschte.

Es sind gar stämmige Burschen, diese Puddlers! So mit allen Kräften das Eisen zu kneten, bei der sengenden, ausdörrenden Hitze immer Metallmengen von je einigen Zentnern zu behandeln, das Auge stundenlang der brennenden Glut zuzuwenden, das ist eine gar harte Arbeit, die ihren Mann in zehn Jahren aufreibt.

Schwartz legte, um dem Werkmeister zu zeigen, daß er derselben wohl gewachsen wäre, den Kittel und das Wollhemd ab, wobei sein athletischer Bau und seine kräftigen Muskeln sichtbar wurden, ergriff eine Rührstange, mit der eben ein anderer gepuddelt hatte, und setzte diese Arbeit fort.

Da der Werkmeister sah, daß er die Sache kannte, so überließ dieser ihn sich selbst und kehrte nach seinem Büro zurück.

Der junge Mann strengte sich bis zur Mittagszeit tüchtig an. Ob er aber seine Kräfte dabei zu heftig in Anspruch genommen und es an diesem Morgen versäumt hatte, ein für solche Arbeit unbedingt nötiges nahrhaftes Frühstück zu sich zu nehmen, jedenfalls bemerkte man, daß er ermüdet und schwach wurde, was dem Rottenführer denn auch bald genug auffiel.

»Sie sind nicht zum Puddler geschaffen, mein Junge«, sagte er, »und würden besser tun, sich beizeiten eine andere Stellung auszubitten, da man Ihnen später einen Wechsel nicht mehr zugestehen würde.«

Schwartz protestierte. Es sei das nur eine vorübergehende Schwäche ... er könne puddeln so gut wie ein anderer! ...

Der Rottenführer erstattete trotzdem seinen Bericht, und der junge Mann wurde sofort zum Oberingenieur des Werkes berufen.

Dieser musterte seine Papiere aufs neue, zuckte die Achseln und fragte mit dem Tone eines Untersuchungsrichters:

»Sind Sie in Brooklyn Puddler gewesen?«

Schwartz senkte verwirrt die Augen nieder.

»Ich sehe wohl, daß ich Ihnen die Wahrheit sagen muß«, antwortete er. »Ich war nur beim Hochofen angestellt und wollte das Puddeln versuchen, weil das einen höheren Lohn abwirft.«

»Da ist doch der eine wie der andere!« erwiderte achselzuckend der Ingenieur. »Sie wollen mit fünfundzwanzig Jahren leisten, was ein Dreißigjähriger nur ausnahmsweise auszuführen imstande ist! . . . Sind Sie wenigstens ein guter Gießer?«

»Ich war zwei Jahre lang in der ersten Klasse.«

»Dann täten Sie besser, in dieser Stellung zu bleiben! Hier werden Sie erst in der dritten Klasse wieder anfangen können und dürfen noch von Glück sagen, daß ich Ihnen den Übertritt in einen anderen Sektor erleichtere.«

Der Ingenieur schrieb einige Worte auf einen Passierschein, sendete eine Depesche ab und sagte:

»Geben Sie Ihre Marke zurück, verlassen Sie diese Abteilung und verfügen Sie sich geraden Weges nach dem Büro des Oberingenieurs im Sektor O. Jener ist von der Sachlage unterrichtet.«

Dieselben Förmlichkeiten, welche Schwartz an dem Tore des Sektors K aufgehalten hatten, empfingen ihn auch am Sektor O. Ganz wie am Morgen wurde er hier ausgefragt, aufgenommen und an den Abteilungswerkmeister gewiesen, der ihn in den Gießersaal einführte. Hier vollzog sich die Arbeit schweigsamer, womöglich aber noch methodischer.

»Hier sehen Sie nur die kleinere Abteilung für den Guß der Zweiundvierzig-Pfünder«, sagte der Werkmeister. »In den Gießhäusern für Herstellung der großen Kaliber sind nur die Arbeiter erster Klasse beschäftigt.«

Diese »kleine« Abteilung hatte immerhin eine Länge von hundertfünfzig Meter bei fünfundsechzig Meter Breite. Sie diente nach Schwartz' Schätzung zur Erhitzung von mindestens sechshundert Schmelztiegeln, welche, je nach ihrer Größe, zu vier, acht oder zwölf in den Öfen an der Seite Platz fanden.

Die zur Aufnahme des geschmolzenen Stahles bestimmten Gießformen standen in der vertieften Längenachse der Galerie in einer Reihe hintereinander. An jeder Seite dieses Mittelgrabens erhob sich, auf einem Schienenstrange verschiebbar, ein mächtiger Kran, dessen Konstruktion jede mögliche Bewegung gestattete, so daß die gewaltigsten Gewichte an beliebiger Stelle durch denselben gehoben und versetzt werden konnten. Ebenso wie in den Puddelhäusern berührte auch hier je eine Eisenbahn das eine Ende der Galerie, wo dieser die Gußstahlblöcke zugeführt wurden, während eine andere vom entgegengesetzten Ende die aus den Formen hervorgegangenen Kanonen hinwegschaffte.

Neben jeder Gußform stand ein Aufseher mit einer Eisenstange, der die Temperatur des flüssigen Stahles in den Schmelztiegeln zu überwachen hatte.

Das ganze Verfahren, wie es Schwartz schon auch von anderen Orten her kannte, war hier zu höchster Vollkommenheit entwickelt.

Sollte zu einem Gusse verschritten werden, so benachrichtigte ein Glockensignal alle Beteiligten. Mit gleichmäßigen, strengbemessenen Schritten begaben sich die Arbeiter je zwei und zwei von gleicher Größe, eine Eisenstange waagerecht auf den Schultern tragend, nach dem Ofen.

Ein Rottenführer mit einer Schrillpfeife und die Sekundenuhr in der Hand, stand in der Nähe der Gießform, welche möglichst in gleicher Entfernung von allen zu ihrer Füllung nötigen Öfen angebracht war. Von jeder Seite derselben liefen Rinnen aus feuerbeständigem Lehm und mit Eisenblech überdeckt, in sanfter Neigung bis zu einer, direkt über der Gußform befindlichen, trichterförmigen Vertiefung. Der Rottenführer pfiff. Sofort ward ein Schmelztiegel mittels einer Zange aus dem Feuer gehoben und an die Eisenstange des dem Ofen zunächst stehenden Trägerpaares gehangen. Wieder ertönte die Pfeife in verschiedener Weise, und die beiden Männer entleerten den Inhalt ihres Tiegels in die entsprechende Rinne. Dann warfen sie das noch hellglühende Gefäß in eine große Kufe.

Ohne Unterbrechung und in genau eingehaltenen Zeiträumen, um die völlige Gleichmäßigkeit des Gußstückes zu sichern, verfuhren alle Nachfolgenden in ganz derselben Weise.

Die hierbei beobachtete Präzision war eine so außerordentliche, daß der letzte Schmelztiegel genau auf das Zehntel der vorher berechneten Sekunde ausgeleert und in die Kufe geworfen war. Der ganze Vorgang glich weit mehr der Wirkung eines blinden Mechanismus, als der zusammenfallenden Willensäußerung von hundert lebenden Wesen. Eine unverletzliche Disziplin, die Macht der Gewohnheit und der Einfluß, den eine taktmäßige Musik auf jedermann ausübt, brachten dieses Wunder zustande.

Schwartz schien mit diesem Verfahren vertraut zu sein. Er wurde einem anderen Arbeiter von gleicher Größe zugestellt, probeweise bei einem minder bedeutenden Gußstücke beschäftigt und sofort als erfahrener, gewandter Gießer erkannt. Sein Rottenführer versicherte ihm schon am ersten Abend, daß er schnell vorwärtskommen werde.

Sobald er nach Schluß der Arbeit den Sektor O und die äußere Umfassung der Fabrik verlassen, begab er sich nach dem Gasthause, seinen Mantelsack zu holen. Auf einem der Außenwege gelangte er dann bald nach einer schon am Morgen bemerkten Gruppe von Häusern, wo er bei einer braven Frau, welche »Kostgänger aufnahm«, geeignetes Unterkommen fand.

Nach dem Abendessen sah man den jungen Arbeiter nicht, wie es die übrigen zu tun pflegten, nach einer Brauerei wandern. Er schloß sich vielmehr in sein Zimmerchen ein und brachte aus der Tasche ein offenbar aus der Puddelhütte heimlich mitgenommenes Stückchen Stahl und ebenso eine kleine Menge feuerfesten

Tones aus dem Sektor O, welche er beim Scheine einer rußenden Lampe aufmerksam betrachtete.

Dann entnahm er dem Mantelsack ein großes, schwach eingebundenes Heft, durchblätterte dessen mit Bemerkungen, Formeln und Rechnungen bedeckte Blätter und schrieb das Nachfolgende in gutem Französisch, aus Vorsicht aber in einer ihm allein bekannten Geheimschrift nieder:

»10. November. – Stahlstadt. – Die Puddelmethode hier ist ganz die gewöhnliche, nur bedient man sich, wohl zu bemerken, der von Chernoff empfohlenen und verhältnismäßig ziemlich niedrigen Temperaturen, sowohl bei der ersten Erhitzung als bei dem zweiten Feuer. Das Gießen betreibt man nach dem Vorgange Krupps in Essen, hält dabei aber auf eine wahrhaft wunderbare Gleichmäßigkeit der Ausführung. Diese Sicherheit in jedem Manöver muß man als die größte Stärke der Deutschen anerkennen. Sie rührt offenbar von dem der ganzen germanischen Rasse angeborenen musikalischen Gehör her. Die Engländer werden nie imstande sein, eine solche Vollkommenheit zu erreichen, dazu fehlt ihnen das Ohr, wenn nicht gar der Geist der Disziplin. Die Franzosen, welche sich ja gern die ersten Tänzer der Welt nennen, müßten sich leicht in dieser Weise ausbilden können. Bisher habe ich also nichts Geheimnisvolles gesehen, dem man die ungeheuren Erfolge dieser Fabrikationsweise zuschreiben könnte. Die von mir beim Wandern durch das Gebirge gesammelten Erzmuster entsprechen unseren guten Eisensorten vollständig. Die Steinkohlen sind gewiß sehr schön und eignen sich für metallurgische Zwecke ganz vorzüglich, stehen aber sicher nicht einzig da in ihrer Art. Ohne Zweifel basiert Schultzes Herstellungsmethode darauf,daß er nur Material der besten Qualität, frei von jeder fremden Beimischung, verwendet und auf die vollkommene Reinheit desselben achtet. Das alles ist aber ohne Schwierigkeit nachzuahmen. Es gilt, um im Besitz aller Elemente des Problems zu sein, nur noch die Zusammensetzung des feuerbeständigen Tones zu untersuchen, der zu den Schmelztiegeln und Gußrinnen verwendet wird. Ist das erreicht und sind unsere Gießer erst in ähnlicher Weise diszipliniert, so sehe ich nicht ein, warum wir nicht dasselbe leisten sollten, was hier vollbracht wird. Bisher sah ich freilich nur zwei Sektoren und es gibt deren vierundzwanzig, ohne die Zentralstelle, die Abteilung für Pläne und Modelle, sozusagen das geheime Kabinett, zu rechnen. Worüber mag man dort wohl brüten? Was mag unseren Freunden bevorstehen, wenn ich an die Drohungen denke, die Herr Schultze bei Antritt seiner Erbschaft ausstieß?«

Erschöpft von den Anstrengungen des Tages, entkleidete sich Schwartz und schlüpfte in das kleine, so unbequeme Bett, wie es eben nur ein deutsches Bett sein kann – und das will viel sagen –, zündete sich noch eine Pfeife an und begann in einem alten Buche zu lesen. Offenbar schwärmten seine Gedanken aber irgendwo anders umher. Zwischen seinen Lippen drängten sich unaufhörlich die leichten, duftenden Wölkchen hervor, als sagten sie wieder:

»Bah! Bah! Bah! Bah! . . .«

Am Ende legte er das Buch gänzlich weg und versank in tiefes Sinnen, als wäre er mit der Lösung eines schwierigen Problems beschäftigt.

»Oh«, rief er plötzlich, »und wenn es mit dem Teufel selbst zuginge, ich werde hinter Herrn Schultzes Geheimnis kommen und zu erfahren wissen, was er gegen France-Ville im Schilde führt!«

Den Namen des Doktor Sarrasin auf den Lippen, schlummerte Schwartz ein, im Traume aber veränderte sich dieser zu dem Namen der kleinen Tochter des Arztes. Ungeschwächt bewahrte er die Erinnerung an das liebliche Mädchen, zumal da Jeanne, seit er sie verlassen, nun zur Jungfrau aufgeblüht sein mußte. Diese Erscheinung erklärt sich leicht durch die bekannten Gesetze der Ideenassoziation: Der Gedanke an Doktor Sarrasin legte ja den an dessen Tochter ziemlich nahe, und als Schwartz oder vielmehr Marcel Bruckmann erwachte und noch immer Jeannes Namen im Gedächtnis hatte, erstaunte er darüber nicht im mindesten, sondern erkannte nur eine Bestätigung der ausgezeichneten psychologischen Grundwahrheiten Stuart Mills.

Sechstes Kapitel

Der Albrechts-Schacht

Madame Bauer, die brave Frau, welche Marcel Bruckmann bei sich aufgenommen hatte, war eine Schweizerin von Geburt und die Witwe eines Bergmannes, der vor etwa vier Jahren durch einen jener Unfälle getötet wurde, die dem Leben des Kohlengräbers den Charakter eines fortwährenden Kampfes verleihen. Das Etablissement gewährte ihr eine kleine jährliche Pension von dreißig Dollar, neben der sie ihr Leben noch durch den geringen Ertrag eines möbliert vermieteten Zimmers und den Lohn ihres Sohnes kärglich fristete, den dieser jeden Sonntag heimbrachte.

Obgleich erst dreizehn Jahre alt, war Karl doch schon in einer Kohlengrube angestellt, wo er beim Passieren der Kohlenwagen eine jener Lufttüren zu öffnen und zu schließen hatte, die zur Ventilation der Schächte unumgänglich nötig sind, weil man durch dieselben dem Luftstrome eine beliebige Richtung anzuweisen vermag. Das von seiner Mutter ermietete Häuschen lag zu entfernt vom Albrechts-Schacht, als daß er jeden Abend hätte dahin gehen können, deshalb hatte man ihm auch noch eine leichte nächtliche Beschäftigung in der Grube angewiesen, welche darin bestand, daß er sechs Pferde in ihrem unterirdischen Stalle zu bewachen und zu füttern hatte, während der Stallknecht nach Hause gegangen war.

Karls Leben verlief also fast ganz und gar fünfhundert

Meter unterhalb der Erdoberfläche. Tagsüber stand er bei seiner Lufttüre auf Wache, des Nachts schlief er auf dem Stroh neben seinen Pferden. Nur sonntags morgens kehrte er einmal an das Licht zurück und konnte sich wenige Stunden an der Sonne, dem blauen Himmel und dem Lächeln der Mutter erfreuen.

Es liegt auf der Hand, daß er nach einer solchen Woche, wo er aus dem Schachte heraufkam, nicht gerade einem »schmucken jungen« Manne glich. Er ähnelte weit mehr einem Berggeiste der Zauberstücke, einem Essenkehrer oder einem Papua-Neger. Frau Bauer verwendete dann viel Zeit darauf, ihn unter Verschwendung von warmem Wasser und von Seife erst wieder menschlich zu gestalten. Hierauf legte er den Sonntagsstaat aus grobem grünen Tuche an, ein Überbleibsel der väterlichen Nachlassenschaft, den die Mutter aus dem großen Weidenholzschranke hervorholte, um dann ihren Knaben, den sie nun für den schönsten der ganzen Welt hielt, bis zum Abend mit selbstzufriedener Zärtlichkeit zu bewundern.

Von seiner Kohlenstaubschicht befreit, war Karl eben nicht häßlicher als irgendein anderer. Seine blonden Seidenhaare und die blauen sanften Augen paßten recht gut zu dem auffallend weißen Teint, doch war sein Körper für das Alter von dreizehn Jahren zu klein. Das sonnenlose Leben machte ihn ebenso blutarm wie eine im Keller wachsende Pflanze, und wahrscheinlich hätte Doktor Sarrasins Blutkügelchen-Zähler bei dem jungen Bergmanne eine viel zu geringe Menge dieser Organismusmünze ergeben.

Im übrigen erschien das Kind schweigsam, ruhig, sogar phlegmatisch, ließ aber doch ein wenig von dem Stolze durchblicken, den das Gefühl fortwährender Gefahr, der Gewohnheit regelmäßiger Arbeit und der Selbstbefriedigung über die besiegten Schwierigkeiten so leicht jedem Bergmanne verleiht.

Sein größtes Glück fand er darin, neben der Mutter an dem großen viereckigen Tische zu sitzen, der die Mitte der niedrigen Stube einnahm, und auf einem Karton eine Menge abscheulicher Insekten zu befestigen, die er aus den Eingeweiden der Erde mit heraufgebracht hatte. Die Wärme und gleichmäßige Atmosphäre der Minen erzeugen eine den Naturforschern nur wenig bekannte Fauna, ebenso wie die feuchten Steinkohlenwände eine seltsame Flora von Moosen, unbeschriebenen Pilzen und amorphen Gebilden aufweisen. Der Ingenieur Maulesmülhe, ein Liebhaber der Entomologie, hatte das bald entdeckt und Karl für jede neue Spezies, von der er ihm, wenn auch nur ein Exemplar verschafte, einen halben Laubtaler versprochen. Diese goldene Aussicht verlockte den Knaben zuerst dazu, alle Winkel seiner Grube zu durchsuchen, und machte am Ende aus ihm selbst einen Sammler, so daß er nun auch Insekten zum eigenen Vergnügen einfing.

Dabei beschränkte er seine Liebhaberei nicht allein auf Spinnen und Asseln. Er unterhielt in seiner Einsamkeit auch sehr freundschaftliche Beziehungen mit zwei Fledermäusen und einer Feldratte. Seinen Reden nach waren diese drei Tiere die gescheitesten und hübschesten der Erde, jedenfalls verständiger als seine Pferde mit den langen weichen Haaren und der prächtigen Mähne, von denen Karl übrigens nur mit Bewunderung sprach.

Da war vorzüglich Blair-Athol, der erste des Stalles, ein alter Philosoph, der vor sechs Jahren fünfhundert Meter unter die Oberfläche der Erde hinabgekommen war und niemals das Licht des Tages wiedergesehen hatte. Jetzt litt das Tier fast an völliger Blindheit. Wie genau kannte es aber sein unterirdisches Terrain! Wie wußte es sich nach rechts und links zu drehen, wenn es seinen Wagen dahinzog, ohne sich je um einen Schritt zu verirren! Wie sicher hielt es vor den Lufttüren in richtiger Entfernung an, um den nötigen Raum zur Öffnung derselben freizulassen! Wie freundlich wieherte es morgens und abends zur bestimmten Minute, wenn ihm sein wohlverdientes Futter gereicht wurde! Und es war so gut, so anhänglich und zärtlich!

»Ich versichere dir, Mutter, daß es mir wirklich einen Kuß gibt, indem es mit dem Backen an meine Wange streicht, wenn ich ihm mit dem Kopfe nahe komme«, sagte Karl. »Und du kannst dir vorstellen, wie bequem es ist, daß Blair-Athol die Uhr so genau im Kopfe hat. Ohne ihn würden wir die ganze Woche über nicht wissen, ob es Nacht oder Tag, Abend oder Morgen ist!«

So plauderte das Kind, und Frau Bauer lauschte ihm mit Wohlgefallen. Sie liebte Blair-Athol schon deshalb, weil ihm ihr Sohn gewogen war, und ermangelte bei Gelegenheit nicht, ihm das auch durch ein mitgesendetes Stückchen Zucker zu beweisen. Was hätte sie nicht darum gegeben, diesen alten treuen Diener, den ihr Mann schon gekannt hatte, einmal zu sehen und gleichzeitig die Stelle zu besuchen, wo der Leichnam des armen Bauer nach der Explosion schwarz wie Tinte und verkohlt von den schlagenden Wettern aufgefunden worden war ... Frauen hatten aber keinen Zutritt zur Grube, und sie mußte sich also mit den oft wiederholten Beschreibungen ihres Sohnes begnügen.

Ach, sie kannte sie sehr gut, diese Grube, diesen schwarzen Schlund, aus dem ihr Mann nicht wieder zurückgekehrt war! Wie oft hatte sie an der gähnenden Mündung von achtzehn Fuß Durchmesser gewartet und war längs der Schachtmauer dem doppelten Gestelle aus Eichenholz gefolgt, in dem die Butten an ihrem über die stählernen Blockrollen gelegten Kabel auf und ab liefen, oder hatte sie an der äußeren Umplankung das Maschinenhaus, das Stübchen des Stemplers und alles andere besucht, was sich sonst hier noch vorfand! Wie oft wärmte sie sich früher an dem unausgesetzt glühenden Feuer des ungeheuren Eisenkorbes, an dem die Bergleute, wenn sie aus dem Abgrunde emporsteigen, ihre Kleidung trockneten und die ungeduldigen Raucher ihre Pfeifen anzündeten! Wie vertraut war sie mit dem Lärmen und der Tätigkeit dieser höllischen Pforte! Die Schaffner, welche die mit Kohlen beladenen Wagen in

Empfang nahmen, die Gestängearbeiter, die Ausleser und Wäscher, die Mechaniker und Heizer, sie hatte alle wiederholt gesehen und kennengelernt.

Niemals erblickte ihr Auge aber, und doch sah sie es so lebhaft vor sich, wenn auch nur durch das Auge des Herzens, was da in der Tiefe vorging, wenn die Butte mit ihrer Menschenlast, darunter früher ihr Mann und jetzt ihr einziges Kind, im schwarzen Abgrund verschwunden war.

Sie hörte die Stimme und das Gelächter der Leute, wie es allmählich schwächer wurde und endlich ganz verstummte. Sie folgte in Gedanken diesem Käfige, der sich in den engen lotrechten Schacht hinabsenkte – fünf- bis sechshundert Meter, viermal so tief wie die Höhe der größten Pyramide –, sie sah ihn dann endlich am Ziele ankommen und die Männer sich beeilen, den Erdboden zu betreten.

Dann zerstreuten sich diese in der unterirdischen Stadt nach allen Seiten; die Karrenläufer suchten ihre Wagen auf; die Hauer mit der Eisenhaue, von der sie ihren Namen haben, wanderten nach dem Kohlenflöze, das man eben in Arbeit hatte; die Ausfüller sorgten dafür, die leeren Gänge, aus denen die mineralischen Schätze geraubt waren, wieder mit festen Massen auszusetzen; die Zimmerer errichteten die Gerüste zur Unterstützung der nicht ausgemauerten Stollen; die Geleisarbeiter besserten an den Wegen aus oder legten Schienen; die Maurer wölbten Gänge ...

Eine Zentralgalerie geht von dem Schachte aus und endet wie ein breiter Fahrweg an einem anderen, drei bis vier Kilometer entfernten Schachte. Von dieser strahlen rechtwinklig Seitenstollen aus und an diesen wieder parallel mit der ersten die Gänge dritter Ordnung. Zwischen diesen Wegen erheben sich Mauern oder Pfeiler, entweder aus Kohle oder aus Felsgestein, alles ist regelmäßig, viereckig solid und – schwarz! ...

Und in diesem Labyrinth von Straßen gleicher Länge und Breite arbeitete eine ganze Armee halbnackter Bergleute, plaudernd bei dem Schimmer ihrer Sicherheitslampen.

Das war das Bild, welches Frau Bauer sich so häufig vor Augen führte, wenn sie allein und gedankenvoll am Kamine saß.

Unter diesen sich kreuzenden Stollen allen kannte sie vorzüglich einen genau, jedenfalls besser als alle anderen, den nämlich, dessen Tür ihr kleiner Karl den Tag über öffnete und wieder verschloß. Wenn dann der Abend kam, stieg die Tagesschicht wieder empor, um von der Nachtschicht abgelöst zu werden. Ihr Sohn aber nahm nicht mit in der Kufe Platz. Er begab sich nach dem Stalle, zu seinem Liebling Blair-Athol, besorgte diesem das nötige Futter an Hafer und seine Provision an Heu; dann verzehrte er selbst sein kaltes Abendbrot, das ihm von oben her zugeschickt wurde, spielte ein wenig mit der großen Ratte, die unbeweglich ihm zu Füßen saß, oder mit den beiden Fledermäusen, welche schwerfällig um sein Haupt flatterten, und schlummerte endlich auf dem ärmlichen Strohlager friedlich ein.

Wie genau wußte Frau Bauer das alles und wie verstand sie jedes Wort von ihrem Karl, noch bevor er es ganz ausgesprochen hatte.

»Weißt du, Mutter, was mir gestern der Herr Ingenieur Maulesmülhe sagte? Er sagte, wenn ich auf einige arithmetische Fragen, die er in den nächsten Tagen an mich richten würde, gute Antworten gäbe, so wolle er mich verwenden, die Maßkette zu halten, wenn er mit seiner Boussole Grubenpläne aufnähme. Es scheint, man will einen Stollen nach dem Weberschacht durchschlagen, und es wird Mühe kosten, diesen genau zu treffen.«

»Wirklich«, rief Frau Bauer hocherfreut, »der Herr Ingenieur Maulesmülhe hat das gesagt!«

Sie stellte sich schon vor, wie ihr Knabe in den Stollen die Kette hielt, während der Ingenieur mit dem Notizbuche in der Hand die Maße eintrug und das Auge auf die Boussole gerichtet, den Winkel für den Durchschlag bestimmte.

»Leider«, fuhr Karl fort, »weiß ich niemand, der mir erklären könnte, was ich von der Arithmetik noch nicht kenne, und ich fürchte, jene Fragen schlecht zu beantworten.«

Jetzt mischte sich Marcel, der am Kamin schweigend sein Pfeifchen rauchte, wozu ihn seine Eigenschaft als Pensionär des Hauses berechtigte, in das Gespräch und sagte zu dem Kinde:

»Wenn du mir mitteilen willst, was dir fehlt, so könnte ich dir wohl aus der Not helfen.«

»Sie?« bemerkte Frau Bauer etwas ungläubig.

»Gewiß«, erwiderte Marcel. »Glauben Sie denn, ich lernte gar nichts bei dem Unterricht, den ich abends nach dem Essen besuche? Der Lehrer ist mit mir recht zufrieden und meint, ich könnte ihm vielleicht zur Aushilfe und zum Wiederholen dienen.«

Marcel holte darauf aus seinem Zimmer ein noch leeres Schreibheft, setzte sich neben den kleinen Knaben, unterrichtete sich über die Lücken in dessen Kenntnissen und setzte ihm alles mit so großer Klarheit auseinander, daß dieser darin nicht die geringsten Schwierigkeiten fand.

Von diesem Tage ab erwies Frau Bauer ihrem Pensionär offenbar eine größere Achtung, und Marcel faßte mehr und mehr Zuneigung zu seinem kleinen Kameraden.

Er selbst erwies sich übrigens als musterhafter Arbeiter und wurde deshalb bald in die zweite und nach kurzer Zeit zur ersten Klasse versetzt. Jeden Morgen Punkt sieben Uhr fand er sich am Tore O ein. Alle Abende begab er sich nach dem Essen zum Unterricht, den der Ingenieur Trubner erteilte. Geometrie, Algebra, Figuren- und Maschinenzeichnen, alles erfaßte er mit gleichem Eifer und machte darin so schnelle Fortschritte, daß der Lehrer darüber erstaunte. Nach zweimonatigem Verweilen in dem Schultzeschen Werke war der junge Arbeiter schon als einer der hellsten Köpfe nicht nur im Sektor O, sondern in ganz Stahlstadt vorgemerkt. Der am Schlusse des ersten Vierteljahres von seinem unmittelbaren Vorgesetzten erstattete Bericht über ihn lautete wörtlich:

»Schwartz (Johann), 26 Jahre, Gießer erster Klasse. Ich fühle mich verpflichtet, den jungen Mann der Zentralleitung als außergewöhnlich befähigt zu empfehlen ebenso wegen seiner theoretischen Kenntnisse wie wegen hervorragender praktischer Geschicklichkeit und besonderer Erfindungsgabe.«

Nichtsdestoweniger bedurfte es einer ganz außerordentlichen Veranlassung, um Marcel die Aufmerksamkeit seiner Chefs zu sichern. Diese Gelegenheit bot sich denn auch, wie dies ja früher oder später immer zu geschehen pflegt, hier leider unter sehr betrübenden Umständen.

Marcel bemerkte eines Sonntagsmorgens mit Verwunderung, seinen kleinen Freund Karl noch nicht gesehen zu haben, obwohl schon zehn Uhr vorüber war, und er ging deshalb zu Frau Bauer hinab, um zu fragen, ob sie den Grund dieser Verzögerung kenne. Er fand letztere in großer Unruhe. Schon seit zwei Stunden hätte Karl zu Hause sein müssen. Da er ihre Sorge kannte, erbot er sich, Erkundigungen einzuziehen, und begab sich also nach dem Albrechts-Schacht.

Unterwegs begegnete er mehreren Bergleuten, welche er fragte, ob sie den Knaben gesehen hätten. Alle verneinten das, wechselten mit ihm das gewohnte »Glück auf!«, und Marcel setzte seinen Weg fort.

So kam er gegen elf Uhr nach dem Albrecht-Schachte selbst. Hier herrschte jetzt vollkommene Ruhe im Gegensatze zu dem geschäftigen Treiben der Werktage. Höchstens plauderte eine junge »Modistin« – so nannten die Bergleute scherzweise die Kohlensortiererinnen – mit dem Stempler, den seine Pflicht selbst an Feiertagen an der Mündung des Schachtes zurückhielt.

»Haben Sie den kleinen Karl Bauer, Nummer 41.902, herauskommen sehen?« fragte Marcel den Beamten.

Der Mann prüfte seine Liste und schüttelte den Kopf.

»Hat das Werk noch einen anderen Ausgang?«

»Nein, das hier ist der einzige«, antwortete der Stempler. »Der Durchschlag nach Norden ist noch nicht vollendet.«

»So ist der Junge noch unten?«

»Jedenfalls, und das ist eigentümlich, denn des Sonntags haben nur die fünf Extrawächter in der Grube zu bleiben.«

»Darf ich hinabsteigen, um nachzusehen?«

»Nicht ohne Erlaubnis.«

»Es könnte sich ja ein Unfall ereignet haben«, sagte da die Modistin.

»Des Sonntags ist kein Unfall möglich.«

»Ich muß aber wissen, was mit dem Kinde geschehen ist«, fuhr Marcel fort.

»Wenden Sie sich an den Maschinenmeister, dort im Büro . . . wenn er überhaupt da ist . . .«

In vollem Sonntagsstaate mit einem Hemdkragen so steif wie Weißblech, hatte sich der Maschinenmeister bei Abschluß seiner Rechnungen zum Glück etwas verspätet. Als einsichtiger, gefühlvoller Mann konnte er der Sorge Marcels gegenüber nicht teilnahmslos bleiben.

»Wir wollen nachsehen, was geschehen ist!« sagte er.

Der diensthabende Mechaniker erhielt Befehl, sich fertigzuhalten, und jener schickte sich an, mit dem jungen Arbeiter in die Grube anzufahren.

»Haben Sie keine Galibertschen Apparate?« fragte der letztere. »Sie könnten uns von Nutzen sein.«

»Richtig, man weiß nie, was da in der Tiefe passiert.«

Der Maschinenmeister nahm aus einem Schranke zwei Gefäße, ähnlich den Zinkbehältern, wie sie die »Coco«-Verkäufer in Paris auf dem Rücken tragen. Das waren zwei Metallkisten mit komprimierter Luft, welche mit den Lippen durch zwei Kautschukrohre mit Hornmundstück, das man zwischen die Zähne nimmt, in Verbindung gesetzt werden. Man füllt sie mit Hilfe besonderer Gebläse und sie sind so eingerichtet, daß sie sich vollständig entleeren können. Schließt man nun die

Nase durch eine hölzerne Klammer, so kann man, versorgt mit diesem Vorrat an Luft, straflos in einer unatembaren Atmosphäre verweilen.

Nach Beendigung dieser Vorbereitungen stiegen der Maschinenmeister und Marcel in die Butte ein, das Tau glitt über die Rollen und die Hinabfahrt begann. Beleuchtet von zwei kleinen elektrischen Lampen, plauderten beide, während sie in die Eingeweide der Erde versanken.

»Für einen Neuling in dieser Fahrt sieht man Ihnen eben nicht viel Furcht an«, sagte der Meister. »Ich habe genug Leute getroffen, die sich entweder gar nicht dazu entschließen konnten, nicht anzufahren, oder die sich wenigstens wie Kaninchen in die Ecke des Fahrstuhles verkrochen.«

»Wäre das möglich?« antwortete Marcel. »Mir tut es ganz und gar nichts. Freilich bin ich schon zwei- oder dreimal in Kohlengruben mit angefahren.«

Man langte bald im Grunde des Schachtes an. Ein Wächter, der sich an der Schachtsohle befand, hatte den kleinen Karl nicht bemerkt.

Im Stalle standen die Pferde allein und schienen sich von ganzem Herzen zu langweilen. Das mußte man wenigstens aus dem freudigen Wiehern schließen, mit dem Blair-Athol die drei Ankömmlinge bewillkommte. An einem Nagel hing hier Karls Leinentasche und in einer Ecke, neben einer Striegel, sein Arithmetikheft.

Marcel bemerkte sofort, daß die Laterne nicht an ihrer Stelle war, ein weiterer Beweis, daß das Kind in der Grube sein müsse.

»Er müßte irgendwo verschüttet worden sein«, sagte der Maschinenmeister, »doch das ist kaum anzunehmen. Was hätte er auch in den Strecken zu tun, wo jetzt Kohle gebrochen wird, heute an einem Sonntage?«

»Oh, vielleicht suchte er nach Insekten, bevor er auffahren wollte«, erwiderte der Wächter, »denn dafür hatte er eine wahre Leidenschaft.«

Der Stallknecht, welcher inzwischen hinzukam, erklärte sich auch für diese Annahme. Er hatte Karl schon vor sieben Uhr mit der Laterne weggehen sehen.

Es blieb nun nichts übrig, als regelrechte Nachsuchungen anzustellen. Mittels der Pfeife wurden auch die anderen Wächter herbeigerufen, und jeder erhielt den Auftrag, einen gewissen Teil des großen Bergwerkes zu durchsuchen.

Binnen zwei Stunden hatte man alle Teile der Kohlengrube durchwandert und die sieben Menschen fanden sich wieder bei der Schachtsohle zusammen. An keiner Stelle hatte sich etwas von einem Einsturz, aber auch nicht das geringste von Karl gezeigt. Der Maschinenmeister, welcher wahrscheinlich etwas Hunger spürte, neigte zu der Ansicht, das Kind könne vorübergekommen sein, ohne daß er es bemerkt hätte, und werde sich nun ruhig zu Hause befinden. Marcel aber, der vom Gegenteile überzeugt war, bestand darauf, die Nachforschungen aufs neue zu beginnen.

»Was bedeutet das?« fragte er, auf eine Stelle in dem Grubenplane zeigend, welche nur durch Punkte angedeutet war, wie die Geographen die Terrae ignotae jenseits der arktischen Länder zu bezeichnen pflegen.

»Das ist die vorläufig verlassene Zone«, antwortete der Meister; »die Flöze waren hier nicht mehr bauwürdig.«

»Es gibt eine verlassene Zone? . . . Oh, da müssen wir daselbst suchen!« erklärte Marcel und das mit einer Bestimmtheit, der sich die anderen sofort unterwarfen.

Bald erreichten sie nun die Mündung der Strecken, welche, nach ihren feuchten schimmligen Wänden zu urteilen, schon mehrere Jahre lang aufgegeben sein mußten. Sie folgten denselben schon eine Zeitlang, ohne etwas Verdächtiges zu entdecken, als Marcel plötzlich stehenblieb.

»Fühlen Sie nicht eine gewisse Schwere in den Gliedern und etwas Kopfschmerz?«

»Ja, wahrhaftig!« bestätigten seine Begleiter.

»Mir erscheint es«, fuhr Marcel fort, »als wäre ich

manchmal halb betäubt. Hier ist ohne Zweifel zu viel Kohlensäure in der Luft! . . . Gestatten Sie, daß ich ein Streichhölzchen anbrenne?« fragte er den Meister.

»Nach Belieben!« antwortete dieser.

Marcel nahm ein kleines Etui aus der Tasche, entzündete ein Hölzchen und bückte sich, um die Flamme dem Erdboden zu nähern. Diese erlosch sofort.

»Ich wußte es«, sagte er. »Das Gas hält sich wegen seiner größeren Schwere unten auf dem Boden . . . Wir dürfen hier nicht länger verweilen . . . ich meine diejenigen, welche keine Galibertschen Apparate haben. Wenn es Ihnen recht ist, Meister, setzen wir die Nachsuchungen allein fort.«

Marcel und der Maschinenmeister nahmen nun jeder das Mundstück ihres Luftbehälters zwischen die Zähne, klemmten sich die Nasenöffnungen zu und drangen dann tiefer in die alten Stollen ein.

Nach einer Viertelstunde mußten sie einmal umkehren, um den Luftvorrat zu erneuern, dann setzten sie den Weg fort.

Bei der dritten Wiederholung endlich krönte der Erfolg ihre Mühe. In dunkler Ferne erglühte der bläuliche Schein einer elektrischen Lampe durch den dunklen Schatten. Sie eilten hinzu . . .

An der feuchten Wand lag der arme kleine Karl schon kalt und steif. Seine blauen Lippen, das dunkel gerötete Gesicht und seine Lage selbst sagten deutlich genug, was hier vorgegangen war.

Um etwas von der Erde aufzuheben, hatte er sich gebückt und war buchstäblich in der Kohlensäureschicht ertrunken.

Alle Wiederbelebungsversuche blieben fruchtlos. Der Tod mochte schon vor vier oder fünf Stunden eingetreten sein. Am nächsten Abend zählte der Friedhof von Stahlstadt ein kleines Grab mehr, und die arme Frau Bauer stand nicht nur von ihrem Manne, sondern auch von dem einzigen Kinde verlassen in der Welt da.

Siebtes Kapitel

Die Zentral-Anlagen

Ein glänzender Bericht des Doktor Echternach, Oberarzt der Sektion des Albrecht-Schachtes, hatte dargelegt, daß das Ableben Karl Bauers, Nr. 41.902, dreizehn Jahre alt, »Falltürwärter« der Galerie 228, durch Asphyxie infolge Aufnahme einer größeren Menge von Kohlensäure in die Atmungsorgane eingetreten sei.

Ein nicht minder glänzender Bericht des Ingenieur Maulesmülhe bewies die Notwendigkeit, das Ventilationssystem bis zur Zone B des Planes XIV auszudehnen, deren Stollen schädliche Gasarten durch eine Art langsamer, unmerklicher Destillation ausströmten.

Endlich erwähnte eine Anmerkung desselben Beamten gegenüber der obersten Geschäftsleitung die aufopferungsvollen Bemühungen des Werkführers Rayer und des Gießers erster Klasse Johann Schwartz.

Als der junge Arbeiter sich acht bis zehn Tage später in der Torwächterstube seine Marke holen wollte, fand er an dem Nagel gleichzeitig eine an ihn gerichtete Vorladung hängen.

»Genannter Schwartz hat sich heute um zehn Uhr im Büro des Generaldirektors, Zentralgebäude, Tor und Straße A, einzufinden.«

»Endlich!« dachte Marcel. »Sie haben sich Zeit genommen, aber sie kommen doch dazu.«

Durch Plaudereien mit Kameraden und durch seine sonntäglichen Spaziergänge in der Umgebung von Stahlstadt hatte er jetzt hinreichende Kenntnisse von der strengen Organisation der ganzen Anlage, um zu wissen, daß die Erlaubnis, in deren eigentlichen Kern einzudringen, nur ungemein selten erteilt wurde. Es waren hierüber wirkliche Legenden in aller Munde. Man erzählte, daß unberechtigte Eindringlinge aus dem abgeschlossenen Mittelpunkte gar nicht wieder erschienen seien; daß die daselbst beschäftigten Arbeiter und Beamten sich vor ihrer Zulassung einer ganzen Reihe freimaurerischer Zeremonien zu unterwerfen und durch feierliche Eidesleistung das Versprechen zu geben hätten, über alles, was hier vorging, unverbrüchliches Stillschweigen zu bewahren, während über jeden ohne Gnade durch einen geheimen Gerichtshof die Todesstrafe verhängt wurde, der seinen Schwur verletzte. Eine unterirdische Eisenbahn setzte dieses Heiligtum mit der äußeren Umfassung des Werkes in Verbindung ... nächtliche Züge beförderten dahin unbekannte Besucher ... dort wurden bisweilen Beratschlagungen abgehalten im Beisein rätselhafter Persönlichkeiten, die sich an den Verhandlungen beteiligten ...

Ohne auf solche unsichere Berichte einen besonderen Wert zu legen, wußte Marcel doch, daß sie die volkstümliche Anschauung einer unleugbaren Tatsache ausdrückten, der unendlichen Schwierigkeit nämlich, die es kostete, in die zentrale Abteilung zu gelangen. Von allen ihm bekannten Arbeitern – und er zählte manche Freunde unter den Metall- und den Kohlengräbern, den Maschinenarbeitern und den Gehilfen bei den Hochöfen, unter den Steigern und Zimmerern wie unter den Schmieden – hatte noch keiner durch das Tor A jemals seinen Fuß gesetzt.

Mit dem Gefühle berechtigter und hochgespannter Neugier stellte er sich zur bestimmten Stunde ein und überzeugte sich bald, daß hier die strengsten Vorsichtsmaßregeln beobachtet wurden.

Marcel ward übrigens schon erwartet. Im Torwächterstübchen befanden sich zwei Männer in grauer Uniform mit dem Säbel an der Seite und dem Revolver im Gürtel. So wie die Klause der Pförtnerin in einem geschlossenen Kloster hatte auch dieser Raum zwei Türen, eine äußere und innere, welche sich niemals gleichzeitig öffnen ließen.

Nach Prüfung und Visierung seines Passes brachte man ein weißes Tuch herbei, mit dem die beiden uniformierten Gesellen Marcel, der kein Erstaunen darüber zeigte, die Augen sorgfältig verbanden.

Dann nahmen sie ihn an den Armen und führten ihn, ohne ein Wort zu sprechen, hinweg.

Nach zwei- bis dreitausend Schritten ging es eine Treppe in die Höhe, eine Türe öffnete sich und schloß sich wieder, und Marcel erhielt Erlaubnis, seine Binde abzunehmen.

Er befand sich hier in einem sehr einfachen Saale mit mehreren Stühlen, einer schwarzen Tafel und einer großen Wandkarte mit Musterrissen, nebst allen zum Linearzeichnen gehörigen nötigen Utensilien. Durch hohe Fenster mit mattem Glase drang das Licht in diesen Raum ein.

Fast gleichzeitig traten zwei Personen ein, denen man die Gelehrten auf den ersten Blick ansah.

»Sie sind uns besonders empfohlen«, begann einer derselben. »Wir werden Sie prüfen und zusehen, ob Sie sich für die Modellabteilung eignen. Sind Sie bereit, sofort auf unsere Fragen zu antworten?«

Marcel erklärte sich in bescheidener Weise zur Ablegung der Prüfung bereit.

Die beiden Examinatoren legten ihm nun nacheinander verschiedene Fragen aus der Chemie, Geometrie und Algebra vor. Der junge Arbeiter befriedigte sie nach allen Seiten durch die Klarheit und Bestimmtheit seiner Antworten. Die Figuren, welche er mit Kreide an die Tafel zeichnete, waren so richtig, sauber, fast elegant. Seine Gleichungen standen so geordnet da wie die Linien eines Garderegiments. Eine seiner Demonstrationen erschien so bemerkenswert und neu, daß sie ihr Erstaunen darüber zu erkennen gaben und fragten, wo er seinen Unterricht genossen habe.

»In der Primär-Schule meiner Heimat Schaffhausen.«

»Sie scheinen ein guter Zeichner zu sein?«

»Das war mein liebstes Fach.«

»Der Unterricht in der Schweiz steht wirklich auf hoher Stufe!« bemerkte der eine Examinator zu dem anderen ... »Wir lassen Ihnen zwei Stunden Zeit zur Ausführung dieser Zeichnung«, fuhr er dann fort und übergab dem zu Prüfenden den Durchschnitt einer ziemlich komplizierten Dampfmaschine. »Wenn Sie das vollbringen, werden Sie mit der Zensur ›Sehr wohl zufrieden und ausnehmend befähigt‹ zugelassen werden.«

Marcel ging, allein gelassen, eifrig an die Arbeit.

Als seine Richter nach Ablauf der gewährten Frist zurückkehrten, waren sie über die Trefflichkeit seines Aufrisses so erfreut, daß sie der versprochenen Zensur noch die Bemerkung hinzufügten: »Wir haben keinen Zeichner von gleicher Geschicklichkeit.«

Bald darauf nahmen die grauen Gesellen den jungen Arbeiter in Empfang und führten ihn unter Beobachtung derselben Maßregeln, d. h. mit verbundenen Augen, nach dem Büro des Generaldirektors.

»Sie sind für einen der Zeichensäle der Modell-Abteilung vorgeschlagen«, begann diese Persönlichkeit. »Sind Sie bereit, sich den einschlagenden Bedingungen der Fabrikordnung zu unterwerfen?«

»Ich kenne diese zwar nicht«, erwiderte Marcel, »setze aber voraus, daß sie nicht unannehmbar sind.«

»So hören Sie: 1. Sie sind während der ganzen Zeit Ihres Engagements verpflichtet, in derselben Abteilung zu wohnen und dürfen dieselbe nicht anders als mit spezieller, nur ausnahmsweise zu erteilender Erlaubnis verlassen. – 2. Sie unterwerfen sich einer militärischen Disziplin und geloben Ihrem Vorgesetzten bei harter, unerbittlicher Strafe unbedingten Gehorsam. Dagegen treten Sie gleichzeitig mit Unteroffiziersrang in den Verband einer aktiven Streitmacht ein und können durch regelrechtes Avancement in derselben auch die höchsten Grade erreichen. – 3. Sie verpflichten sich endlich, niemals irgend jemandem von dem, was Sie in der Ihnen zugängigen Abteilung sehen, etwas mitzuteilen. – 4. Ihre eingehende wie ausgehende Korrespondenz, welche sich überhaupt nur auf Ihre Familie zu beschränken hat, geht offen durch die Hände der betreffenden Vorgesetzten.«

»Kurz, ich bin ein Gefangener!« dachte sich Marcel.

Dann antwortete er einfach:

»Diese Bedingungen erscheinen mir gerecht und ich bin bereit, mich denselben zu unterwerfen.«

»Gut. Erheben Sie die Hand . . . Schwören Sie . . . Sie sind hiermit zum Zeichner im vierten Atelier ernannt . . . Wohnung erhalten Sie angewiesen und für Essen und Trinken sorgt hier eine Küche erster Ordnung . . . Ihre Sachen haben Sie noch nicht hier?«

»Nein, mein Herr. Da ich nicht wußte, was man von mir wollte, hab' ich sie noch bei meiner Wirtin gelassen.«

»Man wird sie Ihnen bringen, denn von jetzt ab dürfen Sie die Abteilung nicht mehr verlassen.«

»Da hab' ich also wohl daran getan«, dachte Marcel, »meine Bemerkungen in Chiffren niedergeschrieben zu haben. Man hätte diese entdecken sollen . . .!«

Schon gegen Abend war Marcel wohnlich eingerichtet in einem hübschen Zimmerchen des vierten Stockwerkes eines an einem geräumigen Hofe liegenden hohen Hauses und konnte sich eine Vorstellung von seiner neuen Lebensweise machen.

Sie schien sich nicht so traurig zu gestalten, wie er anfänglich vermutete. Seine Kameraden – er machte im Restaurant bald deren Bekanntschaft – waren im allgemeinen still und freundlich, wie alle Männer der ernsten Arbeit. Um sich doch einigermaßen zu zerstreuen, denn sonst entbehrte dieses Automatenleben jeder Abwechslung, hatten mehrere derselben ein Orchester gebildet und führten allabendlich eine recht hübsche Musik aus. Während der seltenen Mußestunden boten eine Bibliothek und ein reichlich ausgestattetes Lesezimmer dem Geiste vielseitige wissenschaftliche Nahrung. Die Angestellten waren zum Besuche gewisser, von den ausgezeichnetsten Lehrern abgehaltener Kurse verpflichtet und außerdem regelmäßigen Prüfungen und Probearbeiten unterworfen. Aber die Freiheit, die Luft fehlte diesem engen Raume. Das Ganze glich einer geschlossenen Schule für Erwachsene und dazu einer mit den lästigsten Beschränkungen. Trotz der Gewöhnung an diese eiserne Disziplin lastete die umgebende Atmosphäre doch schwer genug auf den halb Gefangenen.

Der Winter verstrich unter den Arbeiten, denen Marcel mit Leib und Seele oblag. Sein Eifer, die Vollkommenheit seiner Zeichnungen und die außerordentlichen Fortschritte in allen Fächern, welche Lehrer und Examinatoren einstimmig bestätigten, hatten ihm in kurzer Zeit unter all diesen fleißigen Männern eine gewisse Berühmtheit erworben. Er galt allgemein als der gewandteste, beste Zeichner, der jede Schwierigkeit zu überwinden wußte. Stieß irgendwer einmal auf eine solche, so war er es, zu dem man seine Zuflucht nahm. Selbst die Abteilungs-Vorsteher begegneten ihm mit einer gewissen Hochachtung, die sich das wahre Verdienst trotz aller Eifersucht doch immer erzwingt.

Hoffte der junge Mann freilich, mit dem Eintritte in die Modell-Abteilung auch in die innersten Geheimnisse des ganzen Werkes einzudringen, so sah er sich arg enttäuscht.

Sein Leben verrann innerhalb eines Eisengitters von dreihundert Meter Durchmesser, das die Zentral-Anlagen nach allen Seiten abschloß. Theoretisch erhielt er hier zwar Einsicht in alle Zweige der metallurgischen Industrien, in der Praxis blieb seine Tätigkeit dagegen auf das Zeichnen von Dampfmaschinen beschränkt. Er entwarf deren in allen Größen und Stärkeverhältnissen, für jede Industrie und andere Verwendung, für Kriegsschiffe und Druckpressen; niemals griff seine Tätigkeit aber über diese Spezialität hinaus. Die hier bis aufs äußerste getriebene Arbeitsteilung hielt ihn in ihren starren Fesseln.

Nach viermonatigem Verweilen in der Sektion A wußte Marcel von der Gesamtorganisation der Stahlstadt kaum mehr als vorher, außer daß er seine Notizen um einige allgemeine Bemerkungen über dieses großartige Getriebe bereichert hatte, in dem er selbst trotz seiner Verdienste nur ein unscheinbares Rädchen darstellte. Er wußte, daß der »Stierturm« – eine Art Zyklopenbauwerk, das alle umgebenden Gebäude überragte – den eigentlichen Mittelpunkt dieses Spinnengewebes von Anlagen bildete. Aus gelegentlichen, aber nicht zuverlässigen Äußerungen hatte er beim Essen wohl auch erfahren, daß sich Herrn Schultzes Privatwohnung im Erdgeschoß jenes Turmes und das vielerwähnte geheimste Kabinett wieder in dessen Mitte befinde. Man bemerkte dazu, daß jener gegen jede Feuersgefahr gesicherte und im Innern wie ein Panzerschiff von außen geschützte gewölbte Saal durch ein System von Sicherheitstüren mit Selbstschüssen verschlossen sei, welche auch dem ängstlichsten Bankgeschäfte genügt hätten. Man nahm übrigens an, Herr Schultze arbeite an der Vollendung einer furchtbaren Kriegsmaschine, der Wirkung ohnegleichen und welche bestimmt sei, Deutschland die Weltherrschaft zu sichern.

Um den Schleier dieses Geheimnisses zu lüften, brütete Marcel über den abenteuerlichsten Plänen. Ob er aber wie ein Dieb einzusteigen versuchen oder sich einer Verkleidung bedienen sollte – nichts schien ihm Erfolg zu versprechen. Die langen düsteren und festen Mauern, welche in der Nacht glänzend beleuchtet und von bewährten Posten bewacht wurden, hätten doch alle seine Anstrengungen vereitelt. Selbst wenn er alle Hindernisse vielleicht an einer Stelle glücklich überwand, was würde er dann mehr sehen als irgendeine Einzelheit – niemals das Ganze!

Immerhin! Er hatte sich gelobt, nicht zurückzuschrekken, er wich auf keinen Fall. Und kostete es ihn zehn Jahre eines fast kerkergleichen Lebens, so wollte er auch zehn Jahre lang ausharren. Einst mußte ja die Stunde schlagen, wo das Geheimnis sich ihm offenbarte. Da France-Ville, eine glückselige Stadt, frisch emporblühte und ihre wohltätigen Einrichtungen jedermann sichtlich nützten, indem sie den entmutigten Völkern einen neuen schöneren Horizont eröffneten, so zweifelte Marcel keinen Augenblick, daß Herr Schultze, gegenüber einem solchen Erfolge der lateinischen Rasse, mehr als je dabei beharren werde, seine Drohungen wahr zu machen. Ganz Stahlstadt selbst und die Arbeiter, für welche dasselbe errichtet war, lieferten hiervon den Beweis.

So verflossen mehrere Monate.

Eines Tages, als Marcel wohl zum tausendsten Male im stillen seinen Hannibals-Eid wiederholte, kam einer der grauen Advokaten mit der Meldung, daß der Generaldirektor ihn zu sprechen wünsche.

»Es ward mir von Herrn Schultze«, begann dieser hohe Beamte, »der Auftrag erteilt, ihm unseren besten Zeichner zu senden. Das sind Sie. Packen Sie also Ihre Effekten zusammen, um in den innersten Kreis zu verziehen. Sie sind hiermit zum Lieutenant befördert!«

Gerade jetzt, wo er fast an dem endlichen Erfolge verzweifelte, jetzt gewährte ihm die logische und naturgemäße Wirkung seines heldenhaften Fleißes die längst herbeigesehnte Erlaubnis zum Zutritt! Marcel übermannte die Freude darüber so sehr, daß sich der Ausdruck dieser Empfindung unwillkürlich in seinen Zügen widerspiegelte.

»Ich schätze mich glücklich, Ihnen eine so angenehme Nachricht mitteilen zu können«, fuhr der Direktor fort, »und kann Ihnen nur raten, auf dem so unermüdlich verfolgten Wege auszuharren. Jetzt winkt Ihnen die glänzendste Zukunft. So gehen Sie mit Gott!«

Endlich, nach langer Prüfung sah Marcel das Ziel vor sich, das er einst zu erreichen geschworen.

Seine ganzen Habseligkeiten in den Mantelsack unterzubringen, den grauen Männern zu folgen, die letzte Umschließung zu überschreiten, deren einziger Zugang von der Straße A ihm sonst noch wer weiß wie lange hätte versperrt sein können – alles das war für Marcel das Werk weniger Minuten.

Jetzt befand er sich also am Fuße jenes sonst ganz unzugänglichen Stierturmes, dessen steile Spitze er bisher nur von fern halb in Wolken verloren erblickt hatte.

Das Bild, das sich hier vor seinen Augen entfaltet, war im höchsten Grade überraschend. Man denke sich einen Menschen, der plötzlich, ohne jeden Übergang, aus einer geräuschvollen, düsteren europäischen Werkstätte mitten in einen jungfräulichen Urwald der Tropenzone versetzt worden wäre. Nicht geringer war das Erstaunen, das sich Marcels im Zentrum von Stahlstadt bemächtigte.

Ein echter Urwald gewinnt freilich an Reiz, wenn man ihn nur gleichsam durch die Schilderung phantasiereicher Schriftsteller sieht, während der Park des Herrn Schultze wirklich den wunderbar schönsten Lustgarten darstellte. Hier bildeten hohe, schlanke Palmen, dichtbelaubte Bananen und üppige Kakteen reizende Gruppen. Lianen wanden sich an hochstrebenden Eukalypten empor und bildeten in den Wipfeln lichtgrüne Festons oder reichten in dichten Gehängen wieder bis zur Erde herab. Auf dem Boden selbst grünten und blühten die seltensten Pflanzen. Neben den Ananas reiften Orangen und Guaven. Kolibris und Paradiesvögel flatterten mit ihrem buntschillernden Gefieder umher. Selbst die ganze Temperatur hatte hier denselben tropischen Charakter wie die Vegetation.

Marcel suchte zuerst nach den Glasdächern und Heizungsanlagen, welche dieses Wunder ermöglichten, und stand einen Augenblick sprachlos vor Erstaunen, nichts als den blauen Himmel über sich zu sehen.

Dann entsann er sich aber, daß unfern von hier eine Kohlengrube in Brand stehe, und durchschaute sehr bald, daß Herr Schultze sich diese Schätze unterirdischer Wärme durch metallene Rohrleitungen dienstbar gemacht habe, um sich die gleichbleibende Temperatur eines Treibhauses zu sichern.

Diese Erklärung aber, welche sein Verstand dem jungen Elsässer gab, hinderte ihn nicht, mit entzückten Augen das saftige Grün des Rasens zu genießen und in vollen Zügen den köstlichen Wohlgeruch der Atmosphäre einzusaugen. Nachdem er volle sechs Monate kein dürftiges Grashälmchen gesehen, suchte er sich heute reichlich zu entschädigen. Ein sandbestreuter Gang führte ihn in unmerklicher Steigung nach einer schönen, von majestätischer Kolonnade überdachten Marmortreppe. Hinter derselben erhob sich ein ungeheures vierseitiges Bauwerk, gleichsam das Fußgestell des Stierturmes. Unter dem Säulengange bemerkte Marcel sieben bis acht Diener in roter Livree und einen Schweizer mit Dreimaster und Hellebarde; zwischen den Säulen standen reichverzierte bronzene Kandelaber, und als er die Treppe emporstieg, verriet ein dumpfes Rollen, daß die unterirdische Eisenbahn unter seinen Füßen hinlief.

Marcel nannte seinen Namen und wurde sofort in einen Vorraum, ein wahres Museum prachtvoller Skulpturen, eingelassen. Ohne sich hier aufhalten zu können, durchschritt er zunächst einen Salon mit rot und goldener Ausschmückung, dann einen solchen in Schwarz und Gold und kam hierauf in ein gelb und golden gehaltenes Zimmer, wo ihn der Diener fünf Minuten lang allein ließ. Endlich wurde er in ein reiches, grün und golden verziertes Arbeitszimmer eingeführt.

Herr Schultze, der, neben einem tüchtigen Schoppen Bier sitzend, eine lange irdene Pfeife schmauchte, machte inmitten dieses Luxus den Eindruck eines Schmutzfleckens auf einem lackierten Stiefel.

Ohne sich zu erheben, ja, ohne nur den Kopf zu verwenden, sagte der König von Stahlstadt frostig und einfach:

»Sind Sie der Zeichner?«

»Ja, mein Herr.«

»Ich habe Ihre Zeichnungen gesehen. Sie sind recht gut. Aber Sie haben nichts als Dampfmaschinen gezeichnet?«

»Man hat nie etwas anderes von mir verlangt.«

»Verstehen Sie sich etwas auf Ballistik?«

»In Mußestunden habe ich mich zum Vergnügen damit beschäftigt.«

Diese Antwort ging Herrn Schultze zu Herzen. Er

würdigte seinen Untergebenen jetzt eines Blickes.

»Sie würden es also wagen, mit mir eine Kanone zu zeichnen? . . . Werden ja bald sehen, wie Sie dabei bestehen! . . . Oh, es wird Ihnen nicht leicht sein, den Dummkopf Sohne zu ersetzen, der sich heute morgen durch Unvorsichtigkeit mit einer Dynamitpatrone den Garaus gemacht hat! . . . Der Esel hätte uns alle miteinander in die Luft sprengen können!«

Aus Herrn Schultzes Munde klangen diese Rücksichtslosigkeiten wirklich gar nicht besonders auffallend.

Achtes Kapitel

Die Höhle des Drachen

Der Leser, der dem Geschick des jungen Elsässers folgte, wird sich kaum darüber wundern, diesen schon nach einigen Wochen als Vertrauten des Herrn Schultze wiederzufinden. Beide waren fast unzertrennlich geworden. Arbeiten, Mahlzeiten, Spaziergänge im Parke, lange Pfeifen beim schäumenden Bierkrug – alles taten und genossen sie gemeinschaftlich. Noch nie hatte der Ex-Professor von Jena einen Mitarbeiter so ganz nach seinem Geschmacke gefunden, der ihm das Wort von der Lippe ablas und seine theoretischen Anforderungen so schnell zu verwirklichen wußte.

Marcel zeigte sich nicht nur nach allen Seiten gründlich unterrichtet, sondern war auch der liebenswürdigste Gesellschafter, der unverdrossenste Arbeiter, sowie der glücklichste und doch bescheidenste Erfinder.

Herr Schultze war entzückt von ihm. Zehnmal täglich sagte er sich:

»Welcher Fund! Welche Perle von Mann!«

In Wahrheit hatte Marcel den Charakter seines grauenhaften Chefs im ersten Augenblicke durchschaut, als dessen meist hervortretende Charaktereigentümlichkeit einen grenzenlosen Egoismus erkannt, der sich äußerlich durch die empfindlichste Eitelkeit kennzeichnete, und er hatte sich feierlich gelobt, sein eigenes Benehmen unter allen Umständen danach zu richten.

Binnen wenig Tagen hatte er die Klaviatur dieses Instrumentes so genau kennengelernt, daß er mit Herrn Schultze wie auf einem Piano zu spielen imstande war. Seine Taktik ging ganz einfach davon aus, den eigenen Wert so viel wie möglich hervorzuheben, dem anderen aber dabei immer noch Gelegenheit zu lassen, seine Überlegenheit an den Tag zu legen. Fertigte er z. B. eine Zeichnung an, so lieferte er dieselbe möglichst vollkommen – bis auf einen in die Augen fallenden, leicht nachzubessernden Fehler, auf den der Ex-Professor dann sofort mit größter Selbstbefriedigung aufmerksam machte.

Kam ihm ein neuer Gedanke, so ließ er ihn mitten im Gespräche in der Weise laut werden, daß Herr Schultze glauben konnte, ihn zuerst gehabt zu haben. Manchmal ging er hierin noch weiter und sagte zum Beispiel:

»Hier habe ich den Riß zu einem Kriegsschiff mit abnehmbarer Ramme, wie Sie es wünschten, entworfen.«

»Ich?« antwortete Herr Schultze, der nicht im geringsten daran gedacht hatte.

»Gewiß! Sie haben das also vergessen? . . . Einen ablösbaren Rammsporn, der in der Flanke des feindlichen Fahrzeuges einen spindelförmigen Torpedo hinterläßt, welcher nach drei Minuten explodiert.«

»Das ist mir gänzlich entfallen. Es gehen mir so viele Gedanken durch den Kopf.«

Und Herr Schultze heimste ganz ruhig die Vaterschaft der neuen Erfindung ein.

Immerhin wurde er durch dieses Verfahren wohl nur zum Teile hinters Licht geführt. Wahrscheinlich fühlte er selbst, daß Marcel ihm überlegen war. Infolge eines jener rätselhaften und doch nicht so seltenen Vorgänge im menschlichen Gehirn kam es ihm aber bald gar nicht schwer an, sich mit dem »Schein der Überlegenheit« zu begnügen und das vorzüglich seinem Untergebenen gegenüber festzuhalten.

»Er ist doch ein Dummkopf trotz seines Geistes, dieser junge Naseweis!« sagte er manchmal für sich und zeigte heimlich lächelnd die zweiunddreißig »Steine« seines Gebisses.

Seine Eitelkeit fand übrigens wirklich eine gewisse reelle Befriedigung. Er allein war ja imstande, sozusagen industrielle Träumereien aller Art zu verwirklichen! ... Solche Träumereien hatten keinen Wert, außer durch ihn und für ihn! ... Marcel war am Ende ja auch nichts anderes als ein Rädchen des gewaltigen Organismus, den er, Schultze, ins Leben zu rufen gewußt usw., usw. ...

Alles in allem wurde er auch niemals »aufgeknöpfter«, wie man zu sagen pflegt. Nach fünfmonatigem Verweilen im Stierturme kannte Marcel von den Geheimnissen der letzten innersten Anlagen auch noch nichts Besonderes. Nur sein längst gehegter Verdacht war zur halben Gewißheit geworden. In ihm wurzelte jetzt die feste Überzeugung, daß Stahlstadt noch ein Geheimnis berge und Herr Schultze noch zu einem anderen Zwecke, als den des bloßen Nutzens arbeitete. Alles, was man ringsum sah und hörte, unterstützte die Annahme, daß der Professor irgendeine neue Kriegsmaschine erfunden habe.

Die Lösung dieses Rätsels ließ aber noch immer auf sich warten.

Marcel sah wohl ein, daß auch er es nicht ohne eine Krisis erfahren würde. Da eine solche nicht von selbst eintrat, beschloß er, dieselbe absichtlich herbeizuführen.

Es war am Abend des 5. September nach dem Essen. Ein Jahr vorher, genau auf den Tag, hatte er im Albrechts-Schacht die Leiche seines kleinen Freundes Karl aufgefunden. Draußen bedeckte der lange und rauhe Winter dieser amerikanischen Schweiz schon die ganze Umgebung mit seinem weißen Mantel. Im Parke von Stahlstadt freilich war die Temperatur noch ebenso mild wie im Juni, und der Schnee, der hier schon zum Schmelzen kam, bevor er den Erdboden erreichte, fiel nur als Tau anstelle der Flocken nieder.

»Diese Würstchen mit Sauerkraut waren doch vortrefflich, nicht wahr?« begann Herr Schultze, den auch die Millionen der Begum seinem Lieblingsgericht nicht abwendig gemacht hatten.

»Ganz ausgezeichnet!« bestätigte Marcel, der diese Speise, welche er allgemach geradezu verwünschte, mit wahrem Heldenmut niederwürgte.

Seine Magenbeschwerden veranlaßten ihn jetzt aber, den letzten Anlauf zu versuchen, den er schon längst im Schilde führte.

»Ich lege mir immer die Frage vor«, fuhr Herr Schultze mit einem Seufzer fort, »wie die Völker, welche weder Würstchen noch Sauerkraut und Bier kennen, überhaupt ihr Leben fristen können?«

»Ja, es muß für sie eine Strafe ohne Ende sein«, meinte Marcel, » . . . wahrlich, es wäre nur ein Akt der Menschlichkeit, sie wieder mit dem ›Vaterlande‹ zu vereinigen.«

»O . . . o . . . Das kommt noch . . . Das kommt noch!« rief der König von Stahlstadt. »Jetzt haben wir uns schon im Herzen Amerikas festgesetzt; nun lassen Sie uns nur erst eine oder zwei Inseln in der Nähe von Japan in Besitz nehmen, dann werden Sie staunen, welche Riesenschritte wir rings um den Erdkreis machen werden!«

Der Kammerdiener hatte die Pfeifen hereingebracht. Herr Schultze stopfte die seinige und setzte sie in Brand. Marcel hatte mit Absicht diesen Augenblick der vollkommensten Glückseligkeit seines Herrn abgewartet.

»Ich muß gestehen«, begann er dann nach kurzem Schweigen, »daß ich an diese Eroberung nicht recht glauben kann!«

»Welche Eroberung?« fragte Herr Schultze, der schon nicht mehr bei dem Gegenstande der Unterhaltung war.

»Die Eroberung der ganzen Erde durch die Deutschen!«

Der Ex-Professor glaubte falsch verstanden zu haben.

»Sie glauben nicht an die Unterwerfung der Welt durch die Deutschen?«

»Nein.«

»Ei, sehen Sie, das ist sonderbar! . . . Ich wäre begierig, die Gründe dieses Zweifels zu hören.«

»Sehr einfach, die französischen Artilleristen werden noch größere Fortschritte machen und sie überflügeln. Die Schweizer z. B., meine Landsleute, welche jene sehr gut kennen, haben das Vorurteil, daß ein Franzose so viel ausrichte wie zwei Deutsche. 1870 ist für jene eine Lektion gewesen, welche sich gegen diejenigen kehren wird, die sie erteilt haben. Davon ist in meinem Vaterlande jedermann überzeugt, und, ich mag das nicht verhehlen, damit stimmen auch die besten Köpfe Englands überein.«

Marcel hatte diese Worte in einem so kalten, trockenen und schneidenden Tone hervorgestoßen, daß er die Wirkung einer solchen schnurgeraden Blasphemie bei dem König von Stahlstadt womöglich verdoppeln mußte.

Herr Schultze war sprachlos und außer Atem. Das Blut stieg ihm so heftig ins Gesicht, daß der junge Mann fürchtete, zu weit gegangen zu sein. Da er aber wahrnahm, daß sein Opfer, nachdem dessen Wut einigermaßen verschnauft war, nicht von einem solchen Schlage sterben würde, fuhr er in seiner Rede fort:

»Ja, es ist unangenehm, sich das sagen zu müssen, aber es bleibt doch wahr. Wenn unsere Rivalen weniger geräuschvoll auftreten, so sind sie dafür desto fleißiger. Glauben Sie denn, daß diese seit dem Kriege gar nichts gelernt haben? Während wir plumperweise nur darauf ausgehen, das Gewicht unserer Geschütze zu vermehren, bringen sie etwas ganz Neues zu Tage, was sich bei der ersten Gelegenheit zeigen wird.«

»Etwas Neues! Etwas Neues!« stammelte Herr Schultze, »oh, das bringen wir auch.«

»Ah, sehr schön, bleiben wir dabei! Wir stellen aus Stahl her, was unsere Vorgänger aus Bronze machten, das ist alles! Wir verdoppeln die Proportionen und die Tragweite unserer Geschütze!«

»Verdoppeln!...« entgegnete Herr Schultze mit einem Tone, der vielmehr sagte: wahrhaftig, wir erreichen mehr als eine simple Verdopplung!

»Im Grunde sind wir aber doch nichts anderes als Nachahmer. Darf ich Ihnen die volle Wahrheit sagen? Uns fehlt die Erfindungsgabe. Wir ersinnen nichts, die Franzosen erfinden, darauf verlassen Sie sich.«

Herr Schultze hatte scheinbar wieder einige Ruhe gewonnen, doch verriet das Zittern seiner Lippen, die Blässe, welche der ersten apoplektischen Röte folgte, wie tief sein Inneres erregt war.

Hätte er je geglaubt, eine solche Erfindung zu erfahren? Er sollte Schultze heißen, der unumschränkte Beherrscher der größten Werkstätte und der ersten Kanonengießerei der ganzen Welt sein, Könige und Parlamente zu seinen Füßen sehen und sich hier von einem einfachen Zeichner sagen lassen, daß ihm die Gabe der Erfindung fehle, daß er noch unter dem französischen Artilleristen stehe!... Und das zu erdulden, wo ihm in seiner Festung tausend Mittel zur Verfügung standen, den unverschämten Buben zu vernichten, ihm den Mund auf ewig zu verschließen und seine Argumente aus der Welt zu schaffen? Nein, ein solcher Schimpf war nicht zu ertragen!

Herr Schultze erhob sich jetzt so plötzlich, daß er seine Pfeife dabei zerbrach. Dann blickte er Marcel voll bitterer Ironie an, preßte die Zähne fest aufeinander und sagte zu diesem oder pfiff ihm vielmehr die Worte zu:

»Folgen Sie mir, ich werde Ihnen zeigen, ob ich, Herr Schultze, der Erfindungsgabe entbehre!«

Marcel hatte ein gewagtes Spiel getrieben, doch er hatte gewonnen. Dank der plötzlichen Überraschung durch eine so kühne, unerwartete Redeweise, dank dem heftigen Ärger, den er seinem Chef bereitete, bei dem die Eitelkeit nun einmal stärker war als die Klugheit, Schultze drängte es nun, sein Geheimnis zu entschleiern, er eilte fast wider Willen nach dem Arbeitszimmer, dessen Tür er sorgfältig hinter sich verschloß, ging geraden Weges auf ein Büchergestell zu und drückte auf eines der Fächer. Sofort entstand in der Mauer eine sonst von Bücherreihen versteckte Öffnung. Diese bildete den Eingang zu einem engen Wege, der bis zu dem Fuße des Stierturmes selbst führte.

Hier wurde eine starke, eichene Tür mittels eines kleinen Schlüssels, den der Werkbesitzer niemals von sich gab, geöffnet. Dann zeigte sich eine zweite Tür mit einem Buchstaben-Vexierschloß, wie man solche wohl an Geldkisten verwendet. Herr Schultze stellte das betreffende Wort ein und schob die schwere Pforte zurück, welche nach innen zu noch mit komplizierten Selbstschußapparaten versichert war, die Marcel als Sachkenner natürlich gern näher in Augenschein genommen hätte. Sein Führer ließ ihm hierzu aber keine Zeit.

Beide befanden sich nun vor einer dritten Tür, ohne sichtbares Schloß, welche nur durch einen an den richtigen Stellen und in bestimmter Ordnung angewendeten Druck aufsprang.

Nachdem sie diese drei Verschanzungen durchschritten, stiegen Herr Schultze und sein Begleiter eine eiserne Treppe von zweihundert Stufen empor und gelangten damit nach dem oberen Teile des Stierturmes, der ganz Stahlstadt überragte.

Dieses Granitbauwerk, dessen Festigkeit auf den ersten Blick einleuchtete, bedeckte eine Art Kasematte mit mehrfachen Schießscharten. In der Mitte derselben stand eine ungeheure Kanone aus Gußstahl.

»Sehen Sie hier!« sagte der Professor, der bisher den Mund nicht mehr aufgetan hatte.

Es war das größte Belagerungsgeschütz, das Marcel je gesehen, als Hinterlader eingerichtet und mindestens 300 000 Kilogramm schwer. Der Durchmesser seiner Mündung erreichte einundeinhalb Meter. Das Ungetüm mit seiner auf Rollen laufenden Stahl-Lafette war doch so leicht zu regieren, daß ein Kind zu seiner Bewegung hingereicht hätte, so ausgezeichnet arbeitete der sinnreiche Mechanismus. Hinter der Lafette hielt eine gewaltige Feder den Rückstoß des Geschützes auf und diente gleichzeitig dazu, dasselbe nach jedem Schuß wieder in seine vorige Lage zu bringen.

»Und welche Perforationskraft besitzt dieses Geschütz?« fragte Marcel, den ein solches Meisterstück unwillkürlich in Erstaunen setzte.

»Auf 20 000 Meter durchbohren wir mit einem Vollgeschoß eine vierzigzöllige Platte wie eine Butterschnitte!«

»Wie groß ist die Tragweite?«

»Die Tragweite!« rief Schultze, der sich allgemach erwärmte. »Oh, Sie meinten, wir als Nachahmer hätten es nicht weiter gebracht als bis zur Verdoppelung der Schußweite der heutigen Kanonen. Nun, mit dieser hier verpflichte ich mich, ein Projektil mit der größten Treffsicherheit bis auf zehn Stunden weit zu schleudern.

»Zehn Stunden!« wiederholte Marcel, »zehn Stunden. Da müssen Sie aber ein bisher unbekanntes Pulver anwenden.«

»Oh, jetzt kann ich Ihnen alles mitteilen«, antwortete Herr Schultze in etwas auffallendem Tone. »Es hat nichts mehr zu bedeuten, daß ich Ihnen meine Geheimnisse entschleiere. Das großkörnige Pulver hat sich überlebt. Ich bediene mich nur der Schießbaumwolle, deren Expansivkraft die des gewöhnlichen Pulvers um das Vierfache übertrifft. Eine Kraft, welche ich durch Beimischung von acht Zehnteln ihres Gewichtes salpetersauren Natrons noch verfünffache.«

»Der Explosion dieses Pyroxils«, wendete Marcel ein, »vermöchte aber kein Geschütz, und bestände es aus dem besten Stahl der Welt, Widerstand genug zu leisten. Nach drei, vier, fünf Schüssen wird Ihre Kanone zerstört oder doch unbrauchbar sein.«

»Und wenn sie nur einen Schuß abgibt, so wird dieser genügen!«

»Der wird sehr teuer zu stehen kommen!«

»Etwa eine Million, so hoch belaufen sich die Herstellungskosten des Geschützes.«

»Ein Schuß für eine Million!...«

»Was tut das, wenn er dafür eine Milliarde zerstört!«

»Eine Milliarde!« rief Marcel.

Er mußte an sich halten, um nicht das Entsetzen bemerkbar werden zu lassen, das sich der Bewunderung zugesellte, die ihm diese furchtbare Zerstörungsmaschine immerhin einflößte.

»Das ist ohne Zweifel ein erstaunliches und höchst merkwürdiges Geschütz, es bestätigt aber, trotz aller seiner Vorzüge, nur meinen Ausspruch: Vervollkommnungen, Nachahmung, keine Erfindung!«

»Keine Erfindung!« versetzte Herr Schultze achselzuckend. »Ich wiederhole, daß ich für Sie keine Geheimnisse mehr haben will. Kommen Sie also!«

Der König von Stahlstadt und sein Begleiter verließen die Kasematte und begaben sich mittels eines hydraulischen Fahrstuhls nach einer unteren Etage. Hier befanden sich eine Menge länglicher, zylinderförmiger Gegenstände, welche man aus einiger Entfernung recht wohl für demontierte Geschütze hätte ansehen können.

»Da sehen Sie unsere Geschosse!« sagte Herr Schultze.

Jetzt mußte Marcel allerdings erkennen, daß das, was er hier vor sich sah, nichts ähnelte, was er von früher kannte. Es waren das ungeheure Tuben von zwei Meter Länge und ein Meter zehn Dezimeter Durchmesser, äußerlich mit einem Bleimantel überzogen, um genau in die Züge der Seele des Rohres zu passen, an der Rückseite mit verbolzter Stahlplatte verschlossen und an der Spitze mit länglich stählerner Spitze versehen, die in einem Perkussionszünder auslief.

Über die eigentliche Natur dieser Geschosse gab ihr äußeres Ansehen noch keinen Aufschluß. Noch lag die Voraussetzung nahe, daß sie im Innern einen furchtbaren Explosionsstoff enthalten möchten, der wahrscheinlich alles in seiner Art übertraf.

»Sie werden sich nicht klar?« fragte Herr Schultze, als er Marcel schweigend stehen sah.

»In der Tat, nein! Wozu in aller Welt ein so langes und dem Anscheine nach so schweres Langgeschoß?«

»Der Schein trügt«, erwiderte Herr Schultze, »denn das Gewicht desselben weicht nicht besonders von dem einer gewöhnlichen Kugel desselben Kalibers ab... Nun, Sie sollen alles wissen!... Der innerste Teil besteht aus einer langen Spindel von Glas, die mit Eichenholz überkleidet und unter dem Drucke von zweiundsiebzig Atmosphären mit flüssiger Kohlensäure geladen ist. Beim Niederfallen erfolgt die Explosion der Umhüllung und die Flüssigkeit kehrt in den gasförmigen Zustand zurück. Die Folge davon ist eine Kälte von ungefähr hundert Grad in der Umgebung und gleichzeitig die Beimischung einer enormen Menge Kohlensäure zu der Atmosphäre.

Jedes lebende Wesen, das sich im Umkreise von dreißig Meter um die Stelle der Explosion aufhält, wird ebenso durch Kälte getötet, wie durch das Gas erstickt. Ich nehme nur dreißig Meter an, um eine Basis für die Berechnung zu gewinnen; die Wirkung erstreckt sich aber höchstwahrscheinlich noch viel weiter, vielleicht auf einen Umkreis von hundert bis zweihundert Meter. Dazu kommt ferner, daß die Kohlensäure infolge ihrer spezifischen Schwere, welche die der Luft bedeutend übertrifft, sich lange Zeit in den unteren Schichten der Atmosphäre aufhält; die todesdrohende Zone behält also ihre vergiftenden Eigenschaften noch mehrere Stunden nach der Explosion, und jedes Geschöpf, das sich in diese hineinwagt, geht rettungslos zugrunde. Ja, ja, das ist ein Kanonenschuß, der im Augenblick ebenso wie auf die Dauer wirkt!... Bei meinem System gibt es keine Verwundeten mehr, sondern nur noch Tote!«

Herr Schultze fand offenbar Wohlgefallen daran, die Vorzüge seiner Erfindung in das rechte Licht zu stellen. Er hatte seine ganz gute Laune wieder, war rot von Stolz geworden und wies alle seine Zähne.

»Nun denken Sie sich«, fuhr er fort, »eine hinreichende Anzahl meiner Feuerschlünde auf eine belagerte Stadt gerichtet! Rechnen wir ein Stück auf jeden Hektar Oberfläche, das gäbe für eine Stadt von tausend Hektar hundert Batterien zu je zehn Geschützen. Nehmen wir ferner an, diese alle wären in gehöriger Stellung und sicher gerichtet, dazu günstige ruhige Luft und nun erfolgte durch eine elektrische Leitung das Signal zum Abfeuern ... binnen einer Minute atmete auf einer Fläche von tausend Hektar kein lebendes Wesen mehr! Ein wahrer Ozean von Kohlensäure hätte die Stadt überschwemmt! Die Idee hierzu kam mir übrigens erst im letzten Jahre, als ich den ärztlichen Bericht über den kleinen Jungen im Albrechts-Schacht durchlas. Die erste Anregung erhielt ich allerdings von Neapel, beim Besuche der dortigen Hundsgrotte.* Es bedurfte aber des letzteren Ereignisses, um den Gedanken in mir zur Reife zu bringen. Sie begreifen doch das Prinzip? Ein künstlicher Ozean von reiner Kohlensäure! Schon ein Fünftel dieses Gases der Atmosphäre beigemengt, genügt aber, sie unatembar zu machen!«

Marcel stand sprachlos da; er vermochte in der Tat kein Wort hervorzubringen. Herr Schultze fühlte seinen Triumph so lebhaft, das er ihn selbst abzuschwächen suchte.

»Es ärgert mich hierbei nur eine Kleinigkeit«, sagte er.

»Und das wäre?« fragte Marcel.

»Es hat mir noch nicht gelingen wollen, den Knall bei der Explosion zu umgehen. Das verleiht meinem Schuß noch zu viel Ähnlichkeit mit dem gewöhnlichen Kanonenschuß. Denken Sie etwas darüber nach, wie es mög-

---

*Die Hundsgrotte in der Nähe von Neapel erhielt den Namen von der merkwürdigen Eigenschaft ihrer Atmosphäre, welche einen Hund oder jedes etwa ebenso große vierfüßige Tier erstickt, während sie dem aufrechtstehenden Menschen nicht schadet – eine Eigenschaft, welche auf eine ungefähr sechzig Zentimeter hohe Schicht Kohlensäure zurückzuführen ist, die infolge ihrer Schwere nur dicht über dem Erdboden lagert.

lich wäre, einen geräuschlosen Schuß zu erzielen. So ein plötzlicher Tod, der in heiterer stiller Nacht hunderttausend Menschen ganz unbemerkt überrascht, das wäre so nach meinem Sinn!«

Diese wundervolle Aussicht machte Herrn Schultze zum vollkommenen Schwärmer, und vielleicht hätte seine Träumerei, bei welcher er in einem wahren Vollbade seiner Eigenliebe schwelgte, noch lange fortgedauert, wenn ihn nicht eine Bemerkung Marcels daraus erweckt hätte.

»Recht schön, Herr Schultze, aber tausend Geschütze dieser Art kosten Zeit und viel Geld.«

»Geld? ... Daran ersticken wir fast! ... Die Zeit gehört uns!«

Und wahrlich, der Mann, welcher so sprach, glaubte an seine Worte.

»Gut«, fuhr Marcel fort, »leider ist Ihr mit Kohlensäure gefülltes Geschoß wiederum nichts eigentlich Neues, denn man kennt schon seit vielen Jahren solche Kugeln mit tödlichen Gasarten; doch gebe ich gerne zu, daß Ihre Maschine unerhörte Verwüstungen anzurichten vermag. Indessen ...«

»Indessen? ...«

»Das Geschoß ist zu leicht für seine Größe und wird nimmermehr zehn Stunden weit fliegen! ...«

»Das ist auch nur für zwei Stunden berechnet«, erwiderte Herr Schultze lächelnd. »Hier ist dagegen«, fügte er lächelnd hinzu, »ein Projektil aus Gußstahl. Dieses enthält hundert kleine, symmetrisch angeordnete Kanonen, welche ineinandergeschoben sind wie die Auszüge eines Fernrohres, und die, nachdem sie zuerst als Geschosse fortgeschleudert wurden, zuletzt selbst als Kanonen wirken, indem sie eine Unzahl kleiner Kugeln mit leicht entzündlicher Masse aussenden. Ich schieße also gleichsam eine ganze Batterie hinaus, welche Tod und Verderben über eine ganze Stadt ausstreut, indem sie dieselbe mit unauslöschlichem Feuer überschüttet! Dieses Geschoß besitzt die notwendige Schwere, um zehn

Stunden weit zu fliegen. Binnen kurzem werde ich damit einen Versuch anstellen, der jedem Ungläubigen Gelegenheit bieten soll, hunderttausend Körper, die ich als Leichen zu Boden strecke, mit dem Finger zu berühren!«

Die »Steine« im Munde glänzten bei diesem Versprechen so herausfordernd, daß Marcel nicht übel Lust verspürte, ein Dutzend davon auszubrechen. Er gewann es aber über sich, seine Arme in Ruhe zu lassen. Noch wußte er ja immer noch nicht alles, was er hören wollte.

In der Tat begann Herr Schultze bald von neuem:

»Ich sagte Ihnen, daß nächstens ein Versuch angestellt werden solle.«

»Wirklich? Und wo?...« fragte Marcel.

»Nun, mit einem dieser Geschosse, das durch mein Riesengeschütz von der obersten Plattform aus über die Cascade-Mounts hinweggeschleudert werden wird!... Übrigens auf eine Stadt, welche kaum zehn Stunden weit von uns entfernt liegt, die diesen furchtbaren Donnerschlag nicht erwartet und dessen unausbleibliche Wirkung auch nicht abzuwehren vermöchte. Wir haben heute den 5. September... nun, am 13. um elf Uhr fünfundvierzig Minuten des Nachts wird France-Ville vom amerikanischen Boden verschwinden! Der Untergang Sodoms wird sein Gegenstück erhalten! Professor Schultze wird von seinem Turme aus alle Feuer des Himmels entfesseln!«

Bei dieser allerdings unvorhergesehenen Erklärung drängte sich in Marcels Brust alles Blut zum Herzen. Zum Glück bemerkte Herr Schultze nicht, was in ihm vorging.

»Sehen Sie«, fuhr er fort, als handelte es sich um die gleichgültigsten Dinge, »wir erstreben hier das Gegenteil von dem, was die Erbauer France-Villes beabsichtigen. Wir suchen das Geheimnis, das Leben der Menschen abzukürzen, während jene danach trachten, es zu verlängern. Ihr Werk ist aber einmal verdammt, und erst aus dem von uns entsendeten Tod soll das Leben ersprießen. Übrigens erfüllt alles in der Natur seinen Zweck, und als Doktor Sarrasin in jener Einöde seine Stadt gründete, hat er sie mir, ohne daran zu denken, als bestes Versuchsobjekt für die Tragweite meiner Geschütze hingestellt!«

Marcel konnte kaum glauben, was er soeben hörte.

»Aber«, begann er mit unwillkürlich zitternder Stimme, welche einen Augenblick lang die Aufmerksamkeit des Königs von Stahlstadt zu erregen schien, »die Einwohner von France-Ville haben Ihnen doch nichts getan? Sie haben, so viel ich weiß, auch nicht die geringste Ursache, mit Ihnen Streit zu führen?«

»Mein Bester«, begann Herr Schultze, »in Ihrem nach anderen Seiten recht gut organisierten Gehirn lebt noch ein Rest von keltischen Ideen, die Ihnen noch viel Schaden bringen könnten, wenn Sie noch lange zu leben hätten! Das Recht, das Gute und das Böse sind nur relativ verschiedene Dinge, je nach dem Standpunkt, von dem aus man sie betrachtet. Es gibt nichts Absolutes, als die großen Naturgesetze. – Das Gesetz des Kampfes ums Dasein gehört dahin ebenso wie das der Gravitation. Sich ihm entziehen zu wollen, ist reiner Unsinn; sich ihm zu fügen und in der von ihm bezeichneten Richtung zu wirken, ist das einzige Rechte und Vernünftige, und aus diesem Grunde werde ich Doktor Sarrasins Stadt zerstören. Mit Hilfe meiner Kanonen werden meine fünfzigtausend Deutschen leicht genug mit jenen hunderttausend Träumern fertig werden, die nun einmal unterzugehen bestimmt sind!«

Da Marcel die Nutzlosigkeit jedes Versuches, Herrn Schultzes Anschauungen zu ändern, von vornherein einsah, setzte er das Gespräch nicht weiter fort.

Beide verließen nun den Geschoßraum, dessen geheime Türen wieder verschlossen wurden, und begaben sich nach dem Speisezimmer zurück.

So als ob gar nichts vorgefallen sei, führte Herr Schultze hier seinen Bierkrug zum Munde, ließ eine Glocke ertönen, verlangte eine andere Pfeife anstelle der zerbrochenen und fragte den Kammerdiener:

»Sind Arminius und Sigimer bei der Hand?«

»Gewiß.«

»Sage ihnen, sie sollen nicht weggehen, damit ich sie rufen kann.«

Als der Diener das Zimmer verlassen, wandte sich der Stahlkönig gegen Marcel und schaute diesem gerade ins Gesicht.

Dieser schlug die Augen nicht nieder vor jenem Blicke, der selbst metallische Härte angenommen zu haben schien.

»Sie denken das erwähnte Vorhaben wirklich auszuführen?« fragte er noch einmal.

»Natürlich. Ich kenne die Lage von France-Ville genau auf das Zehntel einer Sekunde bezüglich der Länge und Breite, und am 13. September um elf Uhr fünfundvierzig Minuten nachts wird die Stadt aufgehört haben zu existieren.«

»Einen solchen Plan hätten Sie aber doch völlig geheimhalten sollen.«

»Mein Lieber«, erwiderte Herr Schultze, »da fehlt es Ihnen wieder einmal an der nötigen Logik. Ich beklage es deshalb auch weniger, daß Sie so jung sterben müssen!«

Marcel war bei den letzten Worten aufgesprungen.

»Wußten Sie das wirklich nicht vorher«, fuhr Herr Schultze eiskalt fort, »daß ich von meinen Projekten niemals gegen andere spreche als gegen die, welche sie nicht mehr verraten können?«

Die Glocke ertönte. Arminius und Sigimer, zwei Riesen von Gestalt, erschienen an der Tür.

»Sie wollten in mein Geheimnis dringen«, sagte Herr Schultze, »Sie kennen es! ... Nun werden Sie dafür den Tod erleiden!«

Marcel gab keine Antwort.

»Sie sind ein viel zu heller Kopf«, fuhr Herr Schultze fort, »als daß Sie annehmen könnten, ich würde Sie nun, da Sie davon wissen, was ich zunächst beabsichtige, noch am Leben lassen können. Das wäre ein unverzeihlicher Leichtsinn, das wäre unlogisch. Die Größe meines Zieles verbietet mir, dessen Erreichung durch die Rücksichtnahme auf den verhältnismäßig geringen Wert eines einzelnen Menschenlebens zu gefährden – selbst eines Menschen wie Sie, dessen gute Gehirnorganisation ich übrigens hochschätze. Ich bedauere wirklich, daß mich eine schwache Regung von Eigenliebe etwas zu weit hingerissen hat und mich nun zwingt, Sie unschädlich zu machen. Sie werden jedoch einsehen, daß ich angesichts der von mir verfolgten Interessen nicht einem weicheren Gefühle nachgeben darf. Ich gestehe Ihnen jetzt gern ein, daß Ihr Vorgänger Sohne wegen Verletzung desselben Geheimnisses hat sterben müssen und nicht durch die Explosion einer Dynamitpatrone umgekommen ist. Meine Regel duldet keine Ausnahme. An einem unumstößlichen Gesetze vermag ich selbst nichts zu ändern!«

Marcel blickte Herrn Schultze an. Der Ton seiner Stimme sagte ihm, daß der Starrsinn dieses Trotzkopfes nicht zu beugen sein werde und daß er verloren sei. Er gab sich also nicht einmal Mühe, gegen jenes Urteil Einspruch zu erheben.

»Wann werde ich sterben und auf welche Weise?« fragte er. – »Sorgen Sie sich nicht um solche Einzelheiten«, erklärte Herr Schultze völlig ruhig. »Sie werden sterben, doch wird Ihnen jede Todesqual erspart bleiben. Sie werden eines Morgens nicht wieder erwachen. Das ist alles!«

Auf einen Wink des Stahlkönigs sah Marcel sich abgeführt und nach seinem Zimmer gebracht, vor dessen Tür die beiden Riesen Wache standen.

Als er sich aber allein sah, dachte er zitternd vor Angst und Wut an den Doktor, an dessen Familie, seine Landsleute, an alle, die er liebte.

»Der Tod, der meiner wartet, ist das Geringste«, sagte er, »doch die Gefahr, die ihnen droht, wie soll ich diese beschwören?«

Neuntes Kapitel

»P.P.C.«

Marcels Lage war gewiß eine sehr ernste. Was konnte er, dessen Lebensstunden jetzt gezählt waren und mit der untergehenden Sonne vielleicht seine letzte Nacht hereinbrechen sah, dagegen tun?

Er schlief nicht einen Augenblick – weniger aus Furcht, nicht wieder zu erwachen, wie ihm Herr Schultze gesagt – aber weil seine Gedanken sich von France-Ville, dem eine so beispiellose Katastrophe drohte, nicht wieder zu trennen vermochten.

»Was soll ich beginnen?« fragte er sich immer wieder. »Jene Kanone zerstören? Den Turm, der sie trägt, in die Luft sprengen? Wie könnte ich das? Entfliehen! ... Entfliehen, wo mein Zimmer von jenen beiden Riesen bewacht ist! Und wenn es mir gelänge, vor jenem schrecklichen 13. September aus Stahlstadt zu entweichen, wie sollte ich das drohende Unheil abwenden? ... Immerhin! Kann ich auch unsere liebe Stadt nicht beschützen, so kann ich doch deren Bewohner retten, wenn ich noch zu ihnen gelange mit dem Rufe: Flieht! Flieht ohne Säumen! Ihr seid bestimmt, durch Feuer und Eisen elend umzukommen! Flieht alle, alle!«

Dann wendeten sich Marcels Gedanken einer anderen Richtung zu.

»Oh, der teuflische Schultze!« dachte er. »Selbst angenommen, er habe die zerstörende Gewalt seines Geschosses übertrieben und er könne nicht die ganze Stadt mit unverlöschbarem Feuer überschütten, so ist doch kaum daran zu zweifeln, daß ein einziger Schuß einen großen Teil derselben in Asche legen werde! Es ist eine höllische Maschine, die er da erfunden hat, und diese fürchterliche Kanone wird ihr Geschoß, trotz der großen Entfernung zwischen beiden Städten, gewiß sicher nach seinem Ziele schleudern. Eine Anfangsgeschwindigkeit, welche die gewöhnliche um das Zwanzigfache übertrifft! So gegen zehntausend Meter, oder zweiundeinehalbe Stunde in der Sekunde! Das ist fast der dritte Teil der Umdrehungsschnelligkeit der Erde am Äquator! Ist das wirklich möglich? ... Ja ... Ja! ... Wenn sein Geschütz nicht beim ersten Abfeuern zerspringt! ... Und das wird nicht geschehen, denn es besteht aus einem Metalle, dessen Widerstand gegen das Zerreißen fast unbegrenzt zu nennen ist! Der Schurke kennt die Lage von France-Ville aufs Haar! Ohne seine Höhle zu verlassen, wird er sein Rohr mit mathematischer Sicherheit richten, und das Geschoß wird, wie er vorausgesagt, mitten in die unglückliche Stadt hineinfallen! Wie kann ich die armen Einwohner warnen?«

Marcel hatte, als der Tag wieder anbrach, kein Auge geschlossen. Er verließ also sein Bett, auf das er sich in seiner fieberhaften Schlaflosigkeit vergebens ausgestreckt hatte.

»Also erst in der folgenden Nacht«, sagte er sich. »Dieser Henker will mir die Todesqual ersparen und wartet, bis mich vor Erschöpfung der Schlaf überwältigt hat! Und dann? ... Ja, welche Todesart mag er mir bestimmt haben? Denkt er mich durch Einatmung von Blausäure zu morden, während ich schlafe? Oder will er in mein Zimmer heimlich Kohlensäure einströmen lassen, über die er ja in beliebiger Menge verfügt? Sollte er dieses Gas nicht vielmehr in flüssigem Zustand verwenden, so wie er es in seinen Glasgeschossen verwendet hat, dessen plötzliche Verflüchtigung eine Kälte von nahe hundert Grad erzeugt? Am folgenden Morgen läge dann an meiner Stelle statt dieses kräftigen, wohlgebauten lebensvollen Körpers eine trockene, gefrorene, verhornte Mumie! ... Oh, dieses Elend! ... Mein Herz möge vertrocknen, mein Leben bei jener unerträglichen Temperatur erstarren, wenn nur mein Freund, Doktor Sarrasin, seine Familie, Jeanne, meine liebe Jeanne gerettet würden! Um ihretwillen muß ich fliehen ... ich werde es also durchsetzen!«

Mit diesen letzten Worten hatte Marcel, obwohl er

voraussetzen mußte, jetzt eingesperrt zu sein, die Hand unwillkürlich auf den Drücker des Türschlosses gelegt.

Zu seinem größten Erstaunen öffnete sich die Tür, er konnte ganz wie früher in den Garten hinab spazierengehen.

»Aha«, sagte er, »ich bin nur ein Gefangener in den Zentral-Anlagen, nicht in meinem Zimmer! Das ist schon etwas!«

Kaum erschien Marcel freilich draußen, als er bemerkte, daß er trotz seiner scheinbaren Freiheit doch nicht zwei Schritte ohne die Aufsicht der beiden Männer machen könnte, welche ganz den historischen oder vielmehr vorhistorischen Namen Arminius und Sigimer entsprachen.

Schon manchmal hatte er sich, wenn er jenen beim Promenieren begegnete, gefragt, was wohl das eigentliche Amt dieser beiden Kolosse in grauer Uniform mit dem Stierhalse, den herkulischen Muskeln und rötlichem Gesicht mit dichten grauen Schnurr- und Backenbärten sein möchte.

Jetzt kannte er dasselbe. Sie waren die ausführenden Organe für Herrn Schultzes Machtsprüche und daneben seine persönliche Leibwache.

Die beiden Riesen behielten ihn stets im Gesicht, lagerten vor der Tür seines Zimmers und folgten ihm auf dem Fuße, wenn er in den Park hinaustrat. Eine reichliche Bewaffnung mit Revolvern und Dolchen sicherte den Erfolg ihrer Aufgabe noch weiter.

Übrigens erschienen sie stumm wie die Fische. Marcel hatte wohl mehrmals versucht, eine Unterhaltung mit ihnen anzuknüpfen, aber keine andere Antwort als drohende Blicke erhalten. Selbst das Angebot eines Kruges Bier, das er alle Ursache hatte, für unwiderstehlich zu halten, erwies sich fruchtlos. Nach fünfzehnstündiger Beobachtung hatte er nur eine Leidenschaft seiner Wächter erkannt, eine einzige, die Pfeife, die sie auf Tritt und Schritt rauchten, wenn sie ihm nachgingen. Konnte Marcel vielleicht diese eine Schwäche zu seinem Vorteil ausbeuten? Das wußte er für jetzt noch nicht und konnte es sich wirklich auch kaum vorstellen, doch er hatte sich einmal geschworen zu entfliehen und durfte nun auch nicht das geringste unbeachtet lassen, was seine Entweichung begünstigen konnte.

Die Zeit drängte – was sollte er beginnen?

Beim leisesten Zeichen eines Widerstandes oder Fluchtversuches war er sicher, zwei Kugeln durch den Kopf zu bekommen. Selbst angenommen, daß die Schüsse ihn nicht trafen, so befand er sich doch inmitten einer dreifachen Umschließung, welche mit dreifachen Reihen von Wachen besetzt war.

Seiner Gewohnheit als alter Zögling der Zentralschule entsprechend, hatte Marcel seine Aufgabe als klarer mathematischer Kopf zurechtgelegt.

»Angenommen, ein Mensch sei von zwei gänzlich rücksichtslosen Kerlen bewacht, die ihn auch körperlich an Stärke weit übertreffen und überdies bis an die Zähne bewaffnet sind, so kann es sich zuerst nur darum handeln, der Aufmerksamkeit dieser Argusaugen zu entwischen. Ist das erreicht, so gilt es, aus einem befestigten Platz zu entkommen, dessen Zugänge alle strengstens überwacht sind . . .«

Hundertmal legte Marcel sich diese Fragen vor und hundertmal scheiterte er mit dem Versuche, sie zu lösen.

Es wäre schwer zu entscheiden, ob nur die Gefahr seiner Lage seinen Erfindungsgeist aufs höchste anspannte oder ob der bloße Zufall ihm endlich zu einem Rettungsanker verhalf.

Jedenfalls wurde Marcels Aufmerksamkeit schon am nächsten Tage, als er im Park umherging, durch einen sonderbaren Strauch, der auf einem Beete grünte, unwillkürlich erregt.

Es war eine düstere, krautartige Pflanze mit wechselständigen, eiförmigen, zugespitzten Blättern, großen glockenförmigen, braunvioletten Blüten und verästeltem Achsenstengel.

Marcel, der sich mit Botanik nur so nebenher beschäftigt hatte, glaubte in derselben doch die Kennzeichen der Familie der Solaneen zu erkennen. Ganz ohne Absicht pflückte er ein Blättchen davon ab, das er während des Gehens zerkaute.

Er hatte sich nicht geirrt. Eine gewisse Schwere der Glieder, verbunden mit dem Gefühle von Übelkeit, bewies ihm, daß er hier ein natürliches Laboratorium für Belladonna, d. h. eines der wirksamsten Narkotika aufgefunden habe.

Immer dahinschlendernd, gelangte er nach einem kleinen See, der sich nach dem Süden des Parkes hin erstreckte, um an seinem Ende einen Wasserfall zu speisen, der dem im Boulogner Walde sklavisch nachgebildet war.

»Wo fließt aber das Wasser dieses Falles ab?« fragte sich Marcel.

Dasselbe ergoß sich zunächt in das Bett eines Flüßchens, das nach vielen Windungen an der Grenze des Parkes verschwand.

Dort mußte also ein Ausfluß sein, und allem Anscheine nach entleerte sich der Fluß durch einen unterirdischen Kanal, der außerhalb Stahlstadts die Umgebung bewässerte.

Marcel ahnte, daß hier die Pforte zur Flucht zu suchen sei. War es auch kein Torweg, so blieb es doch immer eine Pforte.

»Doch, wenn der Kanal durch Eisengitter verschlossen wäre?« warf ihm da die Stimme der Klugheit ein.

»Wer nicht wagt, gewinnt nicht! Die Feilen wurden nicht erfunden, um Korkpfropfen abzunagen, und Feilen gibt es hier von der besten Art!« erwiderte eine ironische Stimme in seinem Innern, die Stimme, welche die raschen Entschlüsse zur Welt bringt.

Binnen zwei Minuten war Marcels Plan gefaßt. Ein Gedanke – wenn man es einen solchen nennen darf –, ein Gedanke war ihm gekommen, der sich vielleicht als unausführbar erwies, aber dem er doch zu folgen versuchen wollte, wenn ihn der Tod nicht vorher ereilte.

Er kehrte also wie von ungefähr nach jenem Gebüsch zurück und pflückte zwei oder drei Blätter so davon ab, daß seine Wächter es bemerken mußten.

Dann begab er sich nach seinem Zimmer, trocknete die Blätter am Feuer, zerrieb sie mit den Händen und mischte sie unter seinen Tabak.

Auch die sechs folgenden Tage erwachte Marcel eigentlich zu seinem eigenen Erstaunen des Morgens immer wieder. Sollte Herr Schultze, den er jetzt nicht mehr sah und dem er bei seinen Spaziergängen niemals begegnete, seine Absicht aufgegeben haben? Nein, sicher nicht, so wenig wie sein Vorhaben, die Stadt des Doktor Sarrasin zu zerstören.

Marcel benutzte also das ihm noch geschenkte Leben und wiederholte sein Verfahren Tag für Tag. Wohlverstanden fiel es ihm nicht ein, von der Belladonna selbst zu rauchen, und er teilte seinen Tabak deshalb in zwei Pakete, das eine für seinen gewöhnlichen Gebrauch, das andere zu seinem täglichen Manöver. Er ging dabei einfach darauf aus, Arminius' und Sigimers Neugier zu erregen. Als eingefleischte Raucher mußten sie sich doch endlich den Busch merken, von dem er seine Blätter pflückte, und einmal den Versuch machen, welchen Geschmack diese Beimischung dem Tabak wohl verleihe.

Seine Rechnung sollte nicht täuschen, und die beabsichtigte Folge trat sozusagen mit mechanischer Notwendigkeit ein.

Am sechsten Tage – dem Tage vor jenem verhängnisvollen 13. September – sah Marcel endlich, als er den Blick zufällig nach rückwärts schweifen ließ, zu seiner größten Befriedigung, daß auch die beiden Wächter sich einigen Vorrat von jenen Blättern mitnahmen.

Bald darauf überzeugte er sich, daß sie dieselben am Feuer dörrten, dann in den groben Händen zerrieben und ihrem Tabak beimengten. Sie schienen schon im voraus lüstern zu sein auf diesen Genuß.

Wollte Marcel denn Arminius und Sigimer wirklich nur einschläfern? Nein. Ihm genügte es ja nicht, nur ihrer Wachsamkeit zu entgehen. Er mußte auch Hilfsmittel finden, um im Wasser glücklich durch den Kanal zu kommen, selbst wenn dieser mehrere Kilometer lang war. Auch dieses Mittel stand klar vor Marcels Augen. Immerhin konnte der Versuch neunmal unter zehnmal mißlingen, doch das Opfer seines jede Stunde bedrohten Lebens erschien ihm ja nur gering.

Der Abend kam heran, mit ihm die Essensstunde und der Zeitpunkt für seinen gewöhnlichen letzten Spaziergang. Das unzertrennliche Dreiblatt begab sich in den Park.

Ohne eine Minute zu verlieren, wendete sich Marcel scheinbar absichtslos nach einem im Gebüsch errichteten Gebäude, nämlich der Modellkammer zu. Dort setzte er sich auf eine einsame Bank und begann zu rauchen.

Sofort ließen sich Arminius und Sigimer, die ihre Pfeifen stets bei der Hand hatten, auf einer Bank in der Nähe nieder und bliesen dicke Wolken vor sich her.

Der narkotische Wirkung ließ nicht lange auf sich warten.

Nach kaum fünf Minuten taumelten die zwei schweren Teutonen wie zwei Bären in ihrem Käfig umher. Ihre Augen verschleierte eine Wolke, ihre Ohren summten; ihre Gesichtsfarbe wechselte von Hellrot zu Kirschrot; machtlos sanken ihre Arme herab, und die Köpfe fielen auf die Rücklehne der Bank nieder.

Die Pfeifen lagen bald auf der Erde.

Endlich mischte sich ein lautes Schnarchen unter das Zwitschern der Vögel, welche der ewige Sommer im Parke von Stahlstadt zurückhielt.

Das war der Augenblick, auf den Marcel wartete. Man kann sich vorstellen, mit welcher Ungeduld, denn am nächsten Abend um elf Uhr fünfundvierzig Minuten sollte das von Herrn Schultze dem Untergang geweihte France-Ville verschwinden.

Marcel eilte in den Modellsaal. Dieser große Raum enthielt ein ganzes Museum, hydraulische Motore, Lokomotiven, Dampfmaschinen, Lokomobilen, Pumpen, Turbinen, Bohrmaschinen, Schiffsmaschinen, Schiffsrümpfe – gewiß für mehrere Millionen, wahre Meisterwerke. Hier wurden die Holzmodelle von jedem Stück aufbewahrt, das seit Gründung der Fabrik des Herrn Schultze jemals in derselben angefertigt worden war, und selbstverständlich fehlten darunter Modelle für Kanonen, Torpedos und dergleichen nicht.

Die Nacht war dunkel und dem kühnen Unternehmen, das der junge Elsässer plante, besonders günstig. Während er seinen Fluchtversuch ermöglichte, wollte er auch das Modellmuseum von Stahlstadt der Vernichtung preisgeben. Oh, hätte er es mit der Kasematte und dem Geschütz, das diese barg, den furchtbaren unzerstörbaren Stierturm gleichzeitig vernichten können! Doch daran war nicht zu denken.

Marcels erste Sorge war es hier, sich eine kleine Stahlsäge auszuwählen, mit der er Eisen durchschneiden konnte, welche er von einem Werkzeuggestelle herabnahm und in die Tasche gleiten ließ. Dann entzündete er ein Streichhölzchen und warf es brennend in die Ecke des Saales, wo Zeichnungen und leichte Modelle aus Weidenholz aufgehäuft lagen.

Dann verschwand er eiligst.

Kurze Zeit nachher züngelten schon die durch das viele leicht brennbare Material genährten Flammen durch die Fenster. Sofort ertönte die Alarmglocke; die elektrischen Klingeln meldeten den Unfall durch ganz Stahlstadt, und von allen Seiten stürmten die Feuerwehrmannschaften mit ihren Dampfspritzen herbei.

Gleichzeitig erschien Herr Schultze, dessen Gegenwart geeignet war, seine Arbeiter anzuspornen.

Binnen wenigen Minuten zeigten die Kessel schon vollen Dampfdruck, und die gewaltigen Spritzen warfen ihre mächtigen Wasserstrahlen in die Glut. Sie gossen eine ganze Sündflut gegen die Mauern und selbst auf das Dach des Modellhauses. Das Feuer erwies sich aber jenem Wasser überlegen, das nur verdunstete, aber nicht zu löschen vermochte, und bald stand das ganze Bauwerk in hellen Flammen. Schon nach fünf Minuten hatte der Brand einen solchen Umfang angenommen, daß man darauf verzichten mußte, seiner Herr zu werden. Der Anblick dieser Feuersbrunst war ebenso großartig wie entsetzlich.

Marcel, in einer Ecke verborgen, verlor Herrn Schultze nicht aus den Augen, der seine Leute anfeuerte wie zur Erstürmung einer feindlichen Stadt. Vergeblich. Das Feuer zehrte ruhig fort an seiner Beute, und das im Park isoliert stehende Gebäude mußte voraussichtlich total zugrunde gehen.

Als auch Herr Schultze sich überzeugte, daß nichts von demselben zu retten sei, rief er plötzlich mit lauter Stimme:

»Zehntausend Dollar Belohnung demjenigen, der das unter der Glaskuppel des Mittelbaues aufbewahrte Modell Nummer 3175 rettet!«

Eben dieses Modell war das Muster der von Herrn Schultze vervollkommneten Kanone und hatte für diesen einen höheren Wert als irgendein anderes.

Um das geforderte Stück zu holen, mußte man sich aber durch einen wahren Feuerregen wagen und in eine absolut unatembare Atmosphäre begeben. Jedermann lief die größte Gefahr, darin selbst umzukommen. Trotz des Lockmittels der zehntausend Dollar trat auf Herrn Schultzes Aufruf doch niemand vor.

Da drängte sich ein Mann heran.

Es war Marcel.

»Ich werde gehen«, sagte er.

»Sie!« rief Herr Schultze.

»Ich!«

»Geben Sie sich aber nicht der Hoffnung hin, daß dadurch an dem über Sie verhängten Todesurteil etwas geändert werde.«

»Ich denke gar nicht daran, dasselbe von mir abzuwenden, sondern nur an die Rettung des kostbaren Modells.«

»So geh'« antwortete Herr Schultze, »und ich schwöre dir im Falle des Gelingens zu, daß die zehntausend Dollar deinen rechtmäßigen Erben zugestellt werden sollen.«

»Darauf rechne ich!« erwiderte Marcel.

Man hatte mehrere für den Fall eines Schadenfeuers immer bereitgehaltene Galibertsche Apparate herbeigebracht, mit denen man sich ja auch in unatembare Gasarten wagen kann. Marcel hatte einen solchen schon benützt, als er damals den kleinen Karl, das Kind der Frau Bauer, dem Tode zu entreißen suchte.

Ein solcher mit Luft von mehreren Atmosphären Spannung gefüllter Apparat wurde auf seinem Rücken befestigt. Mit der Klammer auf der Nase und das Mundstück des Schlauches zwischen den Lippen drang er nun beherzt in den Rauch ein.

»Endlich!« sagte er. »Für eine Viertelstunde besitze ich Luftvorrat in dem Behälter! ... Gott gebe, daß er hinreicht!«

Selbstverständlich dachte Marcel nicht im geringsten daran, das Modell der Schultzeschen Kanone aus den Flammen zu retten. Er stürmte nun mit Gefahr für sein Leben durch den qualmerfüllten Saal unter einem Hagel glühender Funken und prasselnder Balken, die ihn wie durch ein Wunder verschont ließen, und genau in dem Moment, wo das Dach unter einer Garbe von prächtigen Feuerstrahlen zusammenbrach, die der Wind bis zu den Wolken hinauftrieb, entkam er durch eine entgegengesetzte Tür des Saales, die sich nach dem Park hin öffnete.

Nach dem kleinen Flusse zu eilen, dessen Uferwand hinabzustürmen bis zu dem unbekannten Ausfluß, der ihn aus Stahlstadt befreien mußte, und sich ohne weiteres Besinnen in das Wasser zu stürzen, das alles war für Marcel nur das Werk weniger Sekunden.

Schnell riß die Strömung ihn in den Wasserschwall, der sieben bis acht Fuß tief sein mochte, dahin. Er brauchte auf keine Richtung zu achten, denn die Strömung führte ihn wie ein Ariadne-Faden. Er merkte auch bald, daß er in einen engen Kanal hineingezogen worden war, eine Art weites Rohr, welches das Wasser vollkommen ausfüllte.

»Wie lang mag dieser Schlauch sein?« fragte sich Marcel, »daran liegt alles! Bin ich nicht binnen einer Viertelstunde heraus, so geht mir die Luft aus und mein Schicksal ist besiegelt!«

Marcel bewahrte sich seine ganze Kaltblütigkeit. Zehn Minuten lang wälzte ihn der Strom unaufhaltsam mit sich fort, dann stieß er an einen Widerstand.

Es war ein mit Haspen in der Mauer befestigtes Eisengitter.

»Das wußte ich vorher!« sagte Marcel für sich.

Sofort holte er die Säge aus der Tasche und begann die Krampen des Riegels zu durchsägen.

Nach fünf Minuten hatte er noch nicht viel erzielt. Schon atmete Marcel nur noch mit großer Beschwerde. Die in dem Behälter jetzt sehr verdünnte Luft strömte ihm nur ungenügend zu. In den Ohren begann es zu sausen, das Blut schoß ihm in die Augen, der Kopf brannte, alles deutete auf einen Schlaganfall hin, der ihn lähmen mußte.

Noch widerstand er, den Atem zeitweise anhaltend, um nur so wenig als möglich von dem Sauerstoff zu verbrauchen, der ihm noch zu Gebote stand, aber der Riegel wich nicht von der Stelle.

Da entfiel ihm gar noch die Säge.

»Gott kann nicht meinen Untergang wollen!« dachte er.

Er packte das Gitter mit beiden Händen und mit der Kraft, wie sie nur der Trieb der Selbsterhaltung verleiht.

Das Gitter gab nach. Der Riegel war gebrochen und die Strömung riß den unglücklichen Marcel mit sich fort, der schon fast erstickt war und nur mit größter Mühe die letzten Restchen Luft aus seinem Behälter saugte.

Am folgenden Tage, als Herrn Schultzes Leute in das

vom Feuer gänzlich zerstörte Gebäude eindrangen, fanden sie unter dem Schutte und der glimmenden Asche nicht das geringste Überbleibsel von einem menschlichen Körper. Es lag auf der Hand, daß der mutige Arbeiter ein Opfer seines guten Willens geworden war. Die, welche ihn von den Werkstätten her näher kannten, verwunderten sich hierüber nicht.

Das kostbare Modell war also nicht zu retten gewesen, der Mann aber, der das Geheimnis des Königs von Stahlstadt kannte, weilte auch nicht mehr unter den Lebenden.

»Der Himmel ist mein Zeuge, daß ich ihm jede Todesqual ersparen wollte«, sagte sich Herr Schultze zur Beruhigung. »Jedenfalls erspare ich auf diese Weise zehntausend Dollar!«

Das war die ganze Leichenrede für den jungen Elsässer!

Zehntes Kapitel

Ein Artikel aus »Unser Jahrhundert«, deutsche Revue

Einen Monat vor der Zeit, da sich die oben erzählten Ereignisse zutrugen, stand in einer deutschen Revue mit dem Titel »Unser Jahrhundert« ein Aufsatz bezüglich France-Ville, der im deutschen Kaiserreiche gerechtes Aufsehen machte, wahrscheinlich weil er die Verhältnisse dieser Stadt nur von ausschließlich materiellem Standpunkte aus beleuchtete.

»Wir haben unsere Leser schon von der merkwürdigen Erscheinung an der fernen Westküste der Vereinigten Staaten unterrichtet. Die große amerikanische Republik hat – infolge der vielseitigen eingewanderten Elemente, welche ihre Bevölkerung umfaßt – uns schon seit langer Zeit an immer neue Überraschungen gewöhnt. Die letzte derselben ist gleichzeitig eine der merkwürdigsten, nämlich die Gründung der Stadt France-Ville, an die vor fünf Jahren noch kein Mensch dachte und welche sich schon heute eines unerwartet blühenden Wohlstandes erfreut.

Diese wunderbare Stadt ist wie durch Zauberkünste an der Küste des Pazifischen Ozeans emporgewachsen. Wir wollen hier nicht prüfen, ob der Plan und die erste Idee zu derselben, wie man allgemein behauptet, von einem Franzosen, einem Doktor Sarrasin, ausgegangen ist oder nicht. Die Sache ist nicht unmöglich, da sich der genannte Arzt einer entfernten Verwandtschaft mit unserem berühmten Stahlkönig rühmen kann. Man setzt auch, beiläufig bemerkt, hinzu, daß die Aneignung einer beträchtlichen Erbschaft, welche rechtlicher Weise Herrn Schultze zukam, mit der Gründung von France-Ville in Verbindung steht. Überall, wo in der Welt etwas Gutes geschieht, darf man gewiß sein, darin wenigstens ein germanisches Samenkorn zu finden, eine Wahrheit, welche wir mit Genugtuung auch bei dieser Gelegenheit bestätigt sehen.

Doch wie dem auch sei, wir fühlen uns verpflichtet, unseren Lesern eingehende und verläßliche Einzelheiten über diese Musterstadt mitzuteilen.

Man erspare sich die Mühe, den Namen derselben auf der Landkarte zu suchen. Selbst der große Atlas in 378 Foliobänden, herausgegeben von unserem berühmten Tüchtigmann, wo alle Gebüsche und Baumgruppen der Alten und Neuen Welt mit größter Genauigkeit verzeichnet stehen, selbst dieses großartige Denkmal geographischer Wissenschaft enthält noch keine Spur von France-Ville. Noch vor fünf Jahren breitete sich an der Stelle, welche die neue Stadt jetzt einnimmt, eine öde Wüstenei aus. Der betreffende Punkt liegt unter 43°11′3″ nördlicher Breite und 124°41′17″ westlicher Länge von Greenwich. Er findet sich, wie man hieraus ersieht, nahe der Küste des Stillen Ozeans, am Fuße der sekundären Kette der Felsengebirge, der den Namen Kaskaden-Berge erhalten hat, zwanzig Meilen nördlich von Kap Blanc, Staat Oregon, Nordamerika.

Mit peinlichster Sorgfalt wurde diese geeignetste Stelle unter vielen anderen ziemlich günstigen Örtlichkeiten ausgewählt. Ausschlaggebend für die endliche Entscheidung war ihre Lage in der gemäßigten Zone der nördlichen Halbkugel, welche bezüglich der Zivilisation unserer Erde stets den Reigen anführt, wie in der Mitte einer Föderativ-Republik und gleichzeitig eines noch neuen Staates, der ihr vorläufig eine gewisse Unabhängigkeit gewährleistete und der Stadt mit ihrem Gebiete ähnliche Rechte einräumte, wie sie etwa das Fürstentum Monaco in Europa genießt – unter der Bedingung, nach einer gewissen Reihe von Jahren in den Staatenbund der Union einzutreten; – die Nähe des Ozeans, der doch mehr und mehr zur Landstraße der Welt wird; – die bergige fruchtbare und ungemein gesunde Natur des Erdbodens; – die Nachbarschaft einer Bergkette, welche vor den Nord-, Süd- und Ostwinden gleichmäßig schützte und es der vom Meere hereinwehenden Brise überließ, die Atmosphäre der Stadt zu erneuern; – das Vorhandensein eines kleinen Flusses, dessen frisches, süßes, weiches, durch wiederholte Fälle sowohl wie durch rasche Strömung reichlich oxygeniertes Wasser sich noch vollkommen klar ins Meer ergießt; – endlich ein natürlicher Hafen, der durch Dammschüttung leicht vergrößert werden könnte und den ein bogenförmig verlaufendes Vorgebirge bildete.

Hier sei auch noch einiger minder bedeutender Vorzüge erwähnt, wie der Nähe ergiebiger Marmor- und Steinbrüche, eines Lagers von Kaolin und endlich sogar des Vorkommens goldhaltiger Geschiebe. Gerade um dieses letzteren Umstandes willen hätte man sich beinahe von hier weggewendet; die Begründer der Stadt glaubten, der Eintritt des Goldfiebers könnte ihre besten Pläne durchkreuzen. Zum Glück fanden sich aber nur sehr wenige und ganz kleine Goldkörner vor.

Wenn die Wahl des Terrains auch nur auf Grund der ernstesten und eingehendsten Erwägungen erfolgte, so hatte sie doch nur zwei Tage in Anspruch genommen und auch nicht erst eine besondere Expedition nötig gemacht. Die Kenntnis unserer Erdkugel ist jetzt so weit vorgeschritten, daß man sich über die entlegensten Punkte derselben, auch ohne sein Zimmer zu verlassen, Auskunft verschaffen kann.

Nach Entscheidung dieses Punktes schifften sich zwei Abgesandte des Gründungskomitees auf dem nächsten Liverpooler Dampfer ein, gelangten in elf Tagen nach New York, sieben Tage später nach San Francisco und mieteten hier ein Dampfboot, das sie nach zehn Stunden an der erwählten Stelle ans Land setzte.

Die unumgänglichen Verhandlungen mit der Legislatur von Oregon wegen Gewinnung der Konzession zum Landerwerb längs der Meeresküste am Fuße der Kaskaden-Berge und in einer Breite von vier englischen Meilen, sowie die mit einigen tausend Dollar erreichte Abfindung von ein halb Dutzend Pflanzern, welche auf das betreffende Land begründete oder vorgebliche Ansprüche erhoben – alles das bedurfte kaum der Zeit eines Monats.

Im Januar 1872 war das Gebiet schon besichtigt, vermessen, abgesteckt und näher untersucht, während eine Armee von 20000 chinesischen Kulis unter Anleitung von 500 europäischen Werkführern und Ingenieuren rüstig an die Arbeit ging. Maueranschläge in ganz Kalifornien, eine permanente Waggon-Annonce im Schnellzuge, der jeden Morgen von San Francisco abgeht und den ganzen amerikanischen Kontinent durchfliegt, endlich eine tägliche Reklame in den dreiundzwanzig Journalen der genannten Stadt hatten hingereicht, die notwendigen Arbeitskräfte herbeizuziehen.

Man hatte sogar Abstand nehmen können von der zur Zeit so beliebten ›Bekanntmachung im großen Stil‹, nämlich durch Ausmeißelung riesiger Buchstaben in den der Bahnstrecke benachbarten Felsengebirgen, obgleich eine Gesellschaft sich unter Ermäßigung der gewöhnlichen Preise dazu erbot. Hierbei ist freilich nicht zu vergessen, daß die massenhafte Zuströmung chinesischer Kulis nach Nordamerika gerade damals eine merkbare Störung auf dem Arbeitsmarkte hervorgerufen hatte. Mehrere Staaten sahen sich genötigt, jene armen Teufel in Massen auszutreiben, um die Existenz ihrer eigenen Einwohner zu sichern und blutigen Zusammenstößen vorzubeugen. Die Gründung von France-Ville rettete da viele vor dem Untergange. Der Taglohn wurde für alle gleichmäßig auf einen Dollar festgesetzt, der jedoch erst nach Vollendung der Arbeit ausgezahlt werden sollte, während die nötigen Lebensbedürfnisse bis dahin von den Verwaltungsorganen geliefert wurden. Auf diese Weise verhütete man jede Unordnung und jede schamlose Spekulation, welche so häufig bei der Versetzung größerer Volksmengen vorzukommen pflegen. Der gesamte Arbeitslohn ward allwöchentlich unter Zuziehung von Deputierten der Arbeiter nach der Bank von San Francisco abgeführt, während jeder Kuli, der den seinigen in Anspruch nahm, sich verpflichten mußte, seine Stellung zu verlassen und überhaupt nicht hierher zurückzukehren. Es war das eine von der Notwendigkeit, sich der gelben Bevölkerung wieder entledigen zu können, unbedingt gebotene Maßregel, denn jene wäre auf den Typus und den Geist der neuen Stadt gewiß nicht ohne nachteiligen Einfluß geblieben. Da die Gründer sich überdies das Recht vorbehalten hatten, jedermann den Aufenthalt hier zu genehmigen oder zu versagen, so ließ sich jene Bestimmung von Anfang an leicht durchführen.

Das erste größere Unternehmen bestand in der Herstellung einer Geleisverbindung mit der Pazifik-Railroad, welche zunächst nach Sacramento führte. Man suchte dabei alle größeren Dammschüttungen oder tieferen Einschnitte, die einen üblen Einfluß auf die Gesundheit der Nachbarschaft hätten ausüben können, möglichst zu vermeiden. Diese Arbeit und gleichzeitig die Fertigstellung des Hafens wurde mit außergewöhnlichem Eifer betrieben. Mit dem Monat April trafen auf dem Bahnhofe von France-Ville die bisher noch in Europ zurückgebliebenen Komitee-Mitglieder mit dem ersten direkten Zuge von New York ein.

Inzwischen waren der allgemeine Plan der Stadt entworfen und die leitenden Grundsätze für Errichtung der Privatwohnungen und öffentlichen Gebäude festgestellt worden.

Am notwendigem Materiale mangelte es keineswegs; auf die ersten Nachrichten über dieses Projekt hin beeilte sich die amerikanische Industrie, die Kais von France-Ville mit allen nur denkbaren Baumaterialien zu überschwemmen. Die Gründer gerieten vielmehr wegen der großen Auswahl in Verlegenheit. Sie beschlossen zunächst, daß Quadersteine nur zu öffentlichen Gebäuden und sonst nur zur Ausschmückung benützt, das Mauerwerk für Wohnhäuser aber aus gebrannten Ziegeln errichtet werden solle. Wohlverstanden aber nicht aus jenen unförmigen, groben, mit mehr oder weniger Erde vermischten, oft nur halbgebrannten Ziegeln, sondern aus leichten, nach Form, Gewicht und Dichtigkeit gleichen und ihrer Länge nach von parallelen zylindrischen Luftzügen durchbohrten Backsteinen. Diese immer aneinandergefügten Öffnungen sollten dann in der ganzen Mauer verlaufende und an den Enden frei mündende Kanäle bilden, um der Luft auf diese Weise vollkommen unbehinderte Zirkulation sowohl in den Umfassungsmauern der Gebäude als auch in deren Innenwänden zu gewähren.* Eine solche Anordnung hatte daneben noch den Vorteil, den Schall bedeutend abzuschwächen und jeden Raum gewissermaßen unabhängig von den nebenliegenden zu machen.

Das Komitee sah davon ab, den Bauenden einen gewissen Typus der Häuser vorzuschreiben; es bekannte sich vielmehr als Gegner einer ermüdenden, geschmacklosen Gleichförmigkeit und begnügte sich, nur folgende

*Die Vorschriften wie überhaupt die ganze Idee zu dem hier entwickelten Plane sind einem Entwurfe des Dr. Benjamin Ward Richardson, Mitglied der Königl. Ges. d. Wissensch. in London, entlehnt.

Grundregeln aufzustellen, nach welchen die Architekten sich zu richten hätten:

1. Jedes Haus soll für sich isoliert mitten auf einem mit Bäumen, Rasenplätzen und Blumen ausgestatteten Platze stehen und für je eine einzige Familie eingerichtet werden.

2. Kein Haus darf mehr als zwei Stockwerke enthalten; Licht und Luft sollen von niemand zum Nachteile eines anderen abgesperrt werden.

3. Die Front jedes Gebäudes soll zehn Meter von der Straße zurückstehen und von letzterer durch ein Gitter in Armhöhe geschieden sein. Der Raum zwischen Gitter und Fassade ist als Blumengarten herzurichten.

4. Die Mauern sind aus patentierten, probemäßigen Tubular-Backsteinen zu errichten. Bezüglich der Ausschmückung gilt keinerlei Vorschrift.

5. Die Dächer sind flach, mit leichter Neigung nach allen vier Seiten des Hauses anzulegen, mit Asphalt abzudecken und mit einem gegen Unfall sichernden Schutzgitter zu versehen; auch ist für geeignete Vorrichtung zum schnellen Abfluß der atmosphärischen Niederschläge zu sorgen.

6. Alle Häuser sollen auf Kellerwölbungen ruhen, welche nach allen Seiten offen sind. Wasserleitungen und Abfallrohre verlaufen an dem mittelsten Hauptpfeiler, um ihren Zustand bequem im Auge behalten zu können und im Falle einer Feuersbrunst den nötigen Wasservorrat bei der Hand zu haben. Der Boden jener, das Straßenniveau mindestens einen halben Meter überragenden Gewölbehalle ist sorgfältig zu besanden. Von letzterer führt eine besondere Treppe nach den Küchen und sonstigen Wirtschaftsräumen, so daß alle darauf bezüglichen Verrichtungen ausgeführt werden können, ohne den Gesichts- oder Geruchssinn zu beleidigen.

7. Küchen, Wirtschaftsräume usw. werden, abweichend von dem gewöhnlichen Gebrauch, in das oberste Stockwerk verlegt und stehen daselbst in bequemer Verbindung mit dem platten Dache, das zu ihnen gewisser-

maßen einen geräumigen Abhang in freier Luft darstellt. Ein Aufzug, bewegt durch mechanische Kräfte, die den Einwohnern ebenso wie das künstliche Licht und das Wasser zu ganz mäßigen Preisen geliefert werden, besorgt die Beförderung aller Lasten nach jenem Stockwerke.

8. Die Anordnung der Zimmereinrichtung bleibt dem Gutdünken jedes einzelnen überlassen. Streng verpönt sind nur zwei gefährliche Krankheitserzeuger, zwei wirkliche Miasmen-Brutstätten und Giftlaboratorien: Teppiche und Tapeten! Die von geschickten Ebenisten aus kostbaren Holzarten künstlich zusammengefügten Parkettfußböden könnten nur verlieren, wenn sie unter Wollgeweben von stets zweifelhafter Sauberkeit verborgen würden. Die mit geglätteten und gefirnißten Backsteinen bekleideten Mauern prunken in dem Glanze und der Abwechslung der Gemächer aus der besten Zeit Pompejis und zeigen dabei eine Fülle und Dauerhaftigkeit der Farben, welche die Tapeten mit ihren feinverteilten Giftsubstanzen nimmermehr erreichen. Man wäscht sie einfach ab wie Spiegel- oder Fensterscheiben, oder wie man Fußböden und Deckenflächen abreibt. Dabei kann sich keine Spur eines Krankheitskeimes in irgendeinem Hinterhalte verstecken.

9. Schlaf- und Ankleidezimmer müssen getrennt sein. Es kann nicht warm genug empfohlen werden, das erstere, in dem man ja den dritten Teil des Lebens zubringt, so groß, so luftig und zugleich so einfach als möglich herzustellen. Es hat dasselbe eben nur zum Schlafen zu dienen; vier Stühle, ein eisernes Bett mit Roßhaar-Stahlfedermatratze und eine fleißig ausgeklopfte wollene Decke genügen zu seiner Ausstattung. Daunenbetten, gesteppte und andere Fußdecken sind als die mächtigen Verbündeten epidemischer Krankheiten natürlich ausgeschlossen. Feine, leichte und warmhaltende Wolldecken, welche leicht zu reinigen sind, ersetzen jene vollständig. Ohne über Vorhänge und andere Draperien etwas Besonderes zu bestimmen, folge man

doch dem Rate, dieselben nur aus leicht waschbaren Stoffen zu wählen.

10. Jedes Zimmer erhalte seinen eigenen Kamin, der nach Belieben mit Holz oder Kohle geheizt werden mag, für jede Feuerstelle soll aber auch eine nach außen mündende Öffnung zum Aufsaugen frischer Luft vorhanden sein. Was den Rauch betrifft, so soll derselbe nicht unmittelbar durch die Dächer entweichen, sondern durch unterirdische Kanäle nach speziellen, auf städtische Kosten zu unterhaltende Öfen geleitet werden, deren jeder den Rauchabgang von je 200 Häusern aufnimmt, von den schwebenden Kohlenteilchen befreit und in einer Höhe von 35 Meter in farblosem Zustande in die Luft entläßt.

Hiermit schließen die für Errichtung der Einzelwohnungen aufgestellten Regeln.

Auch die für das Allgemeine maßgebenden Grundsätze sind nur nach sorgfältigster Erwägung aufgestellt.

Der Plan der ganzen Stadt zeichnet sich zunächst durch seine Einfachheit und Regelmäßigkeit aus, welche eine unbegrenzte Weiterentwicklung gestatten. Die sich rechtwinkelig kreuzenden Straßen folgen einander in gleichen Abständen und sind alle gleich breit, mit Bäumen bepflanzt und durch Nummern bezeichnet.

Von ein halb zu einem halben Kilometer unterbricht diese Ordnung eine breitere, alleeartige Straße mit einer nicht bepflanzten Strecke an jeder Seite, welche für die städtischen Pferde- und Dampfeisenbahnen bestimmt ist. Jede Kreuzung einer solchen Allee bildet einen öffentlichen, vorläufig mit schönen Kopien der Meisterwerke der Skulptur geschmückten Garten, bis einst die Künstler von France-Ville selbst würdige Originale anstelle jener Kopien geschaffen haben.

Alle Beschäftigungsarten und jede Handelstätigkeit sind frei.

Zur Erlangung des Aufenthaltsrechtes in France-Ville genügt es, aber ist es auch unbedingt nötig, gute Empfehlungen beizubringen, sowie den Nachweis der Befähigung zu nützlicher Tätigkeit in einem Gewerbe, einer Wissenschaft oder einer Kunst, und sich endlich zur Einhaltung der städtischen Gesetze zu verpflichten. Eigentliche Müßiggänger bleiben von dem Gemeinwesen ausgeschlossen.

Öffentliche Gebäude wuchsen schon in großer Zahl empor. Die hervorragendsten derselben sind die Hauptkirche, eine Anzahl Kapellen, die Museen, Bibliotheken und die Volks- und Gelehrtenschule, welche man so luxuriös und mit Rücksicht auf alle hygienischen Anforderungen hergestellt hat, daß sie jeder Großstadt zur Ehre gereichen würden.

Selbstverständlich unterliegen die Kinder einem weisen Schulzwange, der sie nötigt, an allen geistigen und körperlichen Übungen teilzunehmen, welche die gleichmäßige Gehirn- und Muskelausbildung derselben verbürgt. Man gewöhnt sich dabei an eine so strenge Reinlichkeit, daß sie vor einem Flecken auf ihren einfachen Kleidern bald einen wirklichen Abscheu empfinden.

Die Beobachtung der peinlichsten Reinlichkeit seitens des einzelnen wie der Gesamtheit lag den Gründern von France-Ville übrigens vom Anfang an vorwiegend am Herzen. Zu säubern und immer wieder zu säubern, alle Miasmen, welche jede Anhäufung von Menschen notwendigerweise mit sich bringt, schon im Keime zu ersticken und unschädlich zu machen, das betrachtete die städtische Verwaltung überhaupt als ihre wichtigste Aufgabe. Zu dem Zwecke wurde der Abfluß der Kloaken vor der Stadt gesammelt und einem geeigneten Verfahren unterworfen, wodurch er verdichtet und zur bequemen Überführung nach den Feldern geeignet gemacht wurde.

Wasser fließt überall in reichlicher Menge. Die mit geteertem Holz gepflasterten Straßen, wie die mit Steinplatten belegten Fußwege erinnern an die Sauberkeit eines holländischen Hauses. Nahrungsmittel werden unablässig besichtigt und untersucht, und drohen solchen Händlern, welche es versuchen sollten, sich auf Kosten der öffentlichen Gesundheit zu bereichern, sehr empfindliche Strafen. Ein Geschäftsinhaber, der ein schlechtes Ei, verdorbenes Fleisch oder einen Liter Milch von zweifelhafter Güte verkauft, wird als Vergifter – und ein solcher ist er ja in der Tat – behandelt und verurteilt. Die Handhabung der so notwendigen und doch so schwierigen Gesundheitspolizei ist erfahrenen Männern, wirklichen Spezialisten in diesem Fache anvertraut, welche in den Normalschulen hierzu eigens herangebildet werden.

Ihre Befugnis, rechtskräftig einzuschreiten, erstreckt sich sogar bis auf die in großem Stile eingerichteten Waschanstalten, welche mit Dampf arbeiten und neben geräumigen Trockensälen vorzüglich auch Desinfektionszimmer besitzen. Niemand erhält seine Leibwäsche zurück, ohne daß dieselbe gründlich gebleicht worden wäre, und dabei achtet man auch sorgfältig darauf, die Sendungen zweier Familien niemals zu vermengen. Diese einfache Vorsichtsmaßregel ist von ganz unberechenbarem Erfolge.

Krankenhäuser gibt es nur wenige; man bevorzugt allgemein die häusliche Verpflegung, und jene dienen nur für wohnungslose Fremde oder ganz außergewöhnliche Fälle. Es ist wohl kaum nötig, hervorzuheben, daß in den Köpfen der Begründer dieser Musterstadt der Gedanke nicht Platz greifen konnte, ein Krankenhaus in weit größerem Umfange als gewöhnliche Gebäude herzustellen und sieben- bis achthundert Kranke auf einem einzigen Infektionsherde zusammenzupferchen. Im Gegenteil, statt der wissenschaftlich gar nicht zu begründenden Methode, mehrere Kranke an einer Stelle zu vereinigen, strebte man vielmehr danach, solche möglichst zu isolieren, eine Maßregel, welche deren eigenes, wie das öffentliche Interesse gebieterisch erheischt. Selbst in jedem Privathause sorgt man dafür, einen Kranken in einem abgesperrten Zimmer zu pflegen. So dienen die kleinen Krankenhäuser eigentlich mehr nur als zeitweilige Stationen für dringende Fälle.

Zwanzig, höchstens dreißig Kranke finden, jeder in einem Raume für sich, Unterkunft in den leichten, aus Weidenholz errichteten Baracken, die man jedes Jahr einfach abbrennt, um sie neu zu errichten. Diese nach feststehendem Modell errichteten luftigen Bauten gewähren auch noch den Vorteil einer leichten Überführung nach dem oder jenem Teile der Stadt und einer dem jeweiligen Bedarf entsprechenden Vermehrung oder Verminderung.

Als nennenswerte Neuerung ist die Ausbildung eines ganzen Corps geprüfter Krankenpflegerinnen zu betrachten, welche die Verwaltung zur Verfügung der Bewohner bereit hält. Diese sorgfältig ausgewählten Frauen leisten den Ärzten eine gar nicht zu unterschätzende Hilfe. Sie treten in den Schoß der betroffenen Familien, ausgerüstet mit den so notwendigen und gerade im Momente der Gefahr oft schmerzlich vermißten praktischen Kenntnissen, und erfüllen neben der Aufgabe, den Kranken zu pflegen, auch die andere, der Verbreitung der Krankheit selbst entgegenzuwirken.

Es würde viel zu weit führen, wollte man hier alle hygienischen Verbesserungen aufzählen, welche die Gründer der neuen Stadt daselbst eingeführt haben. Jeder Bewohner erhält bei seiner Ankunft ein kleines Büchlein eingehändigt, das ihm die wichtigsten Grundregeln einer wissenschaftlich geordneten Lebensweise in einfacher, leichtverständlicher Sprache erläutert.

Er ersieht daraus, daß das möglichst vollkommene Gleichgewicht aller Funktionen eine Grundbedingung der Gesundheit bildet; daß den Organen des Körpers Arbeit und Ruhe gleich notwendig sind; daß das Gehirn der Ermüdung ebenso bedarf, wie die Muskeln; daß neun Zehntel aller Krankheiten von einer durch die Luft oder durch Nahrungsmittel verbreiteten Ansteckung herrühren. Er wird um seine Wohnung und seine Person also so viel als möglich ›Quarantäne-Anstalten‹ errichten. Die Enthaltung von aufregenden Giften (Spirituosen u. dgl.), tägliche Körperübungen, gewissenhafte Durchführung auch geistiger Arbeit, der Genuß reinen

Wassers, gesunden Fleisches und leichter, einfach zubereiteter Gemüse, eine regelmäßige Nachtruhe von sieben bis acht Stunden, das ist so etwa das Abc der Gesundheit.

Während wir von den durch die Begründer aufgestellten Grundzügen ausgingen, haben wir von dieser eigenartigen Stadt unwillkürlich wie von einem in sich vollendeten Gemeinwesen gesprochen. Und in der Tat erhoben sich, nachdem nur die ersten Gebäude errichtet waren, die weiteren wie durch Zauberschlag aus der Erde. Man muß den ›Far-West‹ (fernen Westen) selbst besucht haben, um dieses wunderbare Emporblühen der Städte zu verstehen. Im Januar 1872 noch eine Einöde, zählte die erwählte Ansiedlungsstelle 1873 schon 6000 Gebäude; im Jahre 1874 standen 9000 vollendet.

An diesem unerhörten Erfolge hat freilich auch die Spekulation ihren Anteil. Auf dem ausgedehnten und anfangs ziemlich wertlosen Terrain wurden die Häuser gleich in Massen erbaut und dann zu sehr mäßigen Preisen und unter annehmbaren Bedingungen vermietet. Die vollständige Zollfreiheit, die politische Unabhängigkeit des kleinen, isolierten Gebietes, der Reiz der Neuheit und die Milde des Klimas lenkten die Auswanderung hierher. Zur Zeit zählt France-Ville schon 100000 Einwohner.

Von größerem Werte und für uns von alleinigem Interesse erscheint die Tatsache, daß dieses hygienische Experiment als vollkommen geglückt zu betrachten ist. Während die jährliche Sterblichkeit in den meistbegünstigten Städten Europas und der Neuen Welt nie merkbar unter drei Prozent herabgegangen ist, erreicht der fünfjährige Durchschnitt für France-Ville nur anderthalb Prozent. Auf die Höhe dieser Ziffer wirkte auch noch eine kleine Sumpffieber-Epidemie, welche ganz im Anfange ausbrach. Die Sterblichkeit des letzten Jahres z. B. erreicht nur ein und ein Viertel Prozent. Eine andere gewichtige Erscheinung ist die, daß mit sehr wenigen Ausnahmen alle registrierten Todesfälle von spezifischen, meist angeerbten Erkrankungen herrühren. Zufällige Erkrankungen waren dagegen ungemein selten, beschränkter und minder gefährlicher Natur, als an irgendeinem anderen Orte. Eigentliche Epidemien kamen gar nicht zur Beobachtung.

Wir werden die weitere Entwicklung dieses Versuches im Großen stets mit Interesse verfolgen. Es wäre vorzüglich wertvoll, festzustellen, ob der Einfluß einer wissenschaftlich geordneten Lebensweise auf eine ganze Generation, oder lieber auf mehrere einander folgende Generationen wohl imstande wäre, auch angeerbte krankhafte Anlagen aufzuheben.

›Eine solche Hoffnung erscheint gar nicht kühn‹, schreibt einer der Begründer dieser wunderbaren Kolonie, ›und wie weittragend müßten in diesem Falle die Folgen davon sein! Die Menschen würden bis zum neunzigsten oder hundertsten Jahre leben und, wie die meisten Tiere, wie die pflanzlichen Organismen, nur infolge von Altersschwäche eingehen!‹

Ein solcher Traum hat wirklich viel Verführerisches.

Sollen wir indes unsere innerste Überzeugung aussprechen, so glauben wir vorläufig noch nicht sehr fest an den endlichen Erfolg des ganzen Experimentes. Einen Grund- und Hauptfehler finden wir darin, daß die Leitung in Händen von lateinischer Abstammung ruht und das germanische Element davon prinzipiell ausgeschlossen wurde. Das ist ein übles Vorzeichen. Seit die Welt besteht, ist nichts Beständiges geschaffen worden, außer durch Deutschland, und so wird es auch in Zukunft sein. Die Gründer von France-Ville vermochten wohl den Weg zu bahnen, über einige dunkle Punkte Licht zu verbreiten; aber nicht an diesem Punkte Amerikas, in Syrien ist es, wo wir einst die wahre Musterstadt werden emporwachsen sehen.«

Elftes Kapitel

Ein Abendessen bei Dr. Sarrasin

Am 13. September – nur wenige Stunden vor dem von Herrn Schultze für die Zerstörung France-Villes festgesetztem Zeitpunkte – hatten weder der Gouverneur noch die Einwohner der Stadt eine Ahnung von der ihnen drohenden entsetzlichen Gefahr.

Es war um sieben Uhr abends.

Lauschig verdeckt von dichten Oleandern und Tamarinden, dehnte sich die freundliche Stadt längs des Abhanges der Kaskadenberge aus, während die kurzen Wellen des Stillen Ozeans sich an ihren Marmorkais geräuschlos brachen. Die sorgsam gesprengten, von der frischen Meeresbrise durchwehten Straßen boten ein ebenso lachendes wie belebtes Bild. Die Bäume, welche sie beschatteten, murmelten in leisem Rauschen. Die Rasenplätze prangten im herrlichsten Grün. Auf schmucken Beeten öffneten die Blumen ihre Kelche und strömten liebliche Wohlgerüche aus. Selbst die Häuser schienen selbstgefällig zu lächeln in ihrem sauberen weißen Gewande. Die Luft war ruhig, der Himmel blau wie das endlose Meer, das am Ende der langen Alleestraßen glänzte.

Ein Reisender, der zufällig die Stadt betreten hätte, würde erstaunt gewesen sein über das gesunde Aussehen der Bewohner und über das rege Treiben, das in den Straßen herrschte. Man schloß soeben die in einem Quartiere vereinigten Akademien für Malerei, Bildhauerkunst und Musik nebst der öffentlichen Bibliothek, in welch genannten Anstalten ausgezeichnete Lehrkurse mit stets nur wenigen Schülern abgehalten wurden, wobei jeder einzelne dafür desto größeren Nutzen daraus zu ziehen vermochte. Die Menschenmenge, welche jenen Instituten entströmte, veranlaßte zeitweilig sogar wirkliche Verkehrshindernisse; trotzdem ließ sich kein ungeduldiger Ausruf, kein wüstes Geschrei vernehmen. Alles trug das Gepräge der Ruhe und Befriedigung.

Nicht im Herzen der Stadt, sondern nahe der Küste des Ozeans hatte die Familie Sarrasin sich ihr trauliches Heim errichtet. Hier ließ sich gleich zu Anfang – denn sein Haus gehörte zu den zuerst vollendeten Bauten – Doktor Sarrasin mit Gattin und seiner Tochter Jeanne nieder.

Octave, der improvisierte Millionär, zog es vor, in Paris zu bleiben; jetzt fehlte ihm aber Marcel, der treue Mentor, sehr fühlbar.

Seit jener Zeit, wo sie in der Rue du Roi-de-Sicile beieinander wohnten, hatten sich die beiden Freunde fast aus dem Gesichte verloren. Als der Doktor mit Frau und Tochter nach der Küste von Oregon auswanderte, blieb Octave also als sein eigener Herr zurück. Bald wendete er sich von der Schule, wo er nach seines Vaters Wunsche die Studien fortsetzen sollte, mehr und mehr ab und fiel beim letzten Examen, das Marcel mit der ersten Zensur bestand, elend durch.

Bis dahin war Marcel der Kompaß des armen Octave gewesen, der nun einmal seinen Weg nicht allein zu finden wußte. Nach der Abreise des jungen Elsässers begann er in Paris bald das Leben eines großen Herrn zu führen. Den größten Teil seiner Zeit verbrachte er auf dem Bocke eines prächtigen Viergespanns, das fortwährend zwischen der Avenue Marigny, wo er jetzt wohnte, und den verschiedenen Rennbahnen innerhalb der Bannmeile umherjagte. Octave Sarrasin, der noch vor drei Monaten sich kaum im Sattel der Reitbahnpferde halten konnte, die er damals stundenweise mietete, war plötzlich zu einem der in die Geheimnisse der Hippologie am besten eingeweihten Männer Frankreichs geworden. Diese »Erziehung« verdankte er einem von ihm gemieteten englischen Groom, der ihn durch den Reichtum seiner Fachkenntnisse vollkommen zu beherrschen verstand.

Schneider, Sattler, Schuhmacher beanspruchten seine

Morgenstunden. Die Abende gehörten den kleinen Theatern und den funkelnagelneuen, an der Ecke der Rue Trouchet eröffneten Gesellschaftssälen, welche Octave deshalb bevorzugte, weil er hier Leute fand, die wenigstens seinem Gelde die Ehre erwiesen, die seine Verdienste ihm doch niemals errungen hätten. Die Welt hier erschien ihm als das Ideal der Vornehmheit. Auffallenderweise zeigte die im Vorzimmer angebrachte, kostbar eingerahmte Liste der Besucher nur ausländische Namen. Vielsagende Titel wucherten hier wie Unkraut, so daß man beim Durchlesen derselben eher geglaubt hätte, im Vorzimmer eines heraldischen Hörsaales zu verweilen. Beim weiteren Eindringen mußte man sich dagegen unwillkürlich in eine lebende ethnologische Ausstellung versetzt glauben. Alle großen Nasen und gelben Teints der Alten und der Neuen Welt schienen sich hier ein Stelldichein gegeben zu haben. Diese kosmopolitischen Gestalten erschienen zwar alle in höchst sorgfältiger Garderobe, doch verriet dabei die sichtbare Bevorzugung hellfarbiger Stoffe das ewige Bestreben der schwarzen und gelben Rassen, sich äußerlich den »Bleichgesichtern« möglichst ähnlich zu machen.

Octave Sarrasin erschien inmitten dieser Zweihänder wie ein kleiner Gott. Man zitierte seine Worte, kopierte seine Krawatten und erkannte seine Urteile als Glaubensartikel an. Betäubt von solchem Weihrauchdufte, bemerkte er selbst dann gar nicht, daß er bei jeder Gelegenheit stets sein Geld verlor. Einige Mitglieder des Clubs, geborne Orientalen, schienen für sich einen gewissen Anspruch auf die Nachlassenschaft der Begum zu erheben. Jedenfalls wußten sie nicht zu wenig davon auf langsamem aber sicherem Wege in ihre Taschen überzuleiten.

Unter diesen neuen Verhältnissen hatten sich die alten Bande zwischen Octave und Marcel bald gelockert. Kaum wechselten die beiden Freunde in langen Zwischenräumen einmal einen Brief miteinander. Welche Gemeinsamkeit bestand noch zwischen dem emsigen

Arbeiter, der nur nach dem einen Ziele strebte, seine geistige Entwicklung nach allen Seiten zu vervollkommnen, und dem auf seinem Reichtum stolzen, hübschen jungen Mann, dessen Kopf einzig mit Clubgeschichten und Stallmemoiren erfüllt war?

Wir wissen, daß Marcel die Hauptstadt Frankreichs verließ, zuerst, um die Maßnahmen des Herrn Schultze zu beobachten, der eben Stahlstadt, eine Rivalin von France-Ville, auf dem nämlichen unabhängigen Gebiete der Vereinigten Staaten gegründet hatte, und später, um in den Dienst des Stahlkönigs einzutreten.

Octave führte sein unnützes Leben voller Zerstreuung zwei Jahre hindurch. Endlich begab er sich, aller jener hohlen Dinge herzlich müde, nach Vergeudung einiger Millionen wieder zu seinem Vater, ein Schritt, der ihn noch in der zwölften Stunde vor dem Untergange – dem physischen weniger als dem moralischen – rettete. Jetzt wohnte er also in France-Ville in dem Hause des Doktors.

Seine Schwester Jeanne hatte sich, ihrem Äußeren nach zu urteilen, zur herrlichen Jungfrau ausgebildet. Jetzt neunzehn Jahre alt, zeigte sie nach vierjährigem Aufenthalte in dem neuen Vaterlande alle hervorragenden Eigenschaften der Amerikanerin in Verbindung mit der Grazie der Französin. Ihre Mutter äußerte manchmal, daß sie erst seit dem stündlichen Zusammenleben mit der Tochter den Reiz eines innig vertrauten Umgangs kennengelernt habe.

Frau Sarrasin selbst war seit der Heimkehr ihres verlornen Sohnes, ihres Kronprinzen, des Kindes ihrer Hoffnung, so vollkommen glücklich, als man es hienieden überhaupt sein kann, denn sie fühlte sich als Teilnehmerin aller der Wohltaten, die ihr Mann, dank seinem unermeßlichen Reichtume, austeilen konnte und auch wirklich austeilte.

Am heutigen Abend hatte Dr. Sarrasin zwei seiner besten Freunde bei Tische, den Colonel Hendon, ein altes Überbleibsel vom Sezessionskriege her, der damals einen Arm bei Pittsburg und ein Ohr bei Seven-Oaks zurückließ, seine Partie Schach aber noch ebenso gut wie jeder andere spielte, und dazu Herrn Lentz, den Oberleiter des Unterrichtswesens in der neuen Stadt.

Die Unterhaltung bewegte sich um einige städtische Verwaltungsangelegenheiten, wie um die in den öffentlichen Anstalten jeder Art, in den Schulen, Hospitälern, gegenseitigen Hilfskassen usw. bisher erzielten Erfolge.

Nach dem Programme des Doktors, das auch der Unterweisung in der Religion eine Stelle anwies, hatte Herr Lentz mehrere Volksschulen ins Leben gerufen, in denen es als Hauptaufgabe der Lehrer betrachtet wurde, den Geist der Kinder zu entwickeln, indem derselbe gewissermaßen einer intellektuellen Gymnastik unterworfen wurde, welche sich der natürlichen Entfaltung seiner Fähigkeiten möglichst anpaßte. Man lehrte den Kindern einen Zweig des Wissens eher lieben, bevor man sie damit vollpfropfte, und vermied damit jene seichten Kenntnisse, welche nach Montaigne »nur auf der Oberfläche des Gehirns schwimmen«, nicht in das Verständnis übergehen und weder weiser noch besser machen. Später, nach verständig geleiteter Vorbereitung, würde sich der dann einzuhaltende, fruchtversprechende Weg der Weiterbildung von selbst offenbaren.

In jener Zeit stand France-Ville übrigens in schönster Blüte, in materieller wie in intellektueller Hinsicht. Hier fanden sich die hervorragendsten Gelehrten beider Halbkugeln zusammen. Künstler wie Maler, Bildhauer und Musiker, welche das Ansehen der Stadt herbeilockte, gab es in Menge. Unter solchen Meistern bildete sich die aufwachsende Jugend und versprach diesen Winkel Amerikas einst mit noch größerem Glanze zu umgeben. Man durfte mit Recht voraussetzen, daß dieses neue Athen französischen Ursprungs noch allen anderen Städten den Rang ablaufen werde.

Gleichzeitig ward in den höheren Schulen auch der militärischen Erziehung ihr Teil. Beim Abgange von denselben kannten die jungen Leute neben der Handhabung der Waffen auch die Grundsätze der Taktik und der Strategie.

Colonel Hendon sprach sich, als man dieses Thema berührte, auch mit größter Befriedigung über die jungen Rekruten aus.

»Sie sind«, sagte er, »schon an die Gewaltmärsche, an Strapazen und alle körperlichen Übungen gewöhnt. Unser Heer besteht aus allen wehrfähigen Männern der Stadt, und wenn der Tag einmal kommen sollte, würden sich gewiß alle als geschulte, disziplinierte Soldaten erweisen.«

Wohl stand France-Ville mit allen Nachbarstaaten, die es sich bei jeder Gelegenheit zu Danke verpflichtet hatte, im besten Einvernehmen; kommt aber das eigene Interesse in Frage, so hat der Undank meist die lauteste Stimme; deshalb hielten Doktor Sarrasin und seine Freunde sich auch immer zu dem Grundsatze: Hilf dir selbst, so wird Gott dir helfen! – und waren also gewöhnt, sich nur auf sich allein zu verlassen.

Das Abendessen näherte sich dem Ende, der Nachtisch wurde eben aufgehoben und die Damen verließen, nach der hier zur Geltung gelangten angelsächsischen Sitte, den Tisch und das Gemach.

Doktor Sarrasin, Octave, Colonel Hendon und Herr Lentz setzten die begonnene Unterhaltung fort und besprachen die wichtigsten Fragen der politischen Ökonomie, als ein Diener eintrat und dem Doktor seine Zeitung überreichte.

Es war der »New York Herald«. Dieses hochangesehene Blatt hatte von vornherein der Gründung und später der Entwicklung France-Villes mit wohlwollender Teilnahme gedacht und die ersten Persönlichkeiten der Stadt pflegten aus dessen Spalten sich über das Urteil der Allgemeinheit bezüglich ihres Unternehmens zu unterrichten. Diese Vereinigung glücklicher, freier und in ihrem beschränkten Gebiete gänzlich unabhängiger Männer entbehrte natürlich auch nicht der Neider, und wenn die Bewohner France-Villes in Amerika auf der einen Seite Freunde besaßen, die sich ihrer annahmen, so gab es doch auch genug feindlich Gesinnte, die sie angriffen. Jedenfalls stand der »New York Herald« auf ihrer Seite und versäumte nicht, ihnen öffentlich seine Achtung und Bewunderung zu zollen.

Plaudernd hatte Doktor Sarrasin das Kreuzband zerrissen und ließ ganz mechanisch seinen Blick über den ersten Artikel des Blattes gleiten.

Wie erstaunte er aber schon bei den ersten Zeilen, die er erst für sich und dann zur größten Verwunderung und tiefsten Entrüstung seiner Freunde mit lauter Stimme las:

»New York, den 8. September. – Die nächsten Tage drohen mit der Erscheinung der gröblichsten Verletzung anerkannten Völkerrechtes. Wir vernehmen aus bester Quelle, daß in Stahlstadt die umfangreichsten Vorbereitungen im Werke sind, um France-Ville, die Stadt französischen Ursprungs, anzugreifen und zu vernichten. Wir wissen nicht, ob die Vereinigten Staaten imstande oder gar verpflichtet sind, intervenierend in diesen Kampf einzutreten, der die lateinische und sächsische Rasse gegeneinander aufhetzen könnte; wir unterlassen aber nicht, alle Männer von Ehrgefühl über diesen schnöden Mißbrauch der Gewalt zu benachrichtigen. Möge France-Ville keine Stunde verlieren, sich in Verteidigungszustand zu setzen ...« usw.

Zwölftes Kapitel

Der Kriegsrat

Des Stahlkönigs Haß gegen Doktor Sarrasin und dessen Bestrebungen war niemandem ein Geheimnis. Man wußte, daß er absichtlich seine Stadt gegenüber der anderen gegründet hatte. Immerhin lag doch ein weiter Zwischenraum zwischen diesem Schritte und der Absicht, die letztere durch einen Gewaltstreich ohnegleichen zu zerstören. Der »New York Herald« meldete das Unerhörte aber schwarz auf weiß. Die Korrespondenten des mächtigen Journals hatten Herrn Schultzes Geheimnisse erspäht, und – sie sagten es ja – jetzt war keine Stunde zu verlieren!

Der würdige Doktor saß anfangs ganz betäubt da. So wie jeder brave Mann sträubte er sich lange, das Entsetzliche zu glauben. Es schien ihm unmöglich, daß jemand sich so weit verirren könne, eine Stadt, welche gewissermaßen das allgemeine Eigentum der Menschheit bildete, ohne Ursache, aus reiner Prahlerei, vernichten zu wollen.

»Bedenken Sie doch«, rief er in aller Unschuld aus, »daß unsere Sterblichkeit dieses Jahr nur ein und ein Viertel Prozent betragen würde; daß wir keinen Knaben von zehn Jahren haben, der nicht lesen könnte, daß seit der Gründung France-Villes keine Mordtat, kein Diebstahl vorgekommen ist! Und nun sollten Barbaren kommen, einen so glückverheißenden Versuch in seinem Anfange zunichte zu machen? Nein, ich kann es nicht glauben, daß ein Chemiker, ein Gelehrter, und wäre es hundertmal ein Deutscher, solcher Verruchtheit fähig wäre!«

Nichtsdestoweniger durfte man die Warnung einer dem Werke des Doktors befreundeten Zeitung nicht unbeachtet lassen. Nach Überwindung der ersten Bestürzung wandte sich der Doktor, der seiner wieder Herr geworden, an seine Freunde.

»Meine Herren«, begann er, »Sie sind Mitglieder des Stadtrates, es liegt ihnen nicht weniger ob als mir, alle zur Rettung der Stadt nötigen Maßregeln zu ergreifen. Was haben wir zunächst zu tun?«

»Gibt es keine Möglichkeit eines gütlichen Ausgleichs?« fragte Herr Lentz. »Ist der Kampf ehrenvollerweise zu vermeiden?«

»Gewiß nicht«, fiel Octave ein, »Herr Schultze sucht ihn offenbar um jeden Preis. Sein Haß wird jede Verständigung vereiteln!«

»So sei es«, rief der Doktor, »vielleicht sind wir doch imstande, ihm gebührend zu antworten. Meinen Sie, Colonel, daß wir imstande sind, den Kanonen von Stahlstadt Widerstand zu leisten?«

»Jede menschliche Kraft kann offenbar durch eine andere menschliche Kraft überwunden werden«, erwiderte der Colonel Hendon, »doch dürfen wir gar nicht daran denken, uns durch dieselben Mittel und Waffen, mit denen Herr Schultze jedenfalls angreifen wird, verteidigen zu wollen. Die Herstellung von Kriegsmaschinen, die gegen die seinigen zu kämpfen vermöchten, erfordern eine viel zu lange Zeit, und ich bezweifle überhaupt, daß wir damit zustande kämen, da uns die dazu nötigen Werkstätten gänzlich fehlen. Für unsere Rettung gibt es nur den einen Weg, den Feind uns fernzuhalten und jede Belagerung unmöglich zu machen.«

»Ich werde sofort die Ratsversammlung berufen!« sagte Doktor Sarrasin.

Mit diesen Worten schritt er schon seinen Gästen nach dem Arbeitszimmer voran.

Letzteres bildete ein einfach ausgestatteter, auf drei Seiten mit Büchergestellen erfüllter Raum, dessen vierte Seite unter einigen Gemälden und Kunstwerken eine Reihe numerierter, etwa einer Hörrohrmündung ähnlicher Apparate einnahm.

»Dank dem Telefon«, sagte er, »können wir in France-Ville eine Verhandlung abhalten, während jeder Teilnehmer zu Hause bleibt.«

Der Doktor berührte den Drücker eines Anrufglokken-Systems, das gleichzeitig in den Behausungen sämtlicher Ratsmitglieder ertönte. In weniger als drei Minuten verkündete die durch jeden Leitungsdraht zugeführte Antwort: »Gegenwärtig!« daß der Rat versammelt war.

Der Doktor setzte sich nun vor seinen Sprechapparat, klingelte und sagte:

»Die Sitzung ist eröffnet. Mein ehrenwerter Freund,

Colonel Hendon, hat das Wort, um dem Stadtrate eine höchst wichtige Mitteilung zu machen.«

Darauf nahm der Colonel den Platz vor dem Telefon ein, verlas zuerst den Artikel aus dem »New York Herald« und beantragte, daß sofort die nötigen Maßregeln beschlossen würden.

Kaum hatte er geendet, als Nr. 6 die Frage stellte:

»Hält der Colonel eine Verteidigung auch dann noch für möglich, wenn sich die von ihm vorgeschlagenen Mittel zur Fernhaltung des Feindes als unzureichend erweisen sollten?«

Colonel Hendon antwortete bejahend. Frage und Antwort waren inzwischen augenblicklich auch den anderen nicht sichtbaren Teilnehmern der Sitzung ebenso zu Ohren gekommen, wie die vorhergegangenen Erklärungen.

Nr. 7 fragte an, wiewiel Zeit ihnen zur Vorbereitung des Kampfes bleiben würde.

Der Colonel vermochte das nicht zu bestimmen, meinte aber, man solle ans Werk gehen, als stehe der Angriff schon in vierzehn Tagen bevor.

Nr. 2: »Sollen wir den Angriff abwarten, oder halten Sie es für ratsamer, demselben zuvorzukommen?«

»Unsere Lage verlangt das letztere«, antwortete der Colonel, »und wenn uns z. B. eine Landung von der Seeseite her droht, werden wir Herrn Schultzes Schiffe durch Torpedos zu sprengen suchen!«

Auf diese Äußerung hin erbot sich Doktor Sarrasin, ein Komitee der hervorragendsten Chemiker und der erfahrensten Artillerie-Offiziere zu berufen, um diesem die Prüfung der von Colonel Hendon zu machenden Vorschläge zu überweisen.

Frage des Telefons Nr. 1:

»Welcher Geldsumme bedarf es zur schleunigsten Fertigstellung der Verteidigungsmittel?«

»Wir brauchen etwa fünfzehn bis zwanzig Millionen Dollar.«

Nr. 4: »Ich beantrage, sofort eine allgemeine Bürgerversammlung einzuberufen.«

Präsident Sarrasin: »Ich bringe diesen Antrag zur Abstimmung!«

Zwei aus jedem Telefon ertönende Glockenschläge meldeten dessen einstimmige Annahme.

Es war jetzt achtundeinhalb Uhr. Die Sitzung hatte kaum achtzehn Minuten gedauert und niemand aus seiner Ruhe gestört.

Die Volksversammlung wurde hieraus durch ein ebenso einfaches als schnell wirksames Mittel einberufen. Kaum hatte Doktor Sarrasin, immer mittels Telefon, den Beschluß des Ratsgremiums nach dem Stadthause gemeldet, als schon auf allen bei den 280 Straßenkreuzungen der Stadt angebrachten Säulen eine elektrische Glocke ertönte. Diese Säulen überragte ein beleuchtetes Zifferblatt, dessen durch Elektrizität bewegte Zeiger sofort auf acht und ein halb Uhr – die Stunde der Einberufung – eingestellt wurden.

Alle Bewohner, denen durch jene eine Viertelstunde über andauernden Glockenzeichen eine gleichzeitige Meldung zuging, eilten aus den Häusern, richteten die Blicke nach dem ihnen nächsten Zifferblatte und verloren, überzeugt, daß eine nationale Pflicht sie nach dem Stadthause riefe, keinen Augenblick, sich dahinzubegeben.

In kürzester Zeit war die Versammlung vollzählig. Doktor Sarrasin befand sich schon auf seinem Ehrenplatze, umgeben von den Mitgliedern des Rates. Colonel Hendon wartete am Fuße der Tribüne nur, daß ihm das Wort erteilt würde.

Die meisten Anwesenden kannten schon die Hiobspost, welche Veranlassung zu diesem Meeting gab. Die von dem Telefon des Stadthauses automatisch niedergeschriebene Verhandlung des Rates war sofort an die Journale versendet worden, welche sie als Extrablatt durch öffentlichen Anschlag bekanntgaben.

Der Stadthaussaal bildete einen großartigen, glasüberdachten Raum mit vorzüglicher Ventilation, über den lange, an den eisernen Gewölbeträgern angebrachte Gasflammenreihen ihr gleichmäßiges, überreiches Licht ergossen.

Ringsumher stand die ruhige, erwartungsvolle Menge. Jedes Antlitz glänzte heiter. Das Vollgefühl von Gesundheit, die Gewohnheit eines regelmäßig geordneten Lebens und das Bewußtsein der eigenen Kraft ließen bei niemandem eine besondere Erregung oder gar eine zornige Hitze aufkommen.

Kaum ertönte das Glockenzeichen des Vorsitzenden, als auch schon die vollkommenste Ruhe herrschte.

Der Colonel betrat die Tribüne.

Mit tiefer starker Stimme, ohne unnützen Redeschmuck und nichtssagende Floskeln – in der Sprache der Leute, welche wissen, was sie sagen und sich über ihren Gegenstand mit Klarheit verbreiten, weil sie denselben beherrschen – schilderte Colonel Hendon Herrn Schultzes tiefwurzelnden Haß gegen Frankreich, gegen Sarrasin und sein Werk und, nach dem »New York Herald«, die furchtbaren Vorbereitungen zur Vernichtung France-Villes und seiner Bewohner.

»An diese selbst tritt nun die Forderung heran, den besten Ausweg zu suchen«, fuhr er dann fort. »Leute ohne Mut und Vaterlandsliebe würden vielleicht vorziehen, zurückzuweichen und den Angreifern die neue Heimat zu überlassen. Ich bin jedoch im voraus überzeugt, daß solche kleinmütigen Vorschläge in den Herzen meiner Mitbürger kein Echo finden werden. Die Männer, welche die Tragweite der von den Gründern France-Villes erstrebten Ziele begriffen und sich den Gesetzen der Musterstadt unterwerfen konnten, diese Männer sind notwendig auch Leute, die Kopf und Herz auf dem rechten Fleck haben. Als aufrichtige und streitbare Vertreter des Fortschrittes werden sie gern alles tun, dieses Gemeinwesen ohnegleichen, dieses preiswerte Denkmal, das der Kunst, das Menschenlos zu verbessern, errichtet wurde, zu retten! Ja, es ist ihre Pflicht, auch das Leben in die Schanze zu schlagen für die Sache, die sie vertreten!«

Ein ungeheurer Beifallssturm folgte diesen mannhaften Worten.

Verschiedene Redner schlossen sich den Äußerungen Colonel Hendons vollinhaltlich an.

Doktor Sarrasin betonte die Notwendigkeit der sofortigen Konstituierung eines Verteidigungsrates, der unter unentbehrlicher Geheimhaltung seiner Operationspläne die dringendsten Maßnahmen aus eigener Machtvollkommenheit zu treffen habe. (Ohne Diskussion angenommen.)

Während der Sitzung brachte ein Ratsmitglied noch in Anregung, daß es sich empfehlen würde, für die ersten Arbeiten einen vorläufigen Kredit von fünf Millionen Dollar auszuwerfen. Alle Hände erhoben sich zustimmend.

Um zehn Uhr fünfundzwanzig Minuten schloß die Versammlung, und schon wollten sich die Bewohner France-Villes nach der Erledigung der Anführerwahl zurückziehen, als sich ein unerwarteter Zwischenfall ereignete.

Die eben leerstehende Tribüne erklomm ein Unbekannter von sehr fremdartiger Erscheinung.

Der Mann schien wie durch Zauberei emporgeschnellt. Sein energisches Gesicht verriet die gewaltigste Aufregung, während sein Auftreten die ruhigste Entschlossenheit zeigte. Die halbzerfetzte Kleidung voller Schmutz und Schlamm und die noch blutige Stirn ließen erkennen, daß er manche Fährlichkeiten überwunden haben möge.

Bei seinem Anblick blieben alle stehen. Durch nicht mißzudeutende Handbewegungen gebot der Unbekannte der Versammlung Ruhe.

Wer war er? Woher kam er? Niemand, selbst Doktor Sarrasin nicht, dachte daran, ihn darum zu fragen.

Über seine Persönlichkeit erhielt man doch bald einigen Aufschluß.

»Ich bin aus Stahlstadt entflohen«, sagte er, »Herr

Schultze hatte mich zum Tode verurteilt. Gottes Gnade verdanke ich es, bis zu Euch gelangt zu sein, um in Zeiten eine Rettung zu versuchen. Mein verehrter, väterlicher Freund, Doktor Sarrasin, wird gewiß bestätigen, daß man, wenn mein jetziges Aussehen mich auch ihm selbst unkenntlich macht, zu Marcel Bruckmann einiges Vertrauen haben kann!«

»Marcel!« riefen der Doktor und Octave wie aus einem Munde.

Beide eilten auf ihn zu . . .

Eine erneute Handbewegung hielt sie zurück.

In der Tat, das war der wunderbar errettete Marcel. Nachdem er, eben als er besinnungslos zusammenbrach, das Gitter des Kanals gesprengt, riß die Strömung seinen fast leblosen Körper mit sich fort. Zum Glück schloß jenes Gitter auch die Umwallung von Stahlstadt ab, und zwei Minuten später wurde Marcel draußen auf den Bachesrand geworfen – jetzt ein freier Mann, wenn er noch einmal auflebte.

Lange Stunden hindurch lag der mutige Jüngling ohne Bewegung, in finsterer Nacht und einsamer Gegend ohne alle Hilfe.

Als er wieder zu sich kam, war es schon hell geworden. Allmählich kehrte ihm auch die Besinnung wieder. Gott sei Dank, endlich war er dem vermaledeiten Stahlstadt entronnen und kein Gefangener mehr! Alle seine Gedanken strebten zu Doktor Sarrasin, seinen Freunden, seinen Landsleuten.

»Zu ihnen! Zu ihnen!« rief er laut.

Mit äußerster Anstrengung gelang es Marcel, sich aufzurichten.

Zehn Meilen trennten ihn von France-Ville, zehn Meilen, die er ohne Eisenbahn, Pferd oder Wagen durch das rings um Stahlstadt verlassene Land zurücklegen mußte. Ohne sich einen Augenblick Ruhe zu gönnen, überwand er diese Strecke und langte um zehn ein Viertel Uhr bei den ersten Häusern der Stadt des Doktor Sarrasin an.

Hier klärten ihn schon die Maueranschläge über die

Lage auf. Er erfuhr, daß die Bewohner von der ihnen drohenden Gefahr Kenntnis hatten; er sagte sich aber auch, daß diese weder wissen konnten, wie nahe sie über ihnen schwebte, noch viel weniger, von welcher Art dieselbe sei.

Die von Herrn Schultze beabsichtigte Katastrophe sollte noch heute Abend um elf Uhr fünfundvierzig Minuten hereinbrechen ... jetzt war es fünfzehn Minuten nach zehn!

Eine letzte Anstrengung stand ihm noch bevor. Marcel stürmte durch die Stadt, was er nur laufen konnte, und um zehn Uhr fünfundzwanzig Minuten, eben als die Versammlung auseinandergehen wollte, stand er, ohne zu fragen, auf der Tribüne.

»Nicht nach einem Monate, meine Freunde«, rief er, »selbst nicht erst nach einer Woche droht Euch das Unheil zu erreichen. Vor Ablauf einer Stunde soll eine Katastrophe ohnegleichen, ein Regen von Eisen und Feuer über Eure Stadt hereinbrechen. Eine wahre Höllenmaschine, welche zehn Meilen weit trägt, wird jetzt, da ich hier spreche, schon gegen sie gerichtet. Ich habe jene mit eigenen Augen gesehen! Mögen Frauen und Kinder Schutz suchen in den festesten Kellern oder bringt sie vorläufig aus der Stadt hinaus auf die Berge. Alle kräftigen Männer müssen sich zum Feuerlöschen bereit halten. Für jetzt ist das Feuer Euer einziger Feind! Weder Armeen noch Soldaten marschieren gegen Euch. Der Gegner, der Euch bedroht, verschmäht solch alltägliche Angriffsmittel. Wenn sich die Pläne, die Rechnungen eines Mannes, dessen Herrschaft über das Böse anerkannt ist, verwirklichen, wenn Herr Schultze sich nicht zum ersten Male geirrt hat, so wird in France-Ville auf einmal an hundert Stellen Feuer ausbrechen! An hundert Orten werden wir gleichzeitig dem verheerenden Elemente entgegentreten müssen. Was aber auch kommen möge, zuerst gilt es, die Bevölkerung zu retten, denn sollten auch Eure Häuser, Denkmäler, ja schlimmstenfalls selbst die ganze Stadt zugrunde gehen – diesen Verlust vermögen Zeit und Geld ja zu ersetzen!«

In Europa würde man Marcel für einen Narren gehalten haben. In Amerika pflegt man jedoch kein Wunder der Wissenschaft, und wäre es noch so unerwarteter Natur, von vornherein zu leugnen. Man hörte den jungen Ingenieur ruhig an und schenkte ihm, auf Doktor Sarrasins Versicherung hin vollen Glauben.

Mehr noch durch den Nachdruck des Redners als durch seine Worte bezwungen, gehorchte ihm die Menge, ohne neue Verhandlungen zu beginnen. Doktor Sarrasin bürgte für Marcel Bruckmann. Das genügte.

Sofort wurden die nötigen Verordnungen erlassen, zu deren Verbreitung sich zahlreiche Boten nach allen Seiten zerstreuten.

Von den Bewohnern der Stadt selbst kehrten die einen nach ihren Behausungen zurück und flüchteten in die Keller, bereit, die Schrecken eines Bombardements über sich ergehen zu lassen; die anderen eilten zu Fuß, zu Pferde und zu Wagen hinaus ins Feld und sammelten sich auf den ersten Abhängen der Kaskadenberge. Währenddessen verteilten sich die kräftigen Männer nach den von dem Doktor Sarrasin bezeichneten Stellen und schafften alles herzu, was zur Dämpfung einer Feuersbrunst dienen konnte, nämlich Wasser, Sand und Erde.

Im Sitzungssaale spannen sich die Verhandlungen noch in der Form von Zwiegesprächen fort.

Da schien es aber, als sei Marcel plötzlich von einem Gedanken erfaßt, der nicht aus seinem Gehirn weichen wollte. Er sprach nicht mehr, sondern seine Lippen murmelten nur noch die einzigen Worte:

»Um drei Viertel zwölf Uhr! Wäre es möglich, daß dieser verfluchte Schultze uns durch seine teufliche Erfindung vernichten sollte? . . .«

Plötzlich zog Marcel ein Notizbuch aus der Tasche. Er deutete ringsum an, daß er völlige Ruhe wünsche, und warf mit fieberhaft zitternder Hand einige Ziffern auf das Papier. Dann ward seine Stirne allmählich heiterer und sein Antlitz leuchtete wieder auf.

»Oh, meine Freunde«, rief er laut, »entweder sind diese Zahlen hier Lügner, oder alles, was wir befürchten, löst sich in nichts auf wie ein Alpdrücken vor dem Ergebnis eines ballistischen Problems, dem ich lange vergeblich auf den Grund zu kommen suchte. Herr Schultze hat sich geirrt. Die uns drohende Gefahr ist nur ein Traum. Diesmal ist seine Weisheit eitel Dunst. Es wird, es kann nichts von dem eintreffen, was er beabsichtigte! Sein entsetzliches Geschoß wird über France-Ville hinwegfliegen, ohne ihm zu nahe zu kommen, und wenn irgend etwas zu fürchten ist, so ruht das noch im Schoße der Zukunft!«

Was wollte Marcel hiermit sagen? Niemand verstand ihn.

Da setzte der junge Elsässer das Resultat seiner eben durchgeführten Rechnung den erstaunten Zuhörern auseinander. Mit klarer, noch schwach zitternder Stimme führte er seine Beweise so schlagend, daß sie auch jeden Uneingeweihten überzeugen mußten. Da ward es Licht nach der Finsternis und friedliche Ruhe nach der Todesangst. Das Geschoß konnte nämlich nicht allein die Stadt des Doktors nicht, sondern es konnte »überhaupt nichts« treffen. Es mußte sich im Weltraume verlieren! . . .

Doktor Sarrasin prüfte und bestätigte die Aussagen Marcels und wies dann mit dem Finger nach dem Zifferblatte der Uhr im Saale.

»Binnen drei Minuten«, sagte er, »werden wir wissen, ob Schultze oder Marcel Bruckmann recht hat! Doch, wie dem auch sei, liebe Freunde, bedauern wir nicht die getroffenen Vorsichtsmaßregeln und vernachlässigen wir nichts, was die Henkerpläne unseres Feindes zu kreuzen vermag! Sein Schuß wird das Ziel verfehlen, wie Marcel uns eben versichert, aber es dürfte nicht der letzte sein. Schultzes Haß wird sich nicht für geschlagen ansehen und ihn dem einmaligen Mißerfolge gegenüber zum Verzicht auf weitere Versuche bringen.«

»Kommt, kommt!« rief Marcel.

Alle eilten mit ihm hinaus nach dem großen Platze.

Die drei Minuten verflossen. Jetzt schlugen die Turmuhren drei Viertel elf Uhr! . . .

Vier Sekunden später rauschte eine dunkle Masse hoch in der Luft über die Köpfe der erwartungsvollen Menge hinweg und verlor sich, schnell wie ein Gedanke, mit unheimlichem Sausen in der Ferne.

»Glückliche Reise!« rief Marcel hell auflachend. »Bei solcher Anfangsgeschwindigkeit kann das Geschoß des Herrn Schultze, das jetzt schon die Grenzen der Atmosphäre verlassen hat, nicht mehr auf den Erdboden zurückfallen!«

Zwei Minuten später ließ sich eine Detonation vernehmen, so als wenn ein dumpfes Grollen aus den Eingeweiden der Erde heraustönte.

Das war der Donner der Kanone vom Stierturme, der erst 113 Sekunden nach dem Vorüberfliegen des Geschosses hörbar ward, da letzteres mit weit größerer, wahrhaft fabelhafter Schnelligkeit dahinraste.

Dreizehntes Kapitel

Marcel Bruckmann an Prof. Schultze, Stahlstadt

France-Ville, am 14. September.

»Ich halte mich für verpflichtet, den Herrn Stahlkönig zu benachrichtigen, daß ich die Grenze seines Gebietes vorgestern abend glücklich überschritten habe, da ich erklärlicherweise lieber mich selbst als das Schultzesche Kanonenmodell in Sicherheit zu bringen suchte.

Indem ich Ihnen hiermit Lebewohl sage, würde ich mich für pflichtvergessen betrachten, wenn ich Ihnen jetzt nicht auch meine Geheimnisse mitteilte; doch seien Sie deshalb ruhig, Sie werden die Mitwissenschaft nicht mit dem Leben zu bezahlen haben.

Ich heiße weder Schwartz, noch bin ich ein Schweizer.

Ich bin geborener Elsässer. Mein Name ist Marcel Bruckmann. Ich bin, wenn ich Ihren Worten Glauben schenken darf, ein leidlicher Ingenieur, vor allem aber Franzose. Sie sind der unversöhnliche Feind meines Vaterlandes, meiner Freunde, meiner Familie. Sie nähren abscheuliche Pläne gegen alles, was ich liebe. Ich habe gewagt, was ich wagen konnte, dieselben zu durchschauen, und werde alles aufbieten, sie zu vereiteln.

Ich beeile mich, Sie wissen zu lassen, daß Ihr erster Schuß mißlungen ist und, Gott sei Dank, sein Ziel nicht getroffen hat, ja überhaupt nicht treffen konnte. Ihre Kanone bleibt nichtsdestoweniger ein Hauptwunderwerk, die Projektile aber, welche sie unter ihrer ungeheuren Pulverladung schleudert, werden niemals jemand ein Leid antun. Diese können nirgends niederfallen! Ich ahnte das vorher; heute ist es, zu Ihrem größeren Ruhme, eine erwiesene Tatsache, daß Herr Schultze eine zwar entsetzliche – aber ganz unschuldige Kanone erfunden hat.

Sie werden ohne Zweifel mit Vergnügen hören, daß wir gestern abend, vier Sekunden nach drei Viertel elf Uhr, Ihr allzu vervollkommnetes Langgeschoß über unsere Stadt wegfliegen sahen. Es hielt eine westliche Richtung ein, sauste fort durch den leeren Raum und wird so bis ans Ende der Jahrhunderte weiter gravitieren. Ein Projektil mit einer, der gewöhnlichen um das Zwanzigfache überlegenen Anfangsgeschwindigkeit kann eben nicht mehr ›fallen‹! Seine Fortbewegungskraft macht es im Vereine mit der Anziehungskraft der Erde zu einem Körper, der bestimmt ist, um unsere Erdkugel zu zirkulieren.

Das hätten Sie übrigens wissen sollen!

Endlich hoffe ich, daß die Riesenkanone des Stierturmes durch diesen ersten Probeschuß gänzlich zerstört ist; das Vergnügen, die Planetenwelt mit einem neuen Gestirne, die Erde mit einem zweiten Satelliten beschenkt zu haben, bezahlt man immerhin mit 200000 Dollar nicht zu teuer. Marcel Bruckmann.«

Ein Expreßbote brachte dieses Schreiben sofort von France-Ville nach Stahlstadt. Marcel war es wohl nachzusehen, daß er sich die höhnische Genugtuung nicht versagen konnte, Herrn Schultze seinen Brief so bald als möglich zuzustellen.

Der junge Mann hatte in der Tat ganz recht, wenn er behauptete, daß jenes berüchtigte, mit einer Anfangsgeschwindigkeit ohnegleichen fortgeschleuderte und jenseits der Erdatmosphäre kreisende Geschoß nicht mehr auf unseren Planeten zurückfallen könne; ebenso wenn er voraussetzte, daß die Kanone des Stierturmes durch die Explosion ihrer enormen Pyroxil-Ladung unbrauchbar gemacht worden sei.

Herr Schultze empfand obige Mitteilung als ein herbes Mißgeschick, als den schwersten Schlag für seine zügellose Selbstliebe.

Er erblaßte bei Durchlesung desselben, und nachher sank ihm das Haupt auf die Brust herab, als wäre er von einem Keulenschlage getroffen. Aus diesem Zustande einer dumpfen Betäubung erwachte er erst nach einer Viertelstunde – aber schäumend vor Zorn! Arminius und Sigimer allein waren Zeugen des furchtbaren Ausbruches.

Herr Schultze aber war nicht der Mann dazu, sich sofort für überwunden zu erklären. Jetzt erst sollte der Kampf auf Leben und Tod zwischen ihm und Marcel beginnen. Verblieben ihm denn nicht seine mit flüssiger Kohlensäure geladenen Geschosse, welche durch minder mächtige, aber zweckmäßigere Geschütze auf kürzere Entfernungen geschleudert werden konnten?

Mit Anstrengung beruhigt, betrat der König von Stahlstadt wieder sein Kabinett und ging wie gewöhnlich an die Arbeit.

Das jetzt mehr als je bedrohte France-Ville durfte nichts vernachlässigen, sich in Verteidigungszustand zu setzen.

Vierzehntes Kapitel

Fertig zum Kampfe!

Wenn die Gefahr auch nicht unmittelbar drohte, so war sie doch nicht minder ernst. Marcel unterrichtete Doktor Sarrasin und dessen Freunde von allem, was er über die Vorbereitungen des Herrn Schultze und dessen Zerstörungswerkzeuge wußte. Schon am nächsten Tage trat ein Verteidigungsrat, dem er zugesellt wurde, zusammen, verhandelte über den Plan zum Widerstande und traf danach die entsprechenden Maßregeln.

Nach allen Seiten fand Marcel bei Octave, der sich jetzt moralisch sehr zum eigenen Vorteile verändert zeigte, tatkräftige Unterstützung.

Was hatte man aber im Rate beschlossen? Im einzelnen wußte das kein Mensch. Nur die leitenden Grundsätze wurden durch die Presse zweckentsprechend unter der Menge veröffentlicht. In allem erkannte man unschwer Marcels praktische Hand.

»Bei jeder Verteidigung« – so ging die Rede in der Stadt – »handelt es sich vorzüglich darum, die Kräfte des Feindes zu kennen und das Verteidigungssystem denselben anzupassen. Ohne Zweifel sind Herrn Schultzes Kanonen von furchtbarer Wirkung. Immer ist es aber besser, diese Kanonen, deren Anzahl, Kaliber, Tragweite und Zerstörungsvermögen man kennt, vor sich zu haben, als gegen halb unbekannte Höllenmaschinen zu kämpfen.«

Zuvörderst kam es darauf an, die Stadt vor einer Einschließung zu Wasser und zu Lande sicherzustellen.

Auf diese Frage verwendete der Verteidigungsrat allen Eifer, und als eines Tages Maueranschläge verkündeten, daß dieselbe gelöst sei, fiel es niemand ein, daran zu zweifeln. Die Bewohner der Stadt eilten in Menge herbei, sich zur Ausführung der nötigen Arbeiten zu erbieten. Keine Verwendung ward zu gering geschätzt, wenn dadurch nur die Widerstandsfähigkeit France-Villes erhöht wurde. Leute jeden Alters und Berufes beteiligten sich unter den gegebenen Umständen als einfache Arbeiter. Rasch und freudig ward das Werk gefördert. In der Stadt sammelte man einen für zwei Jahre hinreichenden Vorrat an Lebensmitteln an. Kohle und Eisen häuften sich zu beträchtlichen Mengen; Eisen als das wichtigste Material zur Bewaffnung und Ausrüstung, Kohle als Reservoir der Wärme und Bewegung, das ja niemals zu entbehren ist.

Während aber Kohle und Eisen auf den freien Plätzen zusammenströmten, wuchsen auch riesige Pfeiler von Mehlsäcken und Kisten mit geräuchertem Fleische empor, erhoben sich ganze Meiler von Käse, Berge von Konserven jeder Art und füllten getrocknete Gemüse die zu Magazinen verwandelten Hallen und Hörsäle. In den Gärten tummelten sich zahlreiche Herden und machten aus France-Ville eine einzige große Weide.

Als endlich der Erlaß zur Einberufung aller waffenfähigen Mannschaften erschien, da legte die Begeisterung, mit der man ihn aufnahm, noch einmal Zeugnis ab von dem vorzüglichen Geiste dieser Bürgersoldaten. Bekleidet mit einfachen wollenen Blusen, Leinwandbeinkleidern und Halbstiefeln, bedeckt mit einem Hute aus gummiertem Leder und bewaffnet mit den von Werder (in Nürnberg) erfundenen Gewehren, übten sie in den Alleestraßen fleißig das Waffenhandwerk.

Schwärme von Kulis durchwühlten die Umgebung, hoben Gräben aus und warfen an geeigneten Stellen Feldschanzen und wirkliche Wälle auf. Auch das Gießen von Geschützen wurde nun emsig betrieben, eine Arbeit, welche die große Zahl der leicht in Gießöfen umzuwandelnden Rauchverbrennungsöfen wesentlich begünstigte.

Mitten in diesem regen Treiben zeigte sich Marcel unermüdlich. Er war überall und stets seiner Aufgabe gewachsen. Wo sich eine theoretische oder praktische Schwierigkeit herausstellte, er wußte sie sofort zu lösen. Im Notfalle streifte er selbst die Ärmel auf und zeigte ein vorteilhaftes Verfahren oder einen zweckmäßigen Handgriff. Seine Autorität wurde auch ohne Widerspruch anerkannt, seine Anordnungen gewissenhaft ausgeführt.

Neben ihm tat Octave ebenfalls sein Bestes. Beabsichtigte er anfangs auch seine Beinkleider mit goldenen Galons zu verzieren, so sah er doch bald davon ab, da er einsah, daß er zunächst nur als einfacher Soldat nützlich wirken könne.

Er trat in das ihm angewiesene Bataillon ein und wußte sich als Mustersoldat zu führen. Denen, die ihn anfänglich darum bedauerten, erwiderte er:

»Jeder nach Verdienst! Zu kommandieren verstände ich jetzt wahrscheinlich nicht . . . so will ich wenigstens gehorchen lernen!«

Plötzlich verlieh eine – freilich unbegründete – Nachricht den Verteidigungsarbeiten einen noch erhöhten Nachdruck. Herr Schultze, sagte man, sollte mit Schifffahrtsgesellschaften wegen des Transportes seiner Kanonen verhandeln. Von dieser Stunde ab jagte eine »Ente« die andere. Bald steuerte die Schultzesche Flotte schon auf France-Ville zu, bald wieder war die Eisenbahn in Sacramento von offenbar aus dem Himmel gefallenen »Ulanen« besetzt worden.

Alle diese schnell darauf widerrufenen Gerüchte waren nur von verzweifelten Journalisten zum Vergnügen ihrer nach Neuigkeiten lechzenden Leser erfunden. In Wahrheit gab Stahlstadt keinerlei Lebenszeichen von sich.

Ließ dieses absolute Stillschweigen Marcel auch die nötige Zeit zur Vollendung der Verteidigungsarbeiten, so beunruhigte es ihn doch in seinen seltenen Minuten der Muße desto mehr.

»Sollte der Räuber seine Batterien wieder verändert haben und mit einem neuen Stierturme seiner Erfindung ins Feld treten?« fragte er sich wiederholt.

Seine Pläne, sowohl feindliche Schiffe abzuhalten, als auch einer Einschließung von der Landseite zu begegnen, versprachen jedoch, sich auf jeden Fall zu bewähren, und solche Momente der Besorgnis verdoppelten dann nur seine Tatkraft.

Das einzige Vergnügen und die einzige Erholung nach mühevollem Tagewerke bot ihm die flüchtige Stunde, die er jeden Abend im Salon der Frau Sarrasin zubrachte.

Der Doktor hatte von Anfang an verlangt, daß er, wenn ihn nicht eine andere unaufschiebliche Abhaltung hinderte, alle Tage bei ihm speisen sollte; wunderbarerweise war er noch niemals so dringend in Anspruch genommen gewesen, um auf dieses Privilegium verzichten zu müssen. Die ewige Schachpartie zwischen dem Doktor und Oberst Hendon konnte für ihn kaum ein hinreichendes Interesse zur Erklärung jenes Umstandes darbieten. Es drängte sich deshalb die Annahme auf, daß auf Marcel eine ganz andere Anziehungskraft einwirkte, deren Natur der Beobachter vielleicht erraten konnte, obwohl jener selbst sich darüber jedenfalls nicht im mindesten Rechenschaft gab, wenn er das Interesse sah, welche die Abendplaudereien mit Frau Sarrasin und Fräulein Jeanne dem jungen Elsässer einflößten, sobald alle drei an dem großen Tische Platz genommen hatten, an dem die beiden beherzten Frauen schon jetzt alles vorbereiteten, was für den späteren Dienst der Ambulanzen notwendig werden konnte.

»Werden diese neuen Stahlbolzen besser sein als die, von denen Sie uns kürzlich die Zeichnung vorlegten?« fragte Jeanne, die sich für alle Verteidigungsarbeiten lebhaft interessierte.

»Ohne allen Zweifel«, antwortete Marcel.

»Oh, das freut mich so sehr! Wieviel Mühe und Arbeit verursacht doch oft das Kleinste! . . . Sie sagten mir, daß das Ingenieurcorps gestern fünfhundert laufende Meter neue Gräben gezogen habe; das ist viel, nicht wahr?«

»O nein, das ist noch nicht genug. Auf diese Weise würden wir die Umwallung vor Ende des Monats nicht fertig haben.«

»Ich möchte sie gerne ausgeführt und die abscheulichen Leute Schultzes im Anzuge sehen! Ach, die Männer sind so glücklich, jetzt handeln und sich nützlich machen zu können. Das Warten ist für sie gewiß ebenso ermüdend wie für uns, die wir zu nichts taugen.«

»Zu nichts taugen!« rief Marcel, der sonst weit ruhiger sprach, »Sie und zu nichts taugen! Für wen mühen sich denn, Ihrer Ansicht nach, jene braven Leute ab, die alles verlassen haben, um jetzt Soldaten zu werden, wenn sie dadurch nicht die Ruhe und das Glück ihrer Mütter, ihrer Frauen und Verlobten behüten wollen? Wer verleiht ihnen den Feuereifer, wenn nicht Sie, wem wollen Sie diese Opferfreudigkeit zuschreiben, wenn nicht . . .«

Etwas verwirrt hielt Marcel bei diesem Worte ein. Jeanne erwiderte nichts auf seine Rede, und die gute Frau Sarrasin sah sich genötigt, der Unterhaltung eine andere Wendung zu geben, indem sie dem jungen Manne gegenüber behauptete, daß bei den meisten wohl das einfache Pflichtgefühl für ihren Eifer eine hinreichende Erklärung gäbe.

Wenn Marcel dann der unerbittliche Zwang der Verhältnisse aus dem trauten kleinen Kreise abrief, so entzog er sich zwar nur ungern der wohltuenden Plauderei, aber er nahm den unerschütterlichen Entschluß mit sich fort, France-Ville zu retten bis zum geringsten seiner Bewohner.

Er dachte kaum daran, wie sich die Ereignisse gestalten könnten, offenbar die natürliche Folge des jetzigen Zustandes der Dinge, wo alles, entsprechend dem Grundgesetze von Stahlstadt, auch hier in der Hand eines einzigen lag.

Fünfzehntes Kapitel

Die Börse von San Francisco

Die Börse von San Francisco – gleichsam der kondensierte und gewissermaßen algebraische Ausdruck einer ungeheuren Industrie- und Handelstätigkeit – ist eine der lebhaftesten und eigenartigsten der Welt. Als natürliche Folge der geographischen Lage der Hauptstadt Kaliforniens zeigt auch sie den kosmopolitischen Charakter, der jene so auffallend kennzeichnet. Unter ihren Säulengängen von herrlichem roten Granit trifft der blondhaarige, hochgewachsene Angelsachse zusammen mit dem gebräunten, dunkellockigen, mit beweglicherem und feinerem Gliederbau ausgestatteten Kelten. Der Neger begegnet hier dem Finnländer und dem Hindu. Erstaunt sieht der Polynesier neben sich den Grönländer. Der Chinese mit schiefer Augenspalte und sorgfältig gepflegtem Zopf sucht den Japanesen, seinen historischen Feind, zu übervorteilen. Alle Sprachen, alle Mundarten schwirren hier, wie in einem modernen Babel, durcheinander.

Die Eröffnung dieses in seiner Art einzig in der Welt dastehenden Mammontempels erfolgte am 12. Oktober ganz wie gewöhnlich. Schlag elf Uhr sah man die bedeutendsten Makler und Geschäftsagenten, lustig oder ernsthaft, je nach besonderem Temperamente, herankommen, Händedrücke wechseln und sich nach dem Restaurant begeben, um die Tagesoperationen durch ein Sühneopfer einzuleiten. Einer nach dem anderen öffneten sie dann das kleine Kupfertürchen der numerierten Kästen im Vorraume, welche die Korrespondenzen der Abonnenten enthalten, zogen ganz gewaltige Briefpakete daraus hervor und durchflogen diese mit zerstreuten Blicken.

Bald entwickelten sich die ersten Tageskurse, während die geschäftige Menge nach und nach anwuchs. Aus den zahlreicher gewordenen Gruppen stieg ein leichtes Murmeln auf.

Von allen Gegenden der Erde regnete es bald telegrafische Depeschen. Es verging kaum eine Minute, ohne daß ein mit lauter, alles Geräusch übertönender Stimme vorgelesener blauer Papierstreifen die an der Nordwand des Saales angeheftete Sammlung von Telegrammen vermehrte.

Von Minute zu Minute wurde die Bewegung lebhafter. Eilig liefen die Handlungsagenten herzu oder wieder weg, stürzten nach dem Telegrafenbüro und brachten Antworten dorthin. Alle Taschenbücher waren geöffnet, mit Notizen und Durchstreichungen bedeckt oder teilweise gar zerrissen. Die ganze Menschenmenge schien eine ansteckende Tollheit ergriffen zu haben, als gegen ein Uhr irgendeine geheimnisvolle Neuigkeit alle Gruppen wie ein Schauder zu packen schien.

Eine erstaunliche, unerwartete, unglaubliche Nachricht war eben von einem der Miteigentümer der »Bank des fernen Westens« überbracht worden und verbreitete sich mit Blitzesschnelligkeit weiter.

Die einen riefen:

»Welch dummer Witz!... Das ist ein Börsenmanöver! Wer soll eine solche Flause glauben?«

»Oh, oh«, bemerkten andere, »kein Rauch ohne Feuer!«

»Geht man in einer Lage wie jener zugrunde?«

»Man kann aus jeder Lage versinken.«

»Aber, Herr, die Immobilien allein und die Maschinen repräsentieren einen Wert von achtzig Millionen Dollar!« versetzte der erstere.

»Ohne die Gußstücke, den Rohstahl, die Vorräte und fertigen Produkte zu rechnen!« vervollständigte der zweite.

»Zum Kuckuck, das sagte ich ja! Schultze ist gut für neunzig Millionen Dollar, und ich verpflichte mich, seine Aktiva sofort dafür zu realisieren!«

»Ja, wie erklären Sie sich dann diese Zahlungseinstellung?«

»Ich erkläre sie mir gar nicht! . . . Ich glaube einfach nicht daran!«

»Als ob solche Dinge nicht alle Tage und auch den ansehnlichsten Häusern passierten!«

»Stahlstadt ist kein Haus, es ist eine ganze Stadt!«

»Nun, auf alle Fälle ist es damit nicht aus. Unzweifelhaft wird eine Gesellschaft zusammentreten zur Fortführung der Geschäfte.«

»Warum, zum Teufel, hat aber Schultze eine solche nicht gebildet, bevor er seine Wechsel protestieren ließ.«

»Richtig, mein Herr, das ist so sinnlos, daß es keine Prüfung aushält! Das Ganze ist nichts als eine falsche Nachricht, die wahrscheinlich von Nasch ausgeht, der für seine Stahlvorräte dringend eine Hausse braucht!«

»Nein, keine falsche Nachricht! Schultze ist nicht allein bankrott, er ist auch flüchtig.«

»Was fällt Ihnen ein?«

»Durchgegangen, sag' ich Ihnen. Das Telegramm mit dieser Mitteilung ist soeben angeheftet worden!«

Eine gewaltige Menschenwoge rollte nach der Depeschentafel. Der neueste blaue Streifen enthielt folgende Worte:

»New York, 12^{h} 10^{m}. – Zentral-Bank. Werk Stahlstadt. Zahlungen eingestellt. Bekannte Passiva: 47 Millionen Dollar. Schultze verschwunden.«

Jetzt war kein weiterer Zweifel möglich, so überraschend die Neuigkeit auch klingen mochte, und Vermutungen über Vermutungen kamen bald in Gang.

Um zwei Uhr begannen die Listen der durch Schultzes Fallissement mitgerissenen Häuser zweiter Ordnung den Platz zu überschwemmen. Die größten Verluste erlitt die Mining-Bank in New York; die Firma Westerlay & Sohn in Chicago, welche mit 7 000 000 Dollar beteiligt war; das Haus Milwaukee in Buffalo 5 000 000; die Industrie-Bank in San Francisco 1 500 000 Dollar; endlich ein kleiner Ausschuß von Firmen dritten Ranges.

Andererseits machten sich, ohne weitere Nachrichten abzuwarten, die natürlichen Gegenwirkungen des Ereignisses in stürmischer Weise geltend.

Der nach Aussage der Sachverständigen am Vormittag so schwerfällige Markt von San Francisco gewann um zwei Uhr ein gänzlich verändertes Aussehen. Welche Sprünge, welche Kurssteigerungen und zügellose Entfesselung der Spekulation traten da zu Tage!

Hausse in Stahlsorten, die von Minute zu Minute steigen. Hausse in Kohlen! Hausse in den Papieren aller Eisenhütten der amerikanischen Union! Hausse in den Erzeugnissen der Eisenindustrie jeder Art! Hausse auch in den Landpreisen von France-Ville. Fielen diese seit der Kriegserklärung auf Null und verschwanden sie fast von der Börse, so stand der Acre Land heute wieder auf 180 Dollar Geld!

Von dem Abend dieses Tages an wurden die Zeitungsexpeditionen förmlich belagert. Wenn auch der »Herald« wie die »Tribune«, der »Alta« wie der »Guardian« die mageren Nachrichten, welche sie sich zu verschaffen gewußt hatten, in Plakaten mit Riesenlettern bekanntgaben, so reduzierten sich dieselben im Grunde doch eigentlich auf nichts.

Was man wußte, beschränkte sich darauf, daß eine von Jackson, Edler & Comp. gezogene, von Herrn Schultze akzeptierte Tratte über 8 000 000 Dollar bei Schving, Strauß & Comp., den New Yorker Bankiers des Stahlkönigs, präsentiert worden sei und daß die genannten Herrn konstatiert hätten, die Bilanz des Kredits ihres Klienten reiche zur Deckung dieser ernormen Zahlung nicht aus, während eine telegrafische Mitteilung an jenen bezüglich dieser Tatsache unbeantwortet geblieben sei; daß sie ferner bei Durchsicht ihrer Bücher mit Verwunderung gesehen hätten, wie ihnen von Stahlstadt seit dreizehn Tagen weder ein Brief noch irgendeine Deckung zugegangen; daß sich seit eben dieser Zeit die von Herrn Schultze auf ihre Kasse gezogenen Tratten und Schecks täglich mehr angehäuft hätten, um dem Schicksale aller übrigen zu verfallen, d. h. mit der Bezeichnung no effects (keine Deckung) nach ihrem Ursprungsorte zurückzuwandern.

Vier Tage lang stürmten einerseits auf Stahlstadt, andererseits auf obige Bankfirma Bitten um Aufklärung, unruhige Telegramme und wütende Anfragen haufenweise ein.

Endlich war aus Stahlstadt eine Antwort eingetroffen.

»Herr Schultze«, so lautete das betreffende Telegramm, »seit 17. September verschwunden. Niemand vermag diese geheimnisvolle Tatsache aufzuhellen. Er hat keine Ordres hinterlassen und die Abteilungskassen sind leer.«

Von jetzt ab konnte die Wahrheit nicht mehr verheimlicht werden. Die Hauptgläubiger hatten Angst bekommen und ihre Papiere bei den Handelsgerichten deponiert. Binnen wenig Stunden verbreitete sich der Zusammensturz mit Blitzeseile und riß sein Gefolge von sekundären Bankerotten nach sich. Am Mittag des 13. Oktober belief sich die Summe der angemeldeten Forderungen auf 47 000 000 Dollar. Allem Anscheine nach betrugen die gesamten Passiva unter Hinzurechung der kleineren Schulden nahe 60 000 000 Dollar.

Das war alles, was man wußte und was die Journale, vielleicht noch mit einigen Übertreibungen berichteten. Selbstverständlich stellten alle ohne Ausnahme für den folgenden Tag die verläßlichsten, eingehendsten Nachrichten in Aussicht.

Und wirklich hatte sich jede Zeitung in erster Stunde beeilt, ihre Korrespondenten nach Stahlstadt auszuschicken.

Vom Abend des 14. Oktober ab sah sich Stahlstadt plötzlich von einer ganzen Armee Berichterstatter mit geöffnetem Notizbuche und gespitztem Bleistift in der Hand belagert. Wie eine Woge am Felsenufer brach sich diese Armee aber an der äußeren Umwallung des Riesenetablissements. Die Wachen bezogen daselbst ihre Posten nach wie vor, und die Reporter konnten alle möglichen Verführungsmittel versuchen, es gelang doch keinem, jene pflichtvergessen zu machen.

Immerhin gelangten sie zu der Überzeugung, daß die Arbeiter nichts wußten und daß in deren betreffenden Sektion eine Veränderung nicht eingetreten sei. Die Werkmeister hatten jedoch am letzten Abend auf höheren Befehl mitgeteilt, daß in den Abteilungskassen kein Geld mehr vorhanden, aus dem Zentralblock auch weitere Instruktion nicht eingegangen sei, infolgedessen, außer bei Widerruf dieser Ankündigung, die Arbeiten am nächsten Sonnabend eingestellt werden würden.

Alles das trug mehr dazu bei, die Situation zu komplizieren, als sie zu klären. Nur darüber war niemand länger im Zweifel, daß Herr Schultze seit fast einem Monate verschwunden sei. Dagegen kannte keiner den Grund dieses Verschwindens oder vermochte die endlichen Folgen zu übersehen. Trotz aller Beunruhigung herrschte doch immer noch das unbestimmte Gefühl, daß die mysteriöse Persönlichkeit jede Minute wieder erscheinen könne.

Im Laufe der ersten Tage nahmen die Arbeiten in den Werkstätten ihren Fortgang im gewohnten Tempo. Jedermann beschäftigte sich innerhalb seines beschränkten Gesichtskreises nur mit der eigenen Aufgabe. Die Abteilungskassen hatten jeden Sonnabend die fälligen Löhne ausbezahlt. Die Hauptkassa deckte bisher die lokalen Bedürfnisse. In Stahlstadt war die Zentralisation aber so sehr auf die Spitze getrieben und hatte sich der Besitzer eine so ausnahmslose Aufsicht über den ganzen Geschäftsgang ganz allein vorbehalten, daß seine Abwesenheit schon nach kurzer Frist den notwendigen Stillstand des ganzen Getriebes herbeiführen mußte. So kam es, daß seit dem 17. September, dem Tage, an welchem der Stahlkönig seine letzten Anordnungen unterzeichnete, bis zum 13. Oktober, wo die Hiobspost der Zahlungseinstellung wie ein Donnerschlag eintraf, Tausende von Briefen – darunter unzweifelhaft viele mit beträchtlichen Geldsendungen – mit der Stahlstadter Post anlangten, im Briefkasten des Zentralblocks abgegeben und jedenfalls auch in Herrn Schultzes Arbeitszimmer befördert wurden, nur hatte er sich allein das Recht vorbehalten, sie zu eröffnen, mit einem Rotstiftstrich als erledigt zu bezeichnen und ihren Inhalt dem Hauptkassierer auszuantworten.

Selbst die höchsten Beamten des Werkes hätten sich niemals unterfangen, über den bestimmten Kreis ihrer Tätigkeit hinauszugehen. Besaßen sie ihren Untergebenen gegenüber eine fast unbeschränkte Machtvollkommenheit, so glichen sie doch Herrn Schultze – und sogar dessen Erinnerung – gegenüber nur leblosen Werkzeugen ohne Autorität und Initiative. Jeder verschanzte sich hinter der Verantwortlichkeit seiner Stellung, hatte gewartet, aufgeschoben und die Ereignisse »kommen sehen«.

Endlich waren sie wirklich gekommen. Die eigentümliche Lage verschleppte sich bis zu dem Zeitpunkte, wo die hauptsächlich interessierten und plötzlich erschreckten Geschäftsfreunde telegrafierten, Antwort begehrten, reklamierten, protestierten und endlich gesetzliche Schritte taten. Hierzu entschloß man sich nicht allzu schnell. Keinem wollte es einleuchten, daß ein so weltbekanntes Vermögen wirklich auf tönernen Füßen ruhe. Jetzt freilich lag die Tatsache offen vor Augen: Herr Schultze hatte sich seinen Gläubigern durch die Flucht entzogen.

Das war alles, was die Berichterstatter erfahren konnten. Selbst der berühmte Meiklejohn, dadurch bekannt, daß es ihm gelang, dem General Grant, dem schweigsamsten Manne unseres Jahrhunderts, politishe Geständnisse abzulocken, und der unermüdliche Blunderbuß, weit bekannter als der erste, der, ein einfacher Korrespondent des »World«, dem Zar die große Neuigkeit von dem Falle Plewnas überbrachte, selbst diese Haupthelden des Reportertums waren diesmal nicht glücklicher gewesen als ihre Genossen. Sie mußten eingestehen, daß weder die »Tribune« noch der »World« schon das letzte Wort bezüglich des Fallissements Schultzes sprechen könnten.

Was dieses industrielle Unglück aber zu einem Ereignis ohnegleichen stempelte, das war die sonderbare Lage Stahlstadts als einer unabhängigen, gänzlich isolierten Ansiedlung, welche jedes regelrechte gesetzliche Eingreifen untunlich machte. Freilich war die Unterschrift des Herrn Schultze in New York protestiert worden und die Gläubiger desselben durften wohl voraussetzen, daß die durch das Werk selbst repräsentierten Aktiva zur Befriedigung ihrer Forderung ziemlich hinreichen würden. An welchen Gerichtshof aber sollten sie sich wenden, um eine Beschlagnahme oder die Stellung unter Sequester durchzusetzen? Stahlstadt bildete bis heute noch ein für sich bestehendes, nicht in den Staatsverband aufgenommenes Territorium, wo alles nur Herrn Schultze gehörte und von ihm abhing. Wenn er nur wenigstens einen Repräsentanten, einen Verwaltungsrat oder einen Stellvertreter zurückgelassen hätte! Hier war aber nur er allein der König, der Oberrichter, der kommandierende General, der Notar, der Sachwalter und das Handelstribunal seiner Stadt. In seiner Person verkörperte sich das Ideal der Zentralisation. Sobald er fehlte, standen die anderen dem einfachen Nichts gegenüber, und das ganze kolossale Gebäude stürzte wie ein Kartenhaus zusammen.

Unter allen anderen Verhältnissen hätten die Gläubiger ein Syndikat bilden, an die Stelle des Herrn Schultze treten, die Hand nach seinem Vermögen ausstrecken und sich der Leitung des Geschäftes bemächtigen können. Allem Anscheine nach würden sie sich überzeugt haben, daß es dem ganzen Räderwerke zum Fortgange nur augenblicklich an ein wenig Geld und einer regulierenden Triebkraft mangle.

Das blieben aber alles fromme Wünsche. Es fehlte an dem Gesetze, diese Substitution durchzuführen. Man stand hier vor einer moralischen Sperre, welche sich vielleicht noch unübersteiglicher erwies als die rings um Stahlstadt aufgeworfenen Wälle. Die bedauernswerten Gläubiger sahen die Deckung für ihre Forderungen vor

Augen, aber ebenso die Unmöglichkeit, sich dieselbe anzueignen.

Es blieb ihnen nur der Ausweg, sich zu einer allgemeinen Versammlung zu vereinigen, ihre Angelegenheiten zu beraten und eine Eingabe an den Kongreß zu richten mit dem Ersuchen, sich ihrer Sache anzunehmen, das Interesse der Staatsbürger zu sichern, Stahlstadts Einverleibung in den amerikanischen Bundesstaat auszusprechen und auf diese Weise jene monströse Schöpfung dem gemeinen Rechte zivilisierter Länder unterzuordnen. Mehrere Kongreßmitglieder waren persönlich bei der Angelegenheit interessiert; das Gesuch hatte, von mehr als einem Gesichtspunkte aus, etwas Verführerisches für den amerikanischen Volkscharakter, und man durfte sich wohl der Hoffnung auf durchschlagenden Erfolg hingeben. Leider hielt der Kongreß jetzt keine Sitzungen ab, und es stand ein langer Aufschub bevor, ehe ihm die Angelegenheit unterbreitet werden konnte.

In Erwartung dieses Zeitpunktes stockte nun in Stahlstadt jede Tätigkeit, und die Öfen erloschen einer nach dem anderen.

Unter der Bevölkerung von 10000 Familien, welche von dem Werke lebten, herrschte natürlich eine nicht geringe Bestürzung. Was sollten die Leute aber beginnen? Die Arbeit fortsetzen in der Hoffnung auf eine spätere Ablöhnung, die vielleicht in sechs Monaten, vielleicht auch niemals erfolgen sollte? Niemand wußte Rat. Welche Arbeiten sollten wohl ausgeführt werden? Die Quelle der gewohnten Anordnungen war mit den übrigen versiegt. Herrn Schultzes sämtliche Klienten erwarteten, um ihre Verbindungen wieder aufzunehmen, die gesetzliche Regulierung. Die aller Befehle entbehrenden Abteilungsvorsteher, die Ingenieure und Werkmeister konnten nichts vornehmen.

Nun gab es Versammlungen, Meetings, Verhandlungen, Vorschläge, aber es kam kein eigentlicher Plan zustande, weil das eben unmöglich war. Das allgemeine Feiern zog bald sein Gefolge von Elend, Verzweiflung und Verbrechen nach sich. Je nachdem sich die Werkstatt leerte, füllte sich das Wirtshaus. Für jede Esse, welche nicht mehr rauchte, sah man in der Nachbarschaft eine Schänke entstehen.

Die klügsten und vorsichtigsten Arbeiter, die, welche sich in Voraussicht schlimmerer Tage eine kleine Barschaft zurückgelegt hatten, beeilten sich mit Waffen und Gepäck – mit dem Werkzeuge und den der Logiswirtin so ans Herz gewachsenen Betten – zu entfliehen; pausbäckige Kinder jubelten voll Entzücken über den neuen Anblick der Welt, den sie durch die Türfenster des Waggons genossen. Diese Leute zerstreuten sich nach allen Himmelsgegenden und hatten bald, der im Osten, jener im Süden, ein Dritter im Norden eine neue Werkstatt, einen anderen Amboß, einen neuen Herd gefunden ...

Wie viele blieben aber für einen, für zehn, welche sich in dieser Weise helfen konnten, zurück, die das Elend an die Scholle fesselte! Da standen sie mit hohlem Auge und blutendem Herzen der bittersten Not gegenüber!

Sie blieben, verkauften ihre wenigen Habseligkeiten an eine Horde Raubvögel in Menschengestalt, die instinktmäßig überall zusammenflattern, wo sie ein geschehenes Unglück wittern, griffen binnen wenigen Tagen schon zu den letzten Hilfsmitteln, standen bald da ohne Kredit wie ohne Lohn, ohne Hoffnung wie ohne Arbeit, und sahen vor sich, dunkel wie der Winter, der nun bald beginnen sollte, nichts als eine Zukunft von Sorge und Elend!

Sechzehntes Kapitel

Zwei Franzosen gegen eine Stadt

Als sich die Nachricht von Schultzes Verschwinden in France-Ville verbreitete, war Marcels erstes Wort gewesen:

»Und wenn das nur eine Kriegslist wäre?«

Bei näherer Überlegung sagte er sich zwar, daß die Folgen einer derartigen Kriegslist für Stahlstadt hätten so verderblich sein müssen, daß eine gesunde Logik sie von vornherein verwerfen mußte. Dagegen erinnerte er sich auch, daß dem Haß die Überlegung zu mangeln pflegt und daß der tödliche Haß eines Mannes, wie des Herrn Schultze, ihn wohl fähig machen könnte, seiner Leidenschaft alles zum Opfer zu bringen. Doch wie dem auch sein mochte, jedenfalls mußte er auf seiner Hut bleiben.

Auf seinen Antrag erließ der Verteidigungsrat auch eine Proklamation, in welcher die Bewohner ermahnt wurden, sich durch die vom Feinde zum Zwecke ihrer Einschläferung verbreiteten falschen Nachrichten in ihrer steten Wachsamkeit nicht beirren zu lassen.

Die mit verdoppeltem Eifer betriebenen Arbeiten und Kriegsübungen zeigten, was mit aller Gewalt nur ein absichtsloses Manöver des Herrn Schultze sein sollte. Die wahren oder falschen Einzelheiten aber, welche die Journale von San Francisco, Chicago und New York mitteilten, die finanziellen und kommerziellen Folgen der Stahlstadter Katastrophe, all diese Ensemble unbegreiflicher, einzeln so unwichtiger, in ihrer Anhäufung so erdrückender Beweise ließen doch keinen Zweifel aufkommen.

Eines schönen Morgens jedoch erwachte die Stadt des Doktors wirklich und endgültig gerettet wie ein Schläfer, der eines bösen Traumes schon durch das einfache Erwachen ledig wird. Ja! Jetzt war France-Ville wirklich und ohne Schwertstreich gänzlich außer Gefahr und verdankte diese frohe Botschaft Marcel, der dieselbe nach gewonnener eigener Überzeugung schnellstens durch alle ihm zu Gebote stehenden publizistischen Mittel verbreitete.

Da herrschte bald ein allgemeines Gefühl der Erlösung und der Freude, eine festliche Stimmung, als alle erleichtert aufatmeten. Man drückte einander unter Glückwünschen die Hände und lud sich gegenseitig zu Tische ein. Die Frauen glänzten wieder in frischen Toiletten, die Männer nahmen sich einstweilen Urlaub von den Exerzitien, Manövern und Arbeiten. Alle Welt fühlte sich gesichert, befriedigt, geistig erregt. Man hätte eine Stadt voll Wiedergenesener vor sich zu haben geglaubt.

Der glücklichste von allen war ohne Zweifel aber Doktor Sarrasin selbst. Der wackere Mann fühlte sich verantwortlich für das Wohlergehen aller, die sich im Vertrauen auf ihn innerhalb seines Gebietes niedergelassen und unter seinen Schutz gestellt hatten. Schon seit einem vollen Monat ließ ihn die Furcht, diejenigen ins Verderben gelockt zu haben, deren Glück er ja nur zu befördern suchte, keinen Augenblick Ruhe finden. Endlich schwand dieser ungeheure Alp von seiner Brust und er konnte wieder frei aufatmen.

Die allgemeine Gefahr hatte die Bürger der Stadt jedoch nur noch mehr einander genähert. Alle Gesellschaftsklassen traten damit in innigere Beziehung zueinander; jeder erkannte in dem anderen den Bruder, der von den nämlichen Gefühlen beseelt, von dem gleichen Interesse beeinflußt war. Im Herzen jedes einzelnen erwachte damit eine ganz neue Empfindung. Von jetzt ab besaßen die Einwohner France-Villes wirklich ein gemeinsames »Vaterland«. Man hatte für dasselbe gefürchtet, gelitten und war sich damit erst bewußt geworden, wie sehr man es liebte.

Die Stadt erzielte von dieser plötzlichen Versetzung in Verteidigungszustand sogar gewisse materielle Erfolge. Man hatte seine Kräfte kennengelernt und brauchte sie bei später vorkommender Gelegenheit nicht erst zu improvisieren. Mit einem Wort, man war seiner selbst sicherer geworden und in Zukunft für jeden Fall bereit.

Noch niemals hatte Doktor Sarrasins Schöpfung Gelegenheit gehabt, eine so glänzende Probe ihrer Lebensfähigkeit abzulegen. Man erwies sich auch – immerhin eine seltene Erscheinung – nicht unerkenntlich gegen Marcel. Obwohl die Rettung aller jetzt nicht eigentlich sein Werk zu nennen war, so belohnte man den jungen Ingenieur, der die Verteidigung organisiert und dessen Opferwilligkeit die Stadt vor dem völligen Untergange bewahrt hätte, im Falle Herrn Schultzes böse Absichten in Erfüllung gingen, doch wenigstens durch den Ausdruck des öffentlichen Dankes.

Marcel selbst hielt seine Rolle indes damit noch nicht für beendigt. Das Geheimnis, welches Stahlstadt jetzt verhüllte, konnte jeden Augenblick, so meinte er, eine neue Gefahr gebären. Er mochte sich nicht eher für befriedigt erklären, als bis er in das Dunkel, das jetzt über des Stahlkönigs Etablissement lagerte, volles Licht verbreitet sähe.

Deshalb beschloß er auch, nach Stahlstadt zurückzukehren und vor nichts zurückzuschrecken, bis er den Schlüssel zu diesem Rätsel fände.

Wohl machte ihm Doktor Sarrasin ernstliche Vorstellungen wegen der Schwierigkeiten, vielleicht auch der Gefahren dieses Beginnens, indem er sagte, jener liefe damit in den offenen Höllenschlund und bei jedem Schritte könne er ins Verderben stürzen ... Seiner eigenen früheren Schilderung nach war Herr Schultze nicht der Mann dazu, so lautlos vom Schauplatze abzutreten und sich allein unter den Trümmern seiner Hoffnungen zu begraben ... Man werde nicht fehlgehen, auch den letzten Gedanken einer solchen Persönlichkeit zu fürchten – wie etwa den Hai im schrecklichen Kampfe mit dem Tode! ...

»Eben weil ich selbst der Meinung bin, lieber Doktor, daß alles, was Sie denken, möglich ist, halte ich es für meine Pflicht, nach Stahlstadt zu gehen. Mir scheint es, als läge eine Bombe vor mir, deren Zünder zu entfernen meine Aufgabe ist, und ich möchte Sie sogar um die Erlaubnis bitten, Octave mitnehmen zu dürfen.«

»Octave!« rief der Doktor.

»Jawohl! Er ist jetzt ein wackerer Mann geworden, auf den man zählen kann, und ich versichere Sie, daß ihm der Spaziergang nur heilsam sein wird.«

»So nehme Gott Euch beide in seinen Schutz!« erwiderte der Greis, ihn gerührt in die Arme schließend.

Am folgenden Morgen setzte ein Wagen Marcel und Octave, nachdem sie durch die verlassenen Dörfer der Umgebung gefahren, vor dem äußeren Tore von Stahlstadt ab. Beide waren mit Waffen und allem Notwendigen reichlich versehen und entschlossen, nicht eher zurückzukehren, als bis sie das merkwürdige Geheimnis enträtselt hätten.

Nebeneinander gingen sie auf der Gürtelstraße hin, welche die Befestigungen umschloß, und hier überzeugte sich nun Marcel, der es bis dahin nicht hatte glauben wollen, daß die Werkstätten alle stillstanden.

Auf dem Wege, den er jetzt in finsterer Nacht, ohne einen Stern am Himmel, mit Octave dahinwanderte, hätte er früher beim Glanze des Gaslichtes das Blitzen des Bajonetts eines Wachpostens und tausend andere Zeichen rührigen Lebens gesehen. Da wären die erleuchteten Fenster der Sektoren erschienen wie ebenso viele glühende Augen. Jetzt lag alles düster und stumm vor ihm. Der Tod allein schien über der Zyklopenstadt zu schweben, deren hohe Schornsteine skelettartig zum Himmel emporragten. Marcels und seines Begleiters Schritte verhallten in der entsetzlichen Leere. Die Öde und Trostlosigkeit übten einen so unabwehrbaren Einfluß auf ihn aus, daß Octave sich nicht enthalten konnte zu bemerken:

»Es ist eigentümlich, aber ich habe noch nie ein so schauerliches Schweigen vernommen wie hier; wirklich, die Ruhe des Kirchhofs!«

Gegen sieben Uhr gelangten Marcel und Octave an den Rand des Wallgrabens, gegenüber dem Haupteingange von Stahlstadt. Kein lebendes Wesen zeigte sich auf der Zinne der Mauer, und von den Wachposten, welche sonst gleich Statuen in abgemessener Entfernung voneinander standen, war keine Spur zu sehen. Zwischen der Straße und der aufgezogenen Torbrücke gähnte aber der offene Graben in einer Breite von fünf bis sechs Metern.

Über eine Stunde verging, bis es gelang, eine Tauschlinge über einen Pfahl auf der anderen Seite zu werfen. Endlich glückte es Marcel nach vieler Mühe; Octave ergriff darauf das Seil und kletterte daran bis zum Dache des Tores empor. Marcel beförderte nun auf demselben Wege die Waffen nebst Munition hinüber und folgte endlich selbst nach.

Nun beeilten sie sich, das Tau an der anderen Seite der Mauer zu befestigen, alles »Zubehör« herabzulassen und dann auch auf den Erdboden hinunterzugleiten.

Jetzt befanden sie sich auf demselben Rundwege, dem Marcel sich erinnerte bei seiner Ankunft in Stahlstadt gefolgt zu sein. Überall dieselbe Leere, dasselbe Todesschweigen. Schwarz und stumm erhob sich die imposante Masse von Gebäuden mit ihren tausend Fenstern, als wollten sie zu den Eindringlingen sagen:

»Nur vorwärts! . . . Jetzt liegen unsere Geheimnisse für jeden offen, der sie nur ergründen will!«

Marcel und Octave überlegten einen Augenblick.

»Wir werden am besten auf die mir bekannte Pforte O zugehen!« meinte Marcel.

Sie wandten sich nach Westen und standen bald vor dem monumentalen Eingang, in dessen Bogen der Buchstabe O stand. Die beiden massiv-eichenen, mit tüchtigen Stahlnägeln verstärkten Torflügel waren geschlossen. Marcel schlug wiederholt mit einem von der Straße aufgenommenen Pflasterstein kräftig daran.

Nur das Echo gab ihm Antwort.

»Nun denn, ans Werk!« drängte Octave.

Von neuem begannen jetzt die mühsamen Versuche, das Seil über den Eingang hinwegzuschleudern, bis es zufällig an irgend etwas fest genug haftete. Wohl war das schwierig. Endlich gelang es Marcel und Octave aber doch, die Mauer zu übersteigen, womit sie sich nun in der Achse des Sektors O befanden.

»Das wäre alles recht gut«, rief Octave, »doch was erreichen wir damit? Nach glücklicher Überwindung einer Mauer stehen wir nur vor einer anderen!«

»Ruhe im Gliede!« erwiderte Marcel. »Hier ist mein altes Atelier. Ich sehe es nicht ungern einmal wieder, auch finden sich dort bestimmt manche Werkzeuge und einige Dynamitpatronen, die uns noch zustatten kommen könnten.«

Es war das der große Gießsaal, in dem der junge Elsässer bei seiner Anstellung Platz fand. Wie traurig sah er jetzt aus mit seinen erloschenen Öfen, den verrosteten Schienen und den bestäubten Kränen, welche, ebenso vielen Galgen ähnlich, ihre leeren Arme in die Luft ausstreckten! Der Anblick machte einen so frostigen Eindruck, daß Marcel das Bedürfnis einer Abwechslung empfand.

»Komm, hier ist ein Atelier, daß dich mehr interessieren wird!« sagte er zu Octave, den Weg zum Speisehaus einschlagend.

Octave antwortete mit einem Kopfnicken, das seiner Zustimmung, bald aber sogar seiner Befriedigung Ausdruck gab, als er auf einem Holzgestelle ein ganzes Regiment roter, gelber und grüner Flaschen in Schlachtordnung aufgestellt fand. In verschiedenen Kästen mit Konserven sah man auch die bekannten Weißblechdosen mit vielversprechenden Aufschriften. Kurz, hier fand sich alles beisammen zu einemn Frühstück, nach dem man allmählich Verlangen verspürte. Schnell wurde nun ein köstliches Essen bereitet, das die beiden jungen Leute zur Fortsetzung ihres Wagnisses stärkte.

Marcel überlegte dabei immer, was jetzt zu beginnen sei. An ein Ersteigen der Umfassungsmauer des Zentralblocks war von vornherein nicht zu denken. Diese Mauer ragte viel zu hoch empor und stand zu isoliert von jedem anderen Gebäude, hatte auch nirgends einen Vorsprung zum Befestigen eines Seiles. Um zu deren Tore – jedenfalls dem einzig vorhandenen – zu gelangen, hätte man durch alle Sektoren vordringen müssen, und das wäre keine so leichte Arbeit gewesen. Nun blieb nur die immerhin etwas gewagte Anwendung von Dynamit übrig, denn es erschien fast undenkbar, daß Herr Schultze vor seinem Verschwinden nicht Gegenminen gegen diejenigen angebracht haben sollte, welche von denen, die Stahlstadt zu überwältigen suchen möchten, wahrscheinlich gelegt würden. Doch alles das war nicht imstande, Marcel auf sein Vorhaben verzichten zu lassen.

Als Octave sich gestärkt und genügend ausgeruht hatte, ging er mit ihm bis zum Ende der Achsenstraße des Sektors O und bis zum Fuße der gewaltigen Granitmauer.

»Was meinst du zu einem Minengang hier drunten?« fragte er.

»Das wird ein hartes Stück Arbeit geben, doch wir sind ja keine Müßiggänger!« antwortete Octave, bereit zu jedem Versuche.

Die Arbeit begann. Erst mußte der Grund der Mauer bloßgelegt und ein eiserner Hebel in den Spalt zwischen zwei Bruchsteine eingetrieben werden, um einen derselben auszubrechen; nachher wurden mittels eines Bohrers mehrere kleine, parallele Löcher hergestellt. Gegen zehn Uhr war die Arbeit vollbracht; die Dynamitpatronen lagen an ihrer Stelle und die Lunte ward entzündet.

Marcel kannte ihre Brenndauer von fünf Minuten, und da er wußte, daß sich unter dem Speisehause ein gewölbter Keller befand, flüchtete er mit Octave einstweilen in diesen Raum.

Plötzlich erzitterte das Gebäude samt dem Keller wie von einem Erdbeben. Gleich danach erschütterte die Luft ein entsetzliches Krachen, so als hätten drei bis vier ganze Batterien mit einem Male gefeuert. Nach weiteren zwei bis drei Stunden stürzte eine ganze Lawine nach allen Seiten verstreuter Sprengstücke zur Erde.

Eine Zeitlang hörte man nichts als das Dröhnen zusammenbrechender Dächer, krachenden Balkenwerks, einstürzender Mauern und dazwischen das Klirren zerspringender Fensterscheiben.

Endlich war es wieder still. Octave und Marcel verließen ihren Schlupfwinkel.

Trotz seines Vertrautseins mit den Wirkungen explosiver Stoffe erstaunte Marcel doch nicht wenig über die angerichtete Verheerung. Die Hälfte des Sektors war gesprengt und die abgerissenen Mauern aller in der Nähe des Zentralblocks befindlichen Werkstätten glichen mehr einer bombardierten Stadt. Überall lagen die Trümmer umher, Glasscherben und Metallplatten bedeckten den Boden, während ganze Wolken von Staub, welche über der Stelle der Explosion langsam aus der Luft herniedersanken, sich schneeähnlich über die Ruine ablagerten.

Marcel und Octave eilten nach der inneren Mauer. Auch diese zeigte sich in einer Breite von fünfzehn bis zwanzig Meter zerstört, und auf der anderen Seite der Bresche sah der frühere Zeichner des Zentralblocks nun den ihm wohlbekannten Hof, in dem er so viele eintönige Stunden verbracht hatte.

Da dieser Hof jetzt unbewacht war, konnte man das ihn umschließende Eisengitter ohne Schwierigkeit übersteigen, was denn auch bald geschah.

Überall dieselbe Grabesstille.

Marcel schritt durch die Säle, wo die Kameraden früher seine Entwürfe bewundert hatten. In einer Ecke fand er auch die halbvollendete Zeichnung zu einer Dampfmaschine wieder, an der er eben arbeitete, als Herr Schultze ihn damals in den Park abrufen ließ. Im Lesesaale lagen die Zeitungen neben den gewöhnlich benützten Büchern.

Alle Gegenstände hier verrieten eine plötzlich aufgehobene Bewegung, eine schroff unterbrochene Tätigkeit.

Die jungen Leute gelangten zur inneren Grenze des Zentralblocks und befanden sich bald an der Mauer, welche sie, Marcels Meinung nach, von dem Parke noch trennte.

»Werden wir auch diese Bruchsteine noch springen lassen müssen?« fragte ihn Octave.

»Vielleicht ... Doch um hindurchzugelangen, können wir zunächst die Türe aufsuchen, welche schon eine einfache Rakete in die Luft jagt.«

Beide gingen nun längs der Mauer um den Park herum. Von Zeit zu Zeit waren sie zu Umwegen genötigt durch eine spornartig hervortretende Gruppe von Gebäuden, oder mußten sie auch Gittertore überklettern. Sie verloren jene dabei aber nie aus den Augen und sahen ihre Anstrengungen denn auch bald belohnt. Eine kleine schiefe Tür kam in der Mauer zum Vorschein.

Binnen zwei Minuten hatte Octave mittels eines Handbohrers ein kleines Loch durch die Eichenplanken gebohrt. Marcel sah, als er das Auge an die Öffnung legte, daß sich auf der anderen Seite der prächtige tropische Park mit ewigem Grün und lauer Frühlingsluft ausbreitete.

»Noch eine Tür zu sprengen und wir sind zur Stelle«, sagte er zu seinem Begleiter.

»Eine Rakete für ein Holzbrett«, antwortete Octave, »das wäre zu viel Ehre!«

Er begann die Pforte also mit kräftigen Axtschlägen zu bearbeiten.

Kaum hatte er darangeschlagen, als er im Innern das Schloß von einem Schlüssel klirren und zwei Riegel zurückschieben hörte.

Die inwendig durch eine starke Kette gehaltene Tür öffnete sich ein wenig.

»Wer da?« rief eine rauhe Stimme heraus.

Siebzehntes Kapitel

Erklärungen mit Pulver und Blei

Die jungen Leute erwarteten gewiß nichts weniger als diese Frage. Sie verwunderten sich darüber fast mehr, als sie etwa ein Gewehrschuß erschreckt hätte.

Von allen Hypothesen, die Marcel bezüglich dieser in Totenschlaf versenkten Stadt durch den Kopf gingen, hatte er die eine allerdings nicht aufgestellt, daß ihn jemand ganz ruhig fragen würde, was er hier suche. Sein Unternehmen, das ganz erklärlich erschien, wenn man Stahlstadt als verlassen ansah, gewann ein ganz anderes Aussehen, wenn jenes noch Bewohner hatte. Was im ersten Falle für eine Art archäologischer Untersuchung gelten konnte, wurde im zweiten zum bewaffneten Überfall gemeiner Einbrecher.

Diese Gedanken stürmten zuerst so sehr auf Marcel ein, daß er sprachlos stehenblieb.

»Wer da?« wiederholte die Stimme etwas ungeduldig.

Diese Ungeduld war gewiß ganz am Platze. Wer so vielerlei Hindernisse überwunden, um zu dieser Türe zu gelangen, dabei Mauern erklettert und ganze Stadtteile in die Luft gesprengt hatte, ohne hier auf die einfache Frage nach dem Zwecke seines Erscheinens Antwort geben zu können, der mußte damit wohl einige Verwunderung erregen.

Eine halbe Minute reichte für Marcel hin, um sich über die Schiefheit seiner Lage klarzuwerden, und er antwortete sofort:

»Freund oder Feind, wie Ihr wollt. Ich will Herrn Schultze sprechen.«

Kaum verhallten diese Worte, als er durch die halbgeöffnete Tür einen Aufschrei des Erstaunens hörte.

»Ah!« klang es durch dieselbe heraus.

Marcel konnte dabei durch den Türspalt ein Stückchen roten Backenbart, einen struppigen Schnurrbart und ein glotzendes Auge bemerken. An allem erkannte er Sigimer, seinen früheren Wächter.

»Johann Schwartz«, rief der Riese, halb entsetzt und halb erfreut. »Johann Schwartz!«

Das unerwartete Wiedererscheinen seines Gefangenen schien ihn nicht weniger wunderzunehmen als dessen geheimnisvolles Verschwinden.

»Kann ich Herrn Schultze sprechen?« wiederholte Marcel, da er keine andere Antwort erhielt als jenen Ausruf.

Sigimer schüttelte den Kopf.

»Keinen Befehl!« sagte er. »Ohne solchen hier nicht eintreten!«

»Können Sie Herrn Schultze wenigstens wissen lassen, daß ich hier bin und ihn zu sprechen wünsche?«

»Herr Schultze nicht hier. Herr Schultze abgereist!« erwiderte der Riese mit einem Anflug von Bedauern.

»Doch wo ist er? Wann kehrt er zurück?«

»Weiß nicht! Wache nicht abgelöst. Niemand eintreten ohne Befehl!«

Diese abgerissenen Sätze waren alles, was Marcel aus Sigimer herauslocken konnte, der allen weiteren Fragen ein halsstarriges Schweigen entgegensetzte.

»Weshalb sollen wir hier länger um die Erlaubnis zum Eintreten bitten?« sagte er. »Wir nehmen sie uns ganz einfach!«

Er stemmte sich gegen die Tür, um sie mit Gewalt zu öffnen. Indes, die Kette widerstand und ein dem seinigen überlegener Druck hatte bald den Flügel zugeschlagen, hinter dem man die beiden Riegel vorschieben hörte.

»Hinter dem Brette muß mehr als einer stecken!« sagte Octave beschämt über diesen Ausgang.

Er legte das Auge an das Bohrloch und rief plötzlich erstaunt:

»Da ist noch ein zweiter Riese!«

»Etwa Arminius?« antwortete Marcel.

Nun blickte auch er durch die enge Öffnung.

»Richtig, das ist Arminius, Sigimers Kamerad!«

Plötzlich veranlaßte eine andere, scheinbar vom Himmel herabtönende Stimme Marcel, den Kopf zu heben.

»Wer da?« rief diese Stimme.

Diesmal war es die Arminius'.

Der Kopf des Wächters erschien über der Mauer, die jener mit Hilfe einer Leiter erstiegen haben mochte.

»Das wißt Ihr ja längst recht gut, Arminius!« entgegnete Marcel. »Nun vorwärts! Wollt Ihr öffnen oder nicht?«

Noch hatte er den Satz nicht vollendet, als eine Gewehrmündung über der Mauerzinne erschien. Sofort krachte ein Schuß und eine Kugel streifte die Hutkrempe Octaves.

»Warte, dir will ich Antwort geben!« rief Marcel, der eine Dynamitpatrone unter die Tür steckte und sie in Stücke sprengte.

Nach geöffneter Bresche drangen Octave und Marcel, den Karabiner in der Faust und das Messer zwischen den Zähnen, in den Park ein.

An einem durch die Explosion zerrissenen Stück der Mauer, durch welche sie eben gelangten, lehnte noch eine Leiter, an deren Fuße sich Blutspuren zeigten. Aber weder Sigimer noch Arminius waren sichtbar, um den Eingang zu verteidigen.

Vor den Blicken der beiden Angreifer lagen die Gärten in der ganzen Pracht ihrer Vegetation. Octave war entzückt.

»O wie herrlich!« rief er. »Doch Achtung! . . . Gehen wir als Tirailleure vor . . . Diese Sauerkrautfresser könnten hinter irgendeinem Busche versteckt liegen!«

Octave und Marcel trennten sich und eilten jeder nach einer Seite der vor ihnen liegenden Allee, wo sie nach den Grundprinzipien der Strategie für den Einzelkampf vorsichtig von Baum zu Baum, von Deckung zu Dekkung weiter vordrangen.

Bald erwies sich der Nutzen dieser Maßregel. Kaum hatten sie hundert Schritte zurückgelegt, als ein zweiter Schuß krachte. Eine Kugel sprengte die Rinde des von

Marcel eben verlassenen Baumes ab.

»Keine Dummheiten! ... Lang auf die Erde!« rief Octave halblaut.

Er folgte selbst sogleich seinem Befehle und kroch auf Knien und Ellbogen bis zu einem Dornenbusch am Rande des Rundteiles, in dessen Mitte der Stierturm sich erhob. Marcel, der jener Mahnung nicht sofort gefolgt war, erhielt noch einen dritten Schuß und konnte sich nur hinter den Stamm einer Palme werfen, um einem vierten zu entgehen.

»Zum Glück schießen die Kerle wie Rekruten!« rief Octave seinem etwa dreißig Schritte entfernten Begleiter zu.

»Still!« antwortete Marcel mit den Augen wie mit den Lippen. »Siehst du den Rauch dort aus dem Fenster des Erdgeschosses? ... Dort haben sich die Banditen versteckt! ... Nun werde ich ihnen aber nach meiner Art aufspielen!«

Im Augenblicke hatte Marcel auch einen ziemlich langen Pfahl hinter dem nächsten Busche herausgerissen; dann warf er seine Jacke ab, diese über das Holz, setzte seinen Hut darüber und stellte eine Vogelscheuche her. Darauf stellte er das Ganze so auf den von ihm eingenommenen Platz, daß Hut und Ärmel sichtbar blieben, glitt zu Octave hinüber und raunte diesem ins Ohr:

»Jetzt beschäftige die beiden dadurch, daß du einmal von hier und einmal von meinem Platze aus nach dem Fenster feuerst. Ich werde ihnen in den Rücken fallen!«

Marcel ließ nun Octave schießen und glitt selbst durch das dichte Gebüsch auf dem Rundbeete des Turmes.

Eine Viertelstunde verging, während der wohl zwanzig Kugeln erfolglos gewechselt wurden.

Marcels Jacke und Hut waren buchstäblich wie ein Sieb durchlöchert, er selbst hatte natürlich keinen Schaden dabei gelitten. Die Jalousien des Erdgeschoßfensters hatte Octave seinerseits in Stücke geschossen.

Plötzlich schwieg das Feuer, und Octave hörte eine

halberstickte Stimme rufen:

»Zu Hilfe! ... Ich hab' ihn fest! ...«

Sein Versteck zu verlassen, ohne Deckung über das Rundbeet zu eilen und das Fenster zu erklettern, das war für Octave nur das Werk einer halben Minute. Gleich darauf sprang er in den Raum hinab.

Wie zwei Schlangen umeinander gewunden, lagen Marcel und Sigimer in verzweifeltem Ringen am Boden. Überrascht von dem urplötzlichen Angriffe des Feindes, der eine Tür hinter ihm unversehens geöffnet hatte, konnte der Riese von den Waffen keinen Gebrauch machen. Seine herkulische Stärke machte ihn aber trotzdem zu einem furchtbaren Gegner, und obwohl zur Erde geworfen, hoffte er doch immer noch, die Oberhand zu gewinnen. Marcel seinerseits entwickelte ganz außerordentliche Kraft und Gewandtheit.

Der Kampf mußte notwendigerweise mit dem Tode des einen der beiden Ringenden enden, wenn Octaves Dazwischentreten nicht einen minder tragischen Ausgang herbeigeführt hätte. Von zwei Paar Armen gepackt und entwaffnet, ward Sigimer gefesselt, daß er sich nicht rühren konnte.

»Und der andere?« fragte Octave.

Marcel wies nach dem anderen Ende des Raumes, wo Arminius über und über blutig auf einem Sofa ausgestreckt lag.

»Hat er eine Kugel bekommen?« fragte Marcel.

»Ja!« bestätigte Octave.

Marcel trat an Arminius heran.

»Er ist tot!« sagte er.

»Meiner Treu', er hat's verdient«, bemerkte Octave.

»Nun sind wir Herren des Platzes«, rief Marcel. »Jetzt laß uns eine sorgfältige Untersuchung vornehmen. Zuerst Herrn Schultzes Kabinett!«

Von dem Wartezimmer aus, wo sich der letzte ernsthafteste Akt abspielte, folgten die beiden jungen Leute nun der Reihe von Zimmern, die zum Allerheiligsten des Stahlkönigs führten.

Octave staunte über alle die Wunder, welche ihm entgegentraten.

Marcel lächelte nur und öffnete nach und nach alle Türen bis zu dem grün und goldenen Salon.

Er erwartete wohl, hier etwas Neues zu finden, doch nimmermehr ein so eigentümliches Bild, wie es sich jetzt seinen Blicken bot. Man hätte meinen sollen, das Zentralpostamt von New York oder Paris wäre geplündert worden und man hätte alles bunt durcheinander in diesen Salon geworfen. Allüberall lagen Briefe, versiegelte Pakete auf dem Schreibtisch, auf allen Möbeln und dem Fußboden umher. Bis ans Knie versank man in dieser Überschwemmung. Die ganze, alle Geldangelegenheiten, die Fabrik oder auch nur die eigene Person des Herrn Schultze betreffende Korrespondenz, die sich tagtäglich in dem Briefkasten an der Parkmauer angesammelt hatte, war von Arminius und Sigimer getreulich hierher gebracht worden und füllte nun das Privatkabinett des Herrn.

Wie viele Anfragen, Schmerzen, ängstliche Erwartung, Elend und Tränen mochten diese stummen, kleinen Papiere mit der Adresse des Herrn Schultze wohl verbergen! Wie viele Millionen auch in Papiergeld, Wechseln, Anweisungen und Rechnungen aller Art! ... Alles das schlief jetzt gleichsam bewegungslos wegen der Abwesenheit der einzigen Hand, welcher das Recht zustand, diese schwachen und doch unverletzlichen Hüllen zu lösen.

»Es handelt sich nun darum«, sagte Marcel, »die verborgene Tür zum Laboratorium aufzufinden!«

Er begann also die Bücher der reichhaltigen Bibliothek wegzuräumen. Vergebens. Es gelang ihm nicht, den geheimen Eingang, den er früher in Begleitung des Herrn Schultze passiert hatte, wieder aufzufinden. Fruchtlos rüttelte er an allen Gestellen und sprengte sie mit einer aus dem Kamine entnommenen Eisenstange los. Vergeblich klopfte er an die Mauer, um irgendwo einen hohlen Klang zu vernehmen. Offenbar hatte

Schultze im Bewußtsein, nicht mehr der einzige Kenner jener Tür zu seinem Laboratorium zu sein, dieselbe überhaupt beseitigt.

Notwendigerweise mußte er dafür aber eine andere hergestellt haben.

»Aber wo?« fragte sich Marcel. »Es kann nur hier sein, da Arminius und Sigimer die Briefschaften in diesen Raum beförderten. In diesem Salon muß Herr Schultze sich auch nach meinem Weggange aufgehalten haben. Ich kenne seine Gewohnheiten gut genug, um zu wissen, daß er nach Vermauerung des alten Zuganges einen anderen in unmittelbarer Nähe und geschützt vor indiskreten Blicken haben mußte . . . Sollte sich unter dem Teppich eine Falltüre befinden?«

Der Teppich erwies sich als unverletzt. Man hatte ihn auch nicht vom Boden abgelöst und aufgenommen. Das Tafel für Tafel untersuchte Parkett zeigte ebenfalls nichts Verdächtiges.

»Wer sagt dir, daß sich die Öffnung in diesem Raume befindet?« fragte Octave.

»Ich bin davon überzeugt!« erwiderte Marcel.

»Dann bleibt mir nichts übrig, als die Decke zu untersuchen!« antwortete Octave auf einen Stuhl steigend.

Er beabsichtigte, den Kronleuchter zu erklettern und die Rosette um denselben mit Kolbenstößen zu untersuchen.

Kaum hing indes Octave an dem vergoldeten Leuchter, als er denselben zu seinem höchsten Erstaunen herabsinken sah. Ein Stück der Decke folgte nach und ließ eine gähnende Öffnung zurück, aus welcher eine leichte stählerne Leiter bis zum Parkett herabglitt.

Das Ganze sah aus wie eine Einladung zum Hinaufsteigen.

»Aha, da haben wir's ja!« sagte Marcel gelassen und schwang sich, sein Genosse dicht hinter ihm, auf die Leiter.

Achtzehntes Kapitel

Des Rätsels Lösung

Die oberste Stufe der schwachen Leiter reichte bis zum Fußboden eines geräumigen, kreisrunden, nach allen Seiten abgeschlossenen Saales, der ohne einen blendend weißen, durch ein Rundfenster im Fußboden heraufströmenden Lichtglanz vollkommen finster gewesen wäre. Jene Glasscheibe glich etwa dem Monde, wenn er, in Opposition zur Sonne stehend, in vollster Klarheit leuchtet.

Das tiefste Schweigen herrschte zwischen den dunklen starken Mauern. Die beiden jungen Männer glaubten im Vorraume einer Totengruft zu wandeln.

Marcel zauderte unwillkürlich einen Augenblick, bevor er sich über die glänzende Scheibe beugte. Er nahte sich endlich seinem Ziele. Hier mußte sich, da sagte ihm eine untrügliche Ahnung, das Geheimnis, welches unheimlich über Stahlstadt lagerte, endlich vor seinen Augen offenbaren!

Bald hatte er jedoch dieses erklärliche Zögern überwunden. Octave und er knieten neben dem Glase nieder und neigten den Kopf darüber, so daß sie den unter ihnen befindlichen Raum nach allen Seiten übersehen konnten.

Da bot sich ihren Blicken ein ebenso entsetzliches als unerwartetes Bild.

Die auf beiden Seiten schwach konvexe, also einer Linse ähnliche Scheibe vergrößerte alle durch dieselbe gesehenen Gegenstände ganz gewaltig.

Hier lag nun Herr Schultzes Laboratorium offen vor ihnen. Das intensive Licht, welches wie aus der Laterne eines Leuchtturmes durch die Glaslinse strahlte, rührte von einer doppelten elektrischen Lampe her, die in ihrer luftleeren Glocke noch immer fortbrannte, da sie ein mächtiger galvanischer Strom ununterbrochen ernährte. Mitten in dem Zimmer und in blendendem Glanze saß, durch die Strahlenbrechung der Linse enorm vergrößert – ähnlich einer Sphinx aus der lybischen Wüste – eine regungslose menschliche Gestalt.

Ringsumher bedeckten Sprengstücke eines Geschosses den Boden.

Hier war kein Zweifel möglich!... Da saß Herr Schultze, noch immer erkennbar an dem schrecklichen Hohnlachen um den Mund, wie an den weißen Zähnen, aber Schultze in Riesengestalt, den die Explosion einer seiner furchtbaren Mordwaffen gleichzeitig erstickt und durch eine entsetzliche Kälte versteinert hatte.

Der Stahlkönig beugte sich ein wenig über seinen Tisch, mit einer Riesenfeder, welche mehr einer Lanze gleichkam, in der Hand, und schien noch zu schreiben. Ohne den stieren Blick seiner erweiterten Pupillen und die Unbeweglichkeit seines Mundes hätte man ihn wohl für lebend halten können. Wie die Mammuts, welche man zuweilen im Eise der Polarländer findet, ruhte diese Leiche hier, seit einem Monat jedem menschlichen Auge entrückt. Neben derselben befand sich noch alles in gefrorenem Zustande, die Reagentien in den Probiergläsern, das Wasser in den Rezipienten, das Quecksilber in den Thermometerkugeln.

Trotz seines Entsetzens über diesen Anblick fühlte Marcel doch eine gewisse Befriedigung, daß es ihm vergönnt gewesen war, das Innere dieses Laboratoriums schon von außen haben übersehen zu können, denn im anderen Falle würden Octave und er gewiß ebenfalls von einem plötzlichen Tode überrascht worden sein.

Wie konnte sich aber dieser fürchterliche Zufall überhaupt ereignen? Marcel erriet das sehr bald, als er erkannte, daß die auf dem Fußboden verstreuten Sprengstücke des Geschosses aus kleinen Glasscherben bestanden. Die innere Umhüllung, welche die flüssige Kohlensäure in den erstickenden Geschossen des Herrn Schultze enthielt, bestand mit Rücksicht auf den furchtbaren Druck, die sie auszuhalten hatte, aus sogenanntem gehärteten Glase, ein Produkt, das die Widerstandsfähigkeit des gewöhnlichen Glases wohl um das Zehn- bis Zwölffache übertraf. Jenes nur erst kurze Zeit bekannte Erzeugnis leidet aber an einem bisher noch nicht völlig erklärten Fehler, dem nämlich, daß es, wahrscheinlich infolge irgendeiner Molekularveränderung seiner Substanz, manchmal ohne jeden nachweisbaren Grund scheinbar von selbst explodiert. Vielleicht mochte auch der ungeheure innere Druck dazu beigetragen haben, das in des Stahlkönigs Laboratorium gebrachte Geschoß zu zersprengen. Die plötzlich befreite Kohlensäure erzeugte dann, streng nach physikalischen Gesetzen, indem sie wieder in Gasform überging, eine unerträgliche Erniedrigung der umgebenden Temperatur.

Auf jeden Fall mußte die Wirkung dieses Unfalles eine wahrhaft blitzartige sein. Herrn Schultze überraschte der Tod in derselben Stellung, die er im Momente der Explosion innehatte, indem er durch eine Kälte von über hundert Grad unter Null sofort mumifiziert wurde.

Marcels Aufmerksamkeit erregte jetzt aber besonders die Wahrnehmung, daß der König von Stahlstadt mitten im Schreiben den Tod gefunden hatte.

Was mochte er wohl dem Papier mit jener Feder, die er noch immer in der Hand hielt, anvertraut haben? Es hätte gewiß die Neugier eines jeden gereizt, den letzten Gedanken, die letzten Worte eines so eigenartigen Mannes zu erfahren.

Wie konnte man aber zu jenem Papier gelangen? Zunächst war überhaupt nicht daran zu denken, durch Zerdrücken der Glaslinse sich Eingang in das Laboratorium selbst zu verschaffen. Die darin unter gewaltigem Drucke eingeschlossene Kohlensäure wäre unzweifelhaft nach außen entwichen und hätte jedes lebende Wesen umhüllt und rasch erstickt. Auf diese Weise wäre man also nur einem gewissen Tode entgegengegangen, und offenbar stand die Gefahr in keinem Verhältnis zu den Vorteilen, welche der Besitz jenes Papieres versprach.

Erschien es nun so gut wie unmöglich, Herrn Schultzes Leichnam die letzten von seiner Hand geschriebenen Zeilen zu entreißen, so konnte man dieselben vielleicht von außen entziffern, da sie durch die Strahlenbrechung der Linse vergrößert erschienen und von dem mächtigen Scheine der zwei elektrischen Lampen tageshell erleuchtet waren.

Marcel kannte ja Herrn Schultzes Handschrift, und nach mehreren vergeblichen Versuchen gelang es ihm wirklich, die folgenden Zeilen zu enträtseln.

So wie alles, was Herr Schultze aufzeichnete, enthielten auch diese mehr einen Befehl als etwa eine Instruktion.

»Ordre an B. K. R. Z., binnen vierzehn Tagen mit der gegen France-Ville ausgerüsteten Expedition aufzubrechen. – Gleich nach Empfang dieser Ordre die von mir vorbereiteten Maßregeln zur Ausführung zu bringen. – Das diesmalige Experiment muß vernichtend und vollständig wirken. – Ändern Sie kein Jota an meinen Anordnungen. – Ich will, daß France-Ville nach vierzehn Tagen eine tote Stadt und kein Bewohner derselben am Leben sei. – Ich brauche ein modernes Pompeji und will damit Schrecken und Bestürzung über die ganze Welt verbreiten. – Wenn mein Befehl richtig ausgeführt wird, so wird dieser Erfolg unzweifelhaft erreicht.

Die Leichen des Doktor Sarrasin und Marcel Bruckmann werden Sie hierher senden. – Ich will Sie sehen und besitzen.

Schultz . . .«

Die Unterschrift war unvollendet; das »e« am Ende und der gewöhnliche Zug unter dem Namen fehlten noch.

Stumm und regungslos standen Marcel und Octave eine Zeitlang diesem fremdartigen Anblick gegenüber, die entsetzten Zeugen der Berufung eines bösen Geistes vor das ewige Gericht, eines Geistes, dessen Bestrebungen sich in unerhört phantastischen Regionen verloren.

Endlich mußten sie sich doch dieser traurigen Szene entreißen. Tief im Innern erregt, verließen die beiden Freunde den Saal über dem unheimlichen Laboratorium.

In diesem Grabe, in dem vollkommene Dunkelheit herrschen mußte, wenn die Lampen nach dem Aufhören des elektrischen Stromes verlöschten, sollte also der Leichnam des Stahlkönigs allein ruhen, erstarrt und vertrocknet wie eine Mumie aus der Pharaonenzeit, welche auch zwanzig Jahrhunderte noch nicht zu Staub zu verwandeln vermochten ...

Eine Stunde später, und nachdem sie auch Sigimer, der sich über die wiedergeschenkte Freiheit herzlich befriedigt zeigte, wieder losgebunden, eilten Octave und Marcel aus Stahlstadt hinweg und schlugen den Weg nach France-Ville ein, wo sie am Abend glücklich anlangten.

Doktor Sarrasin arbeitete eben in seinem Kabinett, als man ihm die Rückkehr der beiden jungen Leute meldete.

»Laßt sie herein«, rief er, »schnell herein!«

Sein erstes Wort, als er der beiden ansichtig wurde, war:

»Nun?«

»Die Nachrichten, welche wir von Stahlstadt bringen, Herr Doktor«, begann Marcel, »sind derart, daß sie uns für lange Zeit Ruhe sichern. Herr Schultze ist nicht mehr! Herr Schultze ist tot!«

»Tot!« rief Doktor Sarrasin.

Nachdenklich und ohne ein Wort zu sprechen, stand der gute Doktor eine Weile vor Marcel.

»Mein Kind«, sagte er darauf mit weicher Stimme, »begreifst du, daß diese Neuigkeit, welche mich erfreuen sollte, da sie uns von dem befreit, was ich am meisten verabscheue, von dem Kriege und noch dazu von dem ungerechtesten, grundlosesten Kriege, begreifst du, daß sie mir im Gegenteil recht nahegeht? Warum mußte dieser Mann mit so hervorragenden Geistesgaben unser

Feind sein? Warum widmete er seine so seltenen Eigenschaften nicht dem Wohle seiner Mitmenschen? Wieviel Kraft wurde hier verschwendet, welche so nutzbringend hätte verwendet werden können, wenn sie sich mit der unsrigen zum Heile der Allgemeinheit verband! Sieh, das kam mir zuerst in den Sinn, als du sagtest: ›Herr Schultze ist tot!‹ Doch, nun erzähle, mein Freund, was du von dessen unerwartetem Ende weißt.«

»Herr Schultze fand seinen Tod«, berichtete Marcel, »in dem geheimnisvollen Laboratorium, das er mit diabolischer Schlauheit so eingerichtet hatte, daß während seines Lebens kein anderer dahinzudringen vermochte. Kein Mensch kannte dessen Vorhandensein, und folglich war es auch unmöglich, daß ihm jemand hätte zu Hilfe eilen können. Er fiel als das Opfer der unerhörten Konzentration aller Kräfte in seiner Hand, auf die er so großen Wert legte, um allein der Schlüssel seiner ganzen Schöpfung zu sein, dieser Konzentration, welche sich zu der von Gott bestimmten Stunde gegen ihn und sein Werk selbst kehrte!«

»Das konnte nicht anders kommen«, antwortete Doktor Sarrasin. »Herr Schultze ging von völlig falschen Voraussetzungen aus. Die beste Regierung ist doch offenbar nur diejenige, deren Leiter nach seinem Tode leicht durch einen anderen ersetzt werden kann, und welche ungestört fortarbeitet, weil es in deren Räderwerk kein Geheimnis gibt.«

»Sie werden sehen, Herr Doktor«, bemerkte Marcel, »daß das, was in Stahlstadt geschehen ist, den schlagendsten Beweis für diese ihre Worte bilden wird. Ich sah Herrn Schultze oft genug vor seinem Schreibtische, dem Zentralpunkt, von dem alle Befehle ausgingen, denen Stahlstadt gehorchte, ohne daß dabei je ein anderer Mensch zu Rate gezogen worden wäre. Auch der Tod überraschte ihn in seiner gewohnten Beschäftigung, so daß er noch alle Kennzeichen des Lebens hatte und ich jeden Augenblick erwartete, das Gespenst mich anreden zu hören! . . . Der Erfinder ist aber als Märtyrer seiner

Erfindung gefallen! Vernichtet durch eines jener Geschosse, mit dem er unsere Stadt verderben wollte. Die Waffe zerbrach in seiner Hand, als er beim letzten Worte des Befehls zum Angriffe war. Hören Sie!«

Marcel las mit lauter Stimme die von Herrn Schultzes Hand geschriebenen Zeilen vor, von welchem er eine Kopie entnommen hatte.

»Dann setzte er hinzu:

»Außerdem überzeugte mich von dem Ableben des Herrn Schultze aber auch noch die Beobachtung, daß alles Leben rings um ihn erstorben war. In Stahlstadt atmete keine Seele mehr! Wie in dem Zauberschloß Dornröschens hatte der Schlaf alles überfallen, alle Bewegung gehemmt. Die Lähmung des Herrn lähmte gleichzeitig die Diener und erstreckte sich sogar bis auf die toten Maschinen.«

»Ja wahrhaftig«, rief da Doktor Sarrasin, »es gibt eine göttliche Gerechtigkeit! Gerade als er einen unerhörten Angriff gegen uns plante, als er die Federn zu sehr anspannte, da mußte Herr Schultze unterliegen!«

»Gewiß«, erwiderte Marcel; »doch nun, Herr Doktor, denken wir nicht an die Vergangenheit, sondern an die Gegenwart. Schultzes Tod bedeutet für uns den Frieden. Er bedeutet auch den Untergang des von ihm geschaffenen, übrigens wunderbaren Werkes, aller Voraussicht nach das Ende desselben. Unklugheiten so kolossaler Art, wie alles, was der Stahlkönig erdachte, haben es untergraben. Einerseits verblendet durch den Erfolg und andererseits durch seinen Haß gegen Frankreich und gegen Sie, hat er allen, von denen er eine feindliche Gesinnung gegen uns annehmen konnte, ohne hinreichende Sicherstellung ungeheure Waffenvorräte geliefert. Trotzdem aber, und obgleich die Berichtigung dieser Außenstände sehr lange auf sich warten lassen dürfte, glaube ich, daß eine feste Hand imstande sein müßte, Stahlstadt wieder aufzurichten und alle jene Kräfte, welche jetzt nur der Zerstörung dienten, für bessere Zwecke nutzbar zu machen. Herr Schultze hat nur einen in Betracht kommenden Erben, Doktor, und dieser Erbe sind Sie. Sein Werk darf nicht untergehen. Man glaubt in der Welt nur allzu gern, daß bloß der Untergang einer rivalisierenden Macht von Vorteil sein könne. Das ist doch nicht der Fall, und Sie werden, hoffe ich, mit mir übereinstimmen, daß es Pflicht ist, aus diesem ungeheuren Schiffbruch zu retten, was für das Wohlergehen der Menschheit zu retten ist. Dieser Aufgabe mich zu widmen, bin ich von ganzem Herzen bereit.«

»Marcel hat recht«, fiel hier Octave ein, indem er die Hand des Freundes drückte, »und ich verpflichte mich gern, unter seiner Leitung zu arbeiten, wenn mein Vater dem zustimmt.«

»Es sei euch gewährt, meine Kinder«, sagte Doktor Sarrasin, »ja, Marcel, an Kapital wird es uns nicht fehlen, und mit deiner Hilfe werden wir in dem wiedererstandenen Stahlstadt ein Arsenal von Hilfsmitteln besitzen, das uns für alle Zukunft vor jedem Angriff sicherstellt. Und so wie wir erstreben, die stärksten unter allen zu sein, so wollen wir auch trachten, stets Gerechtigkeit zu üben und die Wohltaten des Friedens und der Gerechtigkeit alle schätzen lehren, die mit uns in Berührung kommen. Oh, Marcel, welch schöne Träume! Und wenn ich mir sage, daß ich einen Teil derselben mit dir und durch dich zu erfüllen imstande bin, frage ich mich oft ... ja, ich frage mich, warum ich nicht zwei Söhne habe! ... Warum du nicht Octaves Bruder bist! ... Uns dreien würde nichts mehr unmöglich sein! ...«

Neunzehntes Kapitel

Eine Familienangelegenheit

Vielleicht ist im Laufe dieser Erzählung von den persönlichen Angelegenheiten der eigentlichen Helden derselben etwas zu wenig die Rede gewesen. Ein Grund mehr, jetzt um ihrer selbst willen ausführlicher auf dieselben zurückzukommen.

Der gute Doktor ging nicht so sehr im allgemeinen und in seinem Streben für die Menschheit auf, daß das Individuum für ihn entschwunden wäre, obwohl er hier nur seinen Idealen nachzujagen schien. Er erschrak also etwas über die Blässe, welche Marcels Antlitz bei seinen letzten Worten bedeckte. Seine Augen suchten in denen des jungen Mannes den Sinn dieser plötzlichen Erregung zu lesen. Das Stillschweigen des alten Praktikers hatte etwa die Bedeutung einer Frage an das Schweigen des jungen Ingenieurs, wobei der erstere zu erwarten schien, das jener dasselbe brechen würde; Marcel aber, der durch eine ungeheure Willensanstrengung seiner Herr geworden war, fand bald sein kaltes Blut wieder. Sein Teint hatte die natürlichen Farben wieder angenommen und seine Haltung war die eines Menschen, der die Fortsetzung einer Unterhaltung erwartet.

Doktor Sarrasin, der jetzt vielleicht selbst etwas über seine Worte an Marcel erschrak, näherte sich seinem jungen Freunde; dann nahm er dessen Arm, wie es ein Arzt zu tun pflegt, wenn er so nebenbei den Puls eines Kranken fühlen will.

Marcel ließ es sich willig gefallen, ohne daran zu denken, was der Doktor tat, und da er auch nicht sprach, begann sein alter Freund aus neue:

»Mein wackerer Freund, unsere Unterhaltung über die spätere Gestaltung Stahlstadts führen wir wohl gelegentlich weiter. Damit ist aber nicht ausgeschlossen, daß wir uns nicht mit der Verbesserung des Loses aller beschäftigten, und vorzüglich des Schicksals derjenigen, die man liebt und die unserem Herzen überhaupt am nächsten stehen. So halte ich z. B. den Augenblick für gekommen, dir von einem jungen Mädchen zu erzählen – deren Namen du später erfahren sollst –, was sie schon seit langer Zeit und seit einem Jahre wenigstens zum zwanzigsten Male ihrem Vater und ihrer Mutter antwortete, wenn die Rede auf das Heiraten kam. Alle diesbezüglichen Fragen waren übrigens so vorsichtig gestellt, daß wohl jede auf deren Erörterung hätte eingehen können, und doch antwortete das junge Mädchen Nein! und immer nur Nein!«

Da entzog Marcel, wie durch eine plötzliche Bewegung getrieben, seine Hand rasch der des Doktors. Sei es nun, daß sich derselbe von der Gesundheit seines Patienten hinreichend überzeugt, oder daß er es gar nicht bemerkt hatte, wie jener ihm seinen Arm und scheinbar sein Vertrauen entzogen, jedenfalls fuhr er in seiner Erzählung fort, ohne auf diesen kleinen Zwischenfall Rücksicht zu nehmen.

»›Nun, so sage uns endlich‹, drang die Mutter in die junge Person, von der ich spreche, ›die Gründe deiner fortwährenden Ablehnung. Erziehung, Vermögen, glückliche Verhältnisse, körperliche Vorzüge – du hast ja alles? Warum dies bestimmte, entschlossene rasche Nein! auf alle jene Fragen, welche du nicht einmal der Prüfung für wert zu halten scheinst? Du bist doch sonst nicht so peremptorisch!‹

Gegenüber diesem Vorwurf ihrer Mutter sah sich das junge Mädchen gezwungen, zu reden, und einmal entschlossen, das peinliche Schweigen zu brechen, sagte sie folgendes:

›Ich antworte dir, liebe Mutter, mit voller Offenherzigkeit ‚Nein‘, wie ich dir ‚Ja‘ antworten würde, wenn dieses Ja aus meinem Herzen kommen könnte. Ich stimme darin mit Euch vollkommen überein, daß eine große Anzahl der Partien, welche Ihr vorschlagt, nach vielen Seiten annehmbar erscheint; aber außer der Befürchtung, daß sich alle diese Anfragen vielmehr an die beste, d. h. die reichste Partie der Stadt wenden, als an meine Person, und daß dieser Gedanke mir nicht Lust macht, ja zu sagen, wage ich, da Ihr es wünscht, auszusprechen, daß darunter der Antrag sich nicht befindet, den ich erwartete, noch erwarte und der leider wohl sehr lange auf sich warten lassen wird oder auch niemals kommt.‹

›Was, Kind‹, rief die Mutter erstaunt, ›du bist . . .‹

Sie vollendete den Satz nicht, da sie kein rechtes Ende desselben zu finden wußte, sondern warf nur einen zärtlichen Blick auf ihren Gatten, als ob sie auf dieser Seite einen Ausweg und Hilfe suchte.

Ob dieser nun auf die Sache nicht eingehen wollte, oder wünschte er vielleicht, daß darüber erst Mutter und Tochter etwas klarer werden möchten, jedenfalls schien er den Blick nicht zu verstehen, obwohl das arme Kind tief errötend und jetzt scheinbar auch etwas erregt, nun plötzlich noch weiterging.

›Ich sagte dir, meine Herzensmutter‹, fuhr sie fort, ›daß die Anfrage, welche ich erwartete, noch sehr lange auf sich warten lassen könnte oder auch niemals erfolgt. Ich gestehe dir, daß diese Verzögerung mich weder verwundern noch kränken wird. Ich habe, sagt man, das Unglück, reich zu sein; der, welcher jene Frage stellen sollte, ist dagegen sehr arm; deshalb hat er bis jetzt geschwiegen und sehr recht getan. Ich muß vielmehr abwarten, ob . . .‹

›Warum sollen wir ihm aber nichts andeuten‹, fiel ihr die Mutter ins Wort, welche die Worte, die sie von der Tochter zu hören fürchtete, von deren Lippen nehmen wollte.

Da mischte sich der Vater des Mädchens ein.

›Meine beste Freundin‹, sagte er, die beiden Hände seiner Gattin liebevoll fassend, ›eine um ihre Tochter so zärtlich besorgte Mutter wie du, rühmt vor dieser, wenn sie in die Welt eintritt oder doch nahe daran ist, nicht ungestraft die Vorzüge eines jungen wackern Mannes, der fast zu unserer Familie gehört, macht nicht ungehört auf die Achtbarkeit seines Charakters aufmerksam oder stimmt ihrem Gatten mit Eifer zu, wenn dieser Gelegenheit nimmt, dessen Fähigkeiten hervorzuheben, wenn er mit Wärme von den tausend Beweisen rührender Anhänglichkeit spricht, die er von demselben empfangen hat. Wenn diejenige, die diesen jungen Mann vor Augen hat, der von Vater und Mutter allen anderen vorgezogen wird, ihn selbst nicht bemerkt hätte, so hätte sie eben vollkommen gegen Recht und Pflicht gehandelt.‹

›Ach, mein Vater‹, rief das junge Mädchen, während sie sich ihrer Mutter in die Arme warf, um ihre Erregung zu verbergen, ›wenn du mich durchschaust, warum zwingt ihr mich, selbst zu sprechen?‹

›Warum? Ei, um die Freude zu haben, dich zu hören, mein Töchterchen, um mich zu überzeugen, daß ich mich nicht täusche, um dir sagen zu können, und von deiner Mutter sagen zu lassen, daß wir den Weg billigen, den dein Herz betreten, daß deine Wahl uns entzückt; und was den armen und stolzen Mann betrifft, der den Antrag machen sollte, dem seine zarte Zurückhaltung widerstrebt, so werde ich diese Frage an ihn stellen... Ja, ja, ich werde es tun, da ich in seinem Herzen gelesen habe wie in dem deinigen! Beruhige dich also! Bei der ersten sich darbietenden Gelegenheit werde ich Marcel fragen, ob es ihm recht ist, mein Schwiegersohn zu werden!‹...«

Diese unerwartete Anrede, welche ihm plötzlich die Augen öffnete, schnellte Marcel wie eine Feder empor. Octave hatte schweigend seine Hand gedrückt, während Doktor Sarrasin ihn in seine Arme preßte. Der junge Elsässer war bleich wie der Tod. Ist das aber nicht die Farbe, die das Glück stets auf die Wangen treibt, selbst bei den stärksten Seelen, wenn es in das Herz einzieht, ohne: Vorsehen! gerufen zu haben?...

Zwanzigstes Kapitel

Schluß

France-Ville ist nun von jeder Unruhe frei, in Frieden mit allen Nachbarn, weise verwaltet, glücklich mit seinen gesitteten Bewohnern und blüht im eigenen Glücke empor. Sein wohlverdientes Gedeihen erregt bei niemandem Neid, seine Stärke schützt es vor ungerechten Angriffen.

Stahlstadt war nichts als eine ungeheure Werkstatt, eine gefürchtete Zerstörungsmaschine in der eisernen Hand des Herrn Schultze, jetzt ist durch Marcel Bruckmanns Bemühen die Liquidation vollendet, ohne daß jemand dabei geschäditgt worden wäre, und nun ist es ein Zentralpunkt ohnegleichen geworden, der befruchtend auf alle Zweige der Industrie wirkt.

Seit einem Jahre ist Marcel der glückliche Gatte Jeannes, und die Geburt eines Kindes setzte ihrem Glücke noch die Krone auf.

Octave hat sich unter der Leitung seines Schwagers noch weiter trefflich entwickelt und unterstützt jenen mit voller Kraft. Seine Schwester geht jetzt damit um, ihn an eine ihrer Freundinnen zu verheiraten, welche neben hübscher Erscheinung auch gesunden Menschenverstand und Willensstärke genug besitzt, ihn vor etwaigen Rückfällen zu bewahren.

Die Wünsche des Doktors und seiner Gattin sind in Erfüllung gegangen, und sie würden sozusagen auf dem Gipfel des Glücks und des Ruhmes stehen – wenn der Ruhm in dem Programm ihres edlen Ehrgeizes nur überhaupt eine Stelle gefunden hätte.

Schließlich dürfen wir wohl versichern, daß für die Zukunft, dank den Bemühungen des Doktor Sarrasin und Marcel Bruckmanns, bestens gesorgt ist und daß das Beispiel von France-Ville und Stahlstadt, der Musterstadt und Musterwerkstatt, auch für spätere Generationen nicht verloren sein wird.

Die Meuterer von der »Bounty«.*

Erstes Kapitel

Die Aussetzung

Kein Lufthauch weht, kein Fältchen kräuselt das weite, weite Meer, kein Wölkchen irrt über den klaren Himmel. Die glänzenden Sternbilder der südlichen Halbkugel leuchten in unvergleichlicher Reinheit. Schlaff hängen die Segel der »Bounty« an den Masten des unbewegten Schiffes, und das Licht des Mondes, das vor der allmählich heraufdrängenden Morgenröte erblaßt, schimmert geisterhaft im grenzenlosen Raume.

Die »Bounty«, ein Schiff von 250 Tonnen mit einer Besatzung von 46 Mann, hatte Spithead am 23. Dezember 1787 verlassen unter dem Befehle des Kapitäns Bligh, eines erfahrenen, aber etwas rohen Seemannes, der den berühmten Cook bei dessen letzter Entdekkungsreise begleitet hatte.

Die »Bounty« war bestimmt, den auf Tahiti in großen Mengen vorkommenden Brotfruchtbaum nach den Antillen überzuführen. Sechs volle Monate lag William Bligh damals in der Bai von Matavai, um etwa tausend Stück jener Bäume zu laden, und schlug nun, nach kurzem Aufenthalt bei den Inseln der Freunde, den Weg nach Westindien ein.

Schon wiederholt hatte der mißtrauische und jähzornige Charakter des Kapitäns zwischen diesem und einigen seiner Offiziere sehr unangenehme Auftritte hervorgerufen. Die Ruhe, welche am 27. April 1787 bei Sonnenaufgang an Bord der »Bounty« herrschte, ließ jedoch die sehr ernsten Vorkommnisse, welche so bald eintreten sollten, nicht im mindesten voraussehen.

*Dem Leser diene zur Nachricht, daß die folgende kurze Erzählung keineswegs erdichtet ist. Alle Einzelheiten sind den Marine-Annalen Englands entnommen. Die Wirklichkeit bietet eben zuweilen so romantische Vorkommnisse, daß jede weitere Zutat der Phantasie unnötig wird.

Alles erschien so friedlich, als sich plötzlich auf dem ganzen Schiffe eine unerwartete Bewegung bemerkbar machte. Einzelne Matrosen traten zusammen, wechselten einige flüchtige Worte und verschwanden wieder geräuschlosen Schrittes.

Gilt es nur der Ablösung der Morgenwache? Ist auf dem Schiffe sonst etwas geschehen?

»Vor allem keinen Lärm, meine Freunde«, sagt Fletcher Christian, der zweite Offizier der »Bounty«, halblaut. »Ihr, Bob, ladet Eure Pistole, doch schießt nicht ohne meinen Befehl. Ihr, Churchill, nehmt die Axt und sprengt nötigenfalls damit die Tür zur Kapitänskabine. Doch, ich wiederhole es, ich muß ihn lebend haben!«

Gefolgt von zehn mit Säbeln, Seitengewehren und Pistolen bewaffneten Matrosen, glitt Christian nach dem Zwischendeck hinab; hier blieb er, nach Ausstellung zweier Wachen vor der Kabine des Stewards und Peter Heywoods, des Hochbootsmannes und Midshipmans der »Bounty«, vor der Türe des Kapitäns stehen.

»Nun frisch, Jungens«, rief er, »stemmt die Schultern an!«

Die Tür gab unter dem gemeinsamen Druck nach, und die Matrosen drangen in die Kabine ein.

Vielleicht erschreckt durch die darin herrschende Dunkelheit oder dadurch, daß ihnen unwillkürlich das Gesetzwidrige ihrer Handlungsweise in den Sinn kam, zögerten sie einen Augenblick.

»Holla! Was gibt es? Wer erfrecht sich . . .?« rief der Kapitän, von seinem Lager aufspringend.

»Ruhe, Bligh!« fiel ihm Churchill ins Wort. »Ruhe, oder ich lasse dich knebeln!«

»Brauchst dich nicht erst anzuziehen«, fügte Bob hinzu. »Du wirst schon gut genug aussehen, wenn du an der Besan-Gaffel baumelst.«

»Bindet ihm nur die Hände auf den Rücken, Churchill«, mahnte Christian, »und laßt ihn nach dem Deck aufholen.«

»Der schlimmste Kapitän ist doch nicht im geringsten

zu fürchten, wenn man nur richtig mit ihm umzuspringen weiß!« bemerkte John Smith, der Philosoph der Bande.

Darauf stieg die ganze Rotte, ohne sich darum zu kümmern, ob die noch schlafenden Matrosen der letzten Wache darüber munter würden, die Treppe hinauf und erschien wieder auf dem Deck.

Es war eine ganz regelrechte Meuterei. Nur einer der Bordoffiziere, ein Midshipman Young, hatte mit den Rebellen gemeinschaftliche Sache gemacht.

Die unschlüssigen Leute von der Besatzung mußten für den Augenblick nachgeben, während die übrigen aus Mangel an Waffen und an einem Anführer nur die Zuschauer des Dramas blieben, das sich vor ihren Augen abspielen sollte.

Schweigsam standen jetzt alle auf dem Deck; sie beobachteten die zuversichtliche Haltung ihres Kapitäns, der halbbekleidet mit erhobenem Haupte durch die Männer ging, die sonst vor ihm erzitterten.

»Bligh«, begann da Christian mit rauher Stimme, »Ihr seid hiermit von Eurem Kommando abgesetzt.«

»Dazu habt Ihr kein Recht . . .«, erwiderte der Kapitän.

»Jetzt ist keine Zeit zu unnützen Erörterungen«, rief Christian, Bligh unterbrechend. »Ich bin augenblicklich der Vertreter für die gesamte Mannschaft der ›Bounty‹. Wir hatten England noch nicht verlassen, als wir schon Ursache hatten, uns über Eure beleidigenden Verdächtigungen, Euer rohes Auftreten zu beklagen. Wenn ich sage ›wir‹, so gilt das von den Offizieren ebenso gut wie von den Matrosen. Weder haben wir jemals die uns zukommende Genugtuung erlangen können, Ihr habt auch alle unsere Klagen verächtlich abgewiesen. Sind wir denn Hunde, um uns jeden Augenblick auf die gemeinste Weise beschimpfen und mißhandeln zu lassen? Kanaillen, Räuber, Lügner, Diebe . . . Euch war kein Ausdruck stark genug, keine Beleidigung schwer genug für uns! Wahrlich, man müßte eben kein Mensch sein, um ein solches Leben zu ertragen! Und habt Ihr etwa mich, Euren Landsmann, mich, der Eure Familie kennt und schon zwei große Reisen unter Eurem Befehle mitmachte, etwa damit verschont? Habt Ihr mich nicht erst gestern noch beschuldigt, ein paar erbärmliche Früchte gestohlen zu haben? Und nun gar die Leute! Für ein Nichts in Eisen gelegt! Wegen einer Kleinigkeit vierundzwanzig mit dem Tauende! Oh, es bezahlt sich alles in der Welt! Ihr seid uns gegenüber gar zu freigebig gewesen; jetzt, Bligh, kommt die Reihe an uns! Eure Beschimpfungen, Ungerechtigkeiten, alle die sinnlosen Beschuldigungen, die moralischen und physischen Qualen, die Ihr seit anderthalb Jahren auf Eure Mannschaft häuftet, jetzt sollt Ihr sie büßen, und zwar hart. Kapitän, Ihr seid von denen gerichtet, die Ihr maßlos beleidigtet, und Ihr seid verurteilt worden. – Ist es nicht so, Kameraden?«

»Ja, ja, zum Tode verurteilt!« riefen die meisten Matrosen mit drohenden Gebärden gegen den früheren Kapitän.

»Einige waren der Ansicht, Kapitän Bligh«, fuhr Christian fort, »Euch zwischen Himmel und Wasser an einem Strick aufzuhissen. Andere schlugen vor, Euch mit der neunschwänzigen Katze zu Tode zu peitschen. Doch nein, denen fehlt es an Phantasie. Da bin ich auf etwas Besseres gekommen. Übrigens seid Ihr hier nicht der einzige Schuldige. Diejenigen, welche Eure Befehle, und wenn sie noch so grausamer Art waren, stets getreulich ausführten, würden doch nur mit größtem Widerwillen unter mir weiter dienen. Auch diese haben verdient, Euch zu folgen, wohin der Wind Euch treiben mag. – Die Schaluppe klar!«

Die letzten Worte Christians riefen zunächst ein unwilliges Gemurmel hervor, der darauf jedoch wenig zu achten schien. Kapitän Bligh, welchen auch jene Drohungen nicht aus der Fassung zu bringen vermochten, benutzte die augenblickliche Pause, um selbst das Wort zu ergreifen.

»Offiziere und Matrosen«, begann er mit fester Stimme, »in meiner Eigenschaft als Offizier der königlichen Marine und Befehlshaber der ›Bounty‹ protestiere ich feierlich gegen die Behandlung, die ihr mir angedeihen laßt. Habt ihr begründete Ursache, Euch über die Art und Weise meiner Führung zu beklagen, so laßt mich durch ein regelrechtes Kriegsgericht aburteilen. Ihr habt offenbar nicht überlegt, welch verbrecherische Wege ihr wandelt. Wenn ihr die Hand erhebt gegen euren Kapitän, empört ihr euch gegen geheiligte Gesetze, macht ihr euch jede Rückkehr in die Heimat unmöglich und setzt euch der Gefahr aus, als Seeräuber betrachtet zu werden! Früher oder später bedroht euch ein schimpflicher Tod, der Tod der Verräter und Rebellen! Im Namen eurer Ehre und des Gehorsams, den ihr mir geschworen, ermahne ich euch, zur Pflicht zurückzukehren!«

»Welche Gefahren uns drohen, wissen wir schon allein!« antwortete Churchill.

»Genug der Worte!« rief die Mannschaft, bereit nun, zu Taten überzugehen.

»Nun denn«, sagte Bligh, »wenn ihr ein Opfer haben wollt, so laßt es mich sein, mich allein! Die anderen, welche ihr in sinnloser Verblendung mit verdammt, haben ja nur meine Befehle ausgeführt, also selbst nichts verbrochen!«

Ein wüstes Geschrei übertönte die Stimme des Kapitäns, der darauf verzichten mußte, diese unerbittlichen Herzen zu rühren.

Inzwischen war alles bereit gemacht worden, die Befehle Christians auszuführen.

Da entstand noch eine lebhafte Unterhandlung zwischen dem zweiten Offizier und einigen der meuterischen Matrosen, welche Kapitän Bligh und seine Helfershelfer gänzlich unbewaffnet und ohne die geringste Nahrung ausgesetzt wissen wollten.

Einzelne – und darunter vorzüglich Churchill – meinten, es sollten noch mehr, als bestimmt war, von dem

Schiffe entfernt werden. Man müsse sich aller Leute entledigen, sagte er, die sich dem Komplott nicht angeschlossen hätten, also nicht als verläßlich zu betrachten seien. Es sei nur allein auf die zu rechnen, welche sich mit den vollendeten Tatsachen allseitig einverstanden erklären. Er selbst fühle noch die Knutenhiebe auf dem Rücken, die er erhalten, als er auf Tahiti habe entweichen wollen. Das beste und sicherste Mittel, ihn bald zu heilen, sei das, ihm den Kommandanten auszuantworten! . . . Er werde sich schon auf eigene Hand zu rächen wissen!

»Hayward! Hallett!« rief Christian, sich an die genannten beiden Offiziere wendend, ohne der Reden Churchills zu achten, »steigt in die Schaluppe hinab!«

»Was tat ich Euch zu Leide, Christian, um eine solche Behandlung zu verdienen?« fragte Hayward. »Ihr schickt mich in den Tod!«

»Jeder Widerspruch ist unnütz! Wollt Ihr gehorchen oder nicht? . . . Fryer, Ihr macht Euch ebenfalls fertig!«

Statt sich in die Schaluppe zu begeben, näherten sich diese Offiziere dagegen dem Kapitän Bligh, und Fryer, scheinbar der entschlossenste derselben, neigte sich zu ihm mit den Worten:

»Kommandant, wollen Sie versuchen, sich des Schiffes wieder zu bemächtigen? Freilich sind wir ohne Waffen, doch werden die Meuterer uns kaum zu widerstehen wagen. Was tut es, ob der oder jener von uns dabei fällt? Der Versuch ist zu wagen. Was meinen Sie dazu?«

Schon wollten sich die Offiziere auf die Empörer stürzen, die damit beschäftigt waren, die Schaluppe vollends ins Meer zu setzen, als Churchill, dem jene flüchtigen Worte nicht entgangen waren, sie mit einigen wohlbewaffneten Leuten umringte und mit Gewalt in die Schaluppe beförderte.

»Millward, Muspratt, Birket und ihr übrigen«, sagte Christian zu einigen an der Meuterei unbeteiligt gebliebenen Matrosen, »geht nach dem Zwischendeck und nehmt mit, was ihr da an Wertgegenständen habt! Ihr werdet Kapitän Bligh begleiten. Du, Morrison, überwachst mir die Kerle! Und Ihr, Purcell, holt Euer Zimmermannshandwerkzeug; ich gestatte Euch, es mitzunehmen.«

Zwei Masten mit den nötigen Segeln, einige Nägel, eine Säge, ein halbes Stück Segelzeug, vier kleine Fässer mit zusammen 125 Liter Wasser, 150 Pfund Schiffszwieback, 32 Pfund Salzfleisch, 6 Flaschen Wein, ebensoviel Rum und die Likörvorräte des Kapitäns, das war alles, was man den Ausgesetzten mit auf den Weg gab. Zuletzt warf man ihnen noch einige alte Säbel zu, verweigerte ihnen aber jede Feuerwaffe.

»Wo sind denn Heywood und Stewart?« fragte der Kapitän noch aus der Schaluppe herauf. »Haben sie mich verraten?«

Die Genannten waren dessen nicht schuldig, doch Christian beabsichtigte, beide an Bord zu behalten.

Jetzt überfiel den Kapitän doch eine gewiß verzeihliche Anwandlung von Mutlosigkeit und Schwäche, die indes nicht lange andauerte.

»Christian«, redete er diesen noch einmal an, »ich verpfände Euch mein Ehrenwort, alles Vorgefallene zu vergessen, wenn Ihr von diesem unmenschlichen Beschlusse absteht! Ich flehe Euch an, denkt an mein Weib, an meine Familie; was soll aus ihnen werden, wenn ich nicht mehr bin?«

»Hättet Ihr Ehre im Leibe«, erwiderte Christian, »so wäre es nicht dahin gekommen, wie es jetzt steht. Hättet Ihr nur selbst mehr an Eure Frau, Eure Familie und an die Angehörigen der anderen gedacht, so konntet Ihr gar nicht so hart, so ungerecht gegen uns handeln!«

Auch der Bootsmann versuchte noch, als er in die Schaluppe trat, Christian zu erweichen. Vergebens.

»Ich habe zu viel, zu lange gelitten«, antwortete letzterer mit Bitterkeit. »Ihr wißt nicht, was ich erduldete! Nein, das konnte keinen Tag mehr so fortgehen! Und übrigens wißt Ihr wohl nicht, daß ich, als zweiter Offizier, während der ganzen Reise wie ein Hund behandelt wurde! – Wenn ich mich jetzt von dem Kapitän Bligh befreie, den ich wahrscheinlich von Angesicht zu Angesicht nie wiedersehe, so will ich ihm, aus Mitleid, doch nicht jede Aussicht auf Rettung rauben. – Smith, geht nach der Kabine des Kapitäns und bringt ihm seine Kleidung, sein Patent, das Journal und sein Portefeuille. Dazu mag er meine Seekarten und meinen eigenen Sextanten erhalten. So wird es ihm vielleicht möglich werden, sich und seinen Gefährten auch in dieser bedenklichen Lage zu helfen!«

Christians Anordnungen wurden, nicht ohne einigen Widerspruch, zur Ausführung gebracht.

»Und nun, Morrison, laß die Leine schießen«, rief der zweite Offizier, jetzt der erste des Fahrzeugs, »und möge Gott Euch gnädig sein!«

Während die Meuterer dem Kapitän Bligh und dessen unglücklichen Gefährten ein spöttisches Lebewohl zuriefen, konnte Christian, der an der Schanzkleidung lehnte, die Augen von der sich entfernenden Schaluppe nicht abwenden. Der brave Offizier, dessen bisher so loyales und freimütiges Verhalten ihm das Lob aller Befehlshaber, unter denen er gedient, erworben hatte, war heute doch weiter nichts als der Anführer einer Bande von Seeräubern! Ihm war es nicht mehr vergönnt, seine bejahrte Mutter, die trauernde Braut oder die Ufer der Insel Man, seiner Heimat, je wiederzusehen. Er fühlte sich gesunken in der eigenen Achtung, entehrt in den Augen aller anderen! Die Reue folgte schon auf dem Fehltritt!

Zweites Kapitel

Die Ausgesetzten

Mit ihren achtzehn Insassen, Offizieren und Matrosen und dem nur geringen Vorrat an Proviant, ging die Schaluppe, welche Bligh jetzt trug, doch so tief, daß sie die Meeresoberfläche kaum um fünfzehn Zoll überragte. Bei einer Länge von einundzwanzig und einer Breite von sechs Fuß erschien sie zwar ganz geeignet zum Dienste der »Bounty«; aber eine so zahlreiche Besatzung zu tragen und eine so weite Fahrt zurückzulegen, konnte man wohl kaum ein ungeeigneteres Fahrzeug finden.

Im Vertrauen auf die Energie und Geschicklichkeit des Kapitän Bligh sowohl, als der mit ihnen das gleiche Los teilenden Offiziere, ruderten die Matrosen kräftig, und schnell durchschnitt die Schaluppe die Wellen.

Bligh war sich von Anfang an klar, was er zu tun habe. Zunächst galt es, so schnell als möglich die Insel Tofoa, die erste des benachbarten Archipels der Freunde, wieder zu erreichen, die sie erst wenige Tage vorher verlassen hatten; dort gedachte er Brotbaumfrüchte einzunehmen, den Wasservorrat zu erneuern und von da aus nach Tonga-Tabu zu steuern. Auf letzterer vermochte man sich zweifelsohne eine genügende Menge an Lebensmitteln zu verschaffen, um die Überfahrt nach den holländischen Besitzungen von Timor wagen zu können, wenn man aus Furcht vor den Eingeborenen auch die auf diesem Wege verstreuten zahllosen Inselgruppen meiden mußte.

Der erste Tag verlief ohne Zwischenfall, und mit einbrechender Nacht schon kamen die Küsten Tofoas in Sicht. Leider waren diese zu felsig und der Strand zu steil, um während der Nacht daselbst landen zu können. Man mußte also den Tag abwarten.

Bligh hielt streng darauf, die Provisionen der Schaluppe nicht ohne die dringendste Notwendigkeit in Anspruch zu nehmen. Die Insel sollte seinen Leuten und ihm die nötige Nahrung liefern. Das schien nicht so leicht zu sein, denn als sie ans Land stiegen, fanden sie zuerst keine Spur von menschlichen Wohnungen. Dennoch erschienen bald einige Eingeborene, welche infolge des gefundenen wohlwollenden Empfanges auch noch andere herbeiholten, durch deren Vermittlung etwas Trinkwasser und einige Kokosnüsse zu erlangen waren.

Bligh kam indessen in nicht geringe Verlegenheit. Was sollte er den Eingeborenen sagen, die schon bei der letzten Rast mit der »Bounty« verkehrt hatten? Jedenfalls mußte ihnen die Wahrheit verborgen bleiben, um nicht das Ansehen aufs Spiel zu setzen, das die Fremdlinge auf dieser Insel bisher genossen hatten.

Sollte er vorgeben, sie kämen nur, um für die auf hoher See zurückgebliebene »Bounty« Proviant zu holen? Das erschien unmöglich, da das Schiff, selbst vom Gipfel der benachbarten Hügel, nicht sichtbar war. Oder das Fahrzeug habe Schiffbruch gelitten und die Eingeborenen sähen in ihnen die einzigen Überlebenden des Unfalles? Das schien noch am glaublichsten. Vielleicht rührte es jene und veranlaßte sie, die Provisionen der Schaluppe noch weiter zu vervollständigen. Bligh ergriff also diese Ausflucht, so gefährlich sie auch schien, und verabredete sich mit seinen Leuten, damit alle bei einerlei Rede blieben.

Beim Anhören dieser Erzählung gaben die Eingeborenen jedoch weder ein Zeichen der Freude noch des Bedauerns zu erkennen. In ihren Gesichtern prägte sich nur ein unverhohlenes Erstaunen aus, das ihre Gedanken in keiner Weise erraten ließ.

Am 2. Mai vergrößerte sich die Anzahl der auch von anderen Inseln herbeigekommenen Eingeborenen ganz ungewöhnlich, und Bligh bemerkte bald, daß sie nichts Gutes im Schilde führten. Einige derselben versuchten sogar, das Boot auf das Ufer zu ziehen, und ließen davon nur bei dem ernsthaftesten Dazwischentreten des Kapitäns wieder ab, der sie mit einem Seitengewehre bedrohte. Inzwischen brachten einige seiner Leute, welche Bligh auf Kundschaft ausgeschickt hatte, drei Gallonen Wasser herbei.

Nun schien es Zeit, die ungastliche Insel zu verlassen. Mit Untergang der Sonne war alles bereit, doch konnte man zu der Schaluppe nur schwierig gelangen. Das Ufer bedeckte eine Menge Eingeborener, welche Steine aneinanderschlugen, offenbar bereit, mit denselben zu werfen. Die Schaluppe mußte sich demnach einige Toisen vom Ufer entfernt halten und durfte nur anlaufen, wenn alle sofort hineinspringen konnten.

Die durch diese kriegerischen Vorbereitungen nicht wenig beunruhigten Engländer drängten sich nun ans Ufer mitten durch die einige hundert Insulaner, welche nur ein Signal zu erwarten schienen, um sich auf sie zu werfen. Dennoch kamen alle glücklich in das Boot, als ein Matrose mit Namen Bancroft die unselige Idee hatte, noch einmal ans Ufer zurückzukehren, um etwas zu holen, was er da vergessen habe. Binnen einer Sekunde war der Arme umringt und mit Steinen erschlagen, ohne daß seine Gefährten wegen Mangels an Feuerwaffen ihm hätten Hilfe leisten können. Übrigens hagelte auch gleichzeitig auf sie selbst ein Regen von Steinen herab.

»Nun darauf, Jungens«, rief Bligh, »schnell an die Riemen und zieht scharf an!«

Da wateten auch die Eingeborenen ins Meer und überschütteten das Boot aufs neue mit einem Hagel von Strandsteinen. Mehrere Leute trugen dabei Wunden davon. Hayward ergriff jedoch einen in das Fahrzeug hineingefallenen Stein, zielte nach einem der Angreifer und traf ihn glücklich zwischen die Augen. Der Wilde stürzte mit einem Schrei zusammen, den die Engländer mit lautem Hurra beantworteten. Ihr unglücklicher Kamerad war gerächt.

Inzwischen stießen mehrere Pirogen vom Ufer ab und begannen sie zu verfolgen. Diese Jagd hätte natürlich mit einem bezüglich seines Ausganges nicht zweifelhaften Kampfe schließen können, als der Hochbootsmann einen glücklichen Einfall hatte. Gewiß ohne Ahnung davon, daß er damit Hippomenes in dessen Streite mit der Atlante nachahme, zog er seine Jacke aus und warf diese ins Meer. Die Eingeborenen blieben, die Beute für deren Schatten freigebend, beim Aufsuchen derselben etwas länger zurück, wodurch die Schaluppe Zeit gewann, die Spitze der Bai zu umschiffen.

Dazu ward es auch allmählich dunkel, und entmutigt gaben die Wilden bald ihre Jagd auf das Boot gänzlich auf.

Dieser erste Landungsversuch fiel also zu unglücklich aus, um zur Wiederholung eines solchen einzuladen; das war wenigstens die Ansicht des Kapitän Bligh.

»Jetzt gilt es, einen männlichen Entschluß zu fassen«, sagte er. »Der eben vorgekommene Auftritt wird sich ohne Zweifel in Tonga-Tabu und überall, wo wir etwa anzulegen versuchen, wieder erneuern. Unsere geringe Anzahl und der Mangel an Schußwaffen gibt uns stets der Gnade oder Ungnade der Eingeborenen preis. Ohne jede Tauschware vermögen wir Lebensmittel nicht einzuhandeln, und sind doch nicht imstande, uns diese mit Gewalt zu verschaffen. Wir bleiben eben darauf angewiesen, uns mit eigenen Mitteln durchzuhelfen, so gut es geht. Ihre alle wißt, so gut wie ich, wie mangelhaft diese bestellt sind! Tun wir aber nicht besser daran, uns mit denselben zu begnügen, als bei jeder versuchten Landung das Leben eines oder mehrerer von uns aufs Spiel zu setzen? Ich mag euch indes das furchtbar Bedrohliche unserer Lage nicht verhehlen. Um nach Timor zu gelangen, haben wir nahezu 1200 Meilen zurückzulegen und müssen dann täglich mit zwei Lot Schiffszwieback und einer Viertel Pinte Wasser auszukommen suchen. Nur um diesen Preis ist eine Rettung möglich und dann auch nur in dem Falle, daß ihr mir unweigerlich Folge leistet. Antwortet mir ohne Rückhalt! Seid ihr entschlossen zu diesem Wagnis? Schwört ihr, meinen Anordnungen, sie mögen lauten, wie sie wollen, stets nachzukommen? Versprecht ihr, jede Entbehrung ohne Murren zu ertragen?«

»Ja, ja, das schwören wir!« riefen einstimmig die Genossen des Kapitän Bligh.

»Meine Freunde«, fuhr dieser fort, »laßt unser gegenseitiges Unrecht, unsere Abneigung, unseren Haß vergessen sein. Widmen wir uns ohne persönlichen Groll dem Interesse aller, das uns allein leiten mag!«

»Wir versprechen es!«

»Wenn ihr ehrlich Wort haltet«, so schloß Bligh, »und nötigenfalls würde ich das zu erzwingen wissen, so stehe ich für unsere Rettung!«

Man schlug nun einen Kurs nach Ostnordosten ein. Der bisher ziemlich starke Wind gestaltete sich am Abend des 4. Mai zum Sturme. Die Wellen wuchsen dabei so sehr an, daß das Boot zwischen ihnen vollständig verschwand. Mit jedem Augenblicke steigerte sich die Gefahr. Durchnäßt und durchkältet hatten die Unglücklichen an diesem Tage zur Stärkung nichts anderes als eine Tasse Tee mit Rum und das Viertel einer halbverfaulten Brotfrucht.

Am nächsten Morgen, sowie während der folgenden Tage trat keinerlei Änderung ein. Das Boot glitt zwischen zahllosen Inseln und Eilanden dahin, von welchen da und dort Pirogen nach demselben abstießen.

Wollten sie es verfolgen oder versuchten sie nur Tauschhandel zu treiben? Im Zweifel darüber wäre es unklug gewesen, anzuhalten. Mit Hilfe ihrer von günstigem Winde geschwellten Segel ließ die Schaluppe jene auch bald weit hinter sich zurück.

Am 9. Mai brach ein furchtbares Gewitter los. Blitz und Donner folgten sich ohne Unterlaß. Der Regen stürzte in solchen Strömen herab, daß auch die heftigsten Gewitter unserer Klimate davon keine Vorstellung zu geben vermögen. An ein Trocknen der Kleidungsstücke war lange Zeit gar nicht zu denken. Da kam Bligh darauf, dieselben ins Meer zu tauchen und dadurch mit Salz zu tränken, um der Haut wieder etwas von der durch den Regen entzogenen Wärme wiederzugeben. Jedenfalls ersparten diese Platzregen, welche dem Kapitän und seinen Begleitern so vieles Ungemach verursachten, ihnen doch eine andere schreckliche Qual, nämlich die des brennenden Durstes, den die unausstehliche Hitze gewiß schnell hervorgerufen hätte.

Am 17. Mai, dem Morgen nach einem furchtbaren Unwetter, fingen aber doch alle zu klagen an.

»Wir werden unmöglich genug bei Kräften bleiben, um Neuholland zu erreichen«, jammerten alle einstimmig. »Durchnäßt vom Regen und von Anstrengungen erschöpft, finden wir ja keinen Augenblick Ruhe. Werden Sie jetzt, Kapitän, wo wir schon halb Hungers sterben, nicht die Rationen vergrößern? Was schadet es, wenn unsere Vorräte zu Ende gehen? In Neuholland werden wir sie ja leicht ersetzen können!«

»Nein, dem kann ich nicht zustimmen«, erwiderte Bligh, »das hieße als Toren zu handeln. Wie, jetzt nach Zurücklegung kaum der Hälfte des Weges nach Australien, seid ihr schon mutlos? Glaubt ihr denn, auf der Küste Neuhollands so leicht Lebensmittel zu finden? Da kennt ihr Land und Leute dort nur schlecht!«

In kurzen Zügen schilderte Bligh darauf die Natur des Bodens, die Sitten der Eingeborenen und die geringe Aussicht auf wohlwollenden Empfang seitens derselben, alles nach eigenen Erfahrungen von seinen Erdumsegelungen mit Kapitän Cook her darstellend. Noch einmal gaben sich seine beklagenswerten Leidensgefährten zufrieden und schwiegen still.

Während der folgenden vierzehn Tage blieb es klarer Sonnenschein, bei dem man wenigstens die Kleider trocknen konnte. Am 27. fuhr das Boot durch den Riffgürtel an der Ostseite Neuhollands. Hinter dieser madreporischen Kette lag das Meer ruhig, und einige Inselgruppen ergötzten das Auge mit ihrer exotischen Pflanzenpracht.

Mit großer Vorsicht ging man ans Ufer. Hier zeigten sich keine anderen Spuren von einem Aufenthalte Eingeborener, als alte Feuerstellen. Endlich winkte also eine ruhige Nacht auf festem Lande.

Aber essen, essen wollte jeder. Glücklicherweise entdeckte einer der Matrosen eine Austernbank. Das war einmal ein Schmaus!

Am folgenden Tage fand Bligh in der Schaluppe noch ein Vergrößerungsglas, einen Feuerstahl und Schwefelfaden. Jetzt konnte man also auch Feuer entzünden, um Wild oder Fische zu kochen.

Der Befehlshaber trennte nun seine Leute in drei Abteilungen; die eine sollte das Fahrzeug in gutem Stande erhalten, die beiden anderen aber zur Aufsuchung von Nahrungsmitteln ausziehen. Mehrere Leute beklagten sich darüber jedoch sehr bitter und wollten lieber das Essen entbehren, als sich in das Land hineinwagen.

Einer derselben, ein heftigerer und rücksichtsloserer Mensch als seine Kameraden, verging sich sogar noch weiter.

»Ein Mann gilt so viel wie der andere«, sagte er zu dem Kapitän, »und ich sehe nicht ein, warum Sie immer hier bleiben sollen, um der Ruhe zu pflegen! Wenn Sie Hunger haben, so suchen Sie sich selbst etwas zu essen. Für die Arbeit, die Sie hier verrichten, will ich gern Ihre Stelle vertreten!«

Bligh, der sich sagte, daß jede Anwandlung von neuer Meuterei im Keime erstickt werden müsse, ergriff sein Seitengewehr, warf dem Manne ein anderes zu und rief:

»Jetzt wehre dich deiner Haut, oder ich töte dich wie einen Hund!«

Dieses entschlossene Auftreten brachte den Unzufriedenen schnell wieder zu Verstand, und bald herrschte allgemeine Ruhe.

Während des hiesigen Aufenthaltes fehlte es den Insassen der Schaluppe nie an Austern, Kammuscheln und Trinkwasser.

Etwas weiter hin in der Endeavour-Straße kehrte zwar die eine Abteilung der Leute, welche Schildkröten und Meerschwalben hatte fangen wollen, mit leeren Händen zurück; die zweite brachte dagegen sechs Meerschwalben mit und hätte, ohne das zweckwidrige Benehmen eines der Jäger, der durch seine Entfernung von den anderen die Vögel vorzeitig verscheuchte, leicht noch mehr einfangen können. Jener Mann gestand übrigens später ein, daß er selbst neun Stück gefangen und auf der Stelle in rohem Zustande verzehrt habe.

Ohne die Lebensmittel und das Trinkwasser, die ihnen die Küste Neuhollands lieferte, wären Bligh und seine Gefährten ohne Zweifel umgekommen. Alle waren übrigens in elendem, abgezehrtem, kraftlosem Zustande – wahrhaft lebende Skelette.

Die Fahrt über das Meer nach Timor gestaltete sich nur zu einer schmerzlichen Wiederholung der Qualen, welche die Unglücklichen schon einmal ausgestanden hatten, bevor sie nach Neuholland gelangten.

Nur war die Widerstandsfähigkeit aller gegen früher merklich schwächer. Schon nach wenigen Tagen schwollen ihnen die Beine an. In diesem Zustande grenzenloser Schwäche überfiel sie überdies eine kaum zu widerstehende Schlafsucht, die Vorzeichen des Endes, das nicht lange auf sich warten lassen konnte. Da auch Bligh das durchschaute, verteilte er an die Kraftlosesten eine doppelte Ration und suchte ihnen auf jede Weise neue Hoffnung einzuflößen.

Endlich am Morgen des 12. Juni kam Timor in Sicht, nach einer unter so grauenvollen Verhältnissen zurückgelegten Fahrt von 3600 Meilen.

In Kupang fanden die Engländer die herzlichste Aufnahme. Hier verweilten sie zu ihrer Kräftigung zwei Monate lang. Dann begab sich Bligh mit einem erkauften kleinen Schoner nach Batavia, von wo er sich zur Heimkehr nach England einschiffte.

Am 14. März 1790 landeten die Ausgesetzten in Portsmouth. Die Erzählung der entsetzlichen Qualen, die sie erduldet, erweckte ihnen ebenso die allgemeine Sympathie wie den Abscheu aller Menschen von Gefühl gegen die Urheber jener Freveltat. Fast auf der Stelle befahl die Admiralität die Ausrüstung der Fregatte »Pandora«, mit vierundzwanzig Geschützen und hundertsechzig Mann Besatzung, und sandte diese zur Verfolgung der Meuterer von der »Bounty« aus. Der Leser wird aus dem Nachfolgenden erfahren, was aus diesen geworden ist.

Drittes Kapitel

Die Meuterer

Nachdem Kapitän Bligh auf hohem Meere ausgesetzt war, segelte die »Bounty« zunächst nach Tahiti. Sie erreichte an demselben Tage Tubuai. Das lachende Aussehen dieser kleinen, von einem madreporischen Felsengürtel umgebenen Insel veranlaßte Christian, daselbst zu landen; die Eingeborenen traten aber so drohend und feindselig auf, daß man davon absah.

Am 6. Juni 1789 ankerte man auf der Reede von Matavai. Die Tahitier verwunderten sich nicht wenig, als sie die »Bounty« wiedererkannten. Die Meuterer fanden hier dieselben Eingeborenen wieder, mit denen sie bei ihrem letzten Aufenthalte verkehrt hatten, und erzählten diesen eine Fabel, in welchen sie den Namen Cooks, der bei den Tahitiern noch in bestem Ansehen stand, geflissentlich einmischten.

Am 29. Juni segelten die Meuterer wieder nach Tubuai zu ab und bemühten sich nun, eine außerhalb der gewöhnlichen Schiffsstraßen gelegene Insel zu finden, deren Boden fruchtbar genug erschien, sie zu ernähren, und welche ihnen für die Zukunft hinreichende Sicherheit gewährte. So irrten sie von Archipel zu Archipel, überall Erpressungen und Verbrechen verübend, denen Christians Autorität nicht immer zu steuern vermochte.

Noch einmal kehrten sie, von der Fruchtbarkeit Tahitis und den sanften, zugänglichen Gewohnheiten der Bewohner desselben angelockt, nach der Insel Matavai zurück. Dort gingen zwei Drittel der Mannschaft ans Land. Noch an demselben Abend aber lichtete die »Bounty« die Anker und verschwand, ehe den ausgeschifften Matrosen nur der Verdacht aufstieg, daß Christian die Absicht haben könne, ohne sie abzufahren.

Sich selbst überlassen, hatten sich die Leute ohne große Schwierigkeiten bald auf verschiedenen Punkten der Insel angesiedelt. Der Schiffsmeister Stewart und der Midshipman Heywood, die beiden Offiziere, welche Christian mit der gegen Bligh ausgesprochenen Verurteilung verschont und gegen ihren Willen mitgenommen hatte, blieben in Matavai bei dem König Tippao, dessen Schwester Stewart bald darauf heiratete. Morrison und Millward begaben sich zu dem Häuptling Peno, der sie wohlwollend aufnahm. Die übrigen Matrosen verstreuten sich im Innern der Insel und gingen ebenfalls bald eheliche Verbindungen mit Tahitierinnen ein.

Churchill und ein wütender Narr namens Thompson kamen, nachdem sie allerlei Verbrechen verübt, selbst miteinander in Streit. Churchill wurde dabei getötet und Thompson von den Eingeborenen gesteinigt. So endeten zwei der Meuterer, welche an der Rebellion den meisten Anteil genommen hatten. Die anderen wußten sich dagegen durch ihre gute Aufführung bei den Tahitiern beliebt zu machen.

Morrison und Millward sahen freilich immer das Richtschwert über ihrem Haupte hängen und konnten auf dieser Insel nicht ruhig leben, wo sie zu leicht entdeckt zu werden fürchteten. Sie beschlossen also, einen Schoner zu bauen, auf dem sie hofften, Batavia zu erreichen, um sich dann mitten in der zivilisierten Welt zu verlieren. Mit acht ihrer Kameraden gelang es ihnen ohne andere Werkzeuge als mit denen des Zimmermannes nicht ohne Mühe, ein kleines Schiff herzustellen, das sie die »Resolution« tauften und in einer Bai hinter einem Landvorsprung Tahitis, der Venusspitze, einstweilen anlegten. Die absolute Unmöglichkeit aber, sich Segel zu verschaffen, verhinderte sie, in See zu stechen.

Während dieser Zeit kultivierte, im Gefühl ihrer Unschuld, Stewart einen Garten und sammelte Heywood Material zu einem Wörterbuch, das später den englischen Missionaren sehr wesentliche Dienste leistete.

Inzwischen waren achtzehn Monate vergangen, als am 23. März 1791 ein Schiff die Venusspitze umsegelte und in der Bai von Matavai vor Anker ging. Es war die von der englischen Regierung zur Verfolgung der Meuterer ausgesandte »Pandora«.

Heywood und Stewart eilten an Bord, gaben ihre Namen und frühere Stellung an und hoben natürlich hervor, daß sie an der Meuterei keinen Anteil gehabt hätten; man glaubte ihren Worten aber nicht, sondern legte sie in Ketten, so wie alle anderen, deren man habhaft wurde, ohne auch nur eine Untersuchung vorzunehmen. Mit abscheulichster Unmenschlichkeit behandelt, mit Ketten belastet und immer von einer Kugel bedroht, wenn sie sich der tahitischen Sprache untereinander bedienten, wurden sie in einem nur elf Fuß langen Kerker eingesperrt, der auf dem äußersten Hinterkastell seinen Platz fand und den ein Liebhaber der Mythologie die »Pandora-Büchse« nannte.

Am 19. Mai liefen die »Resolution«, die nun mit Segeln versehen worden war, und die »Pandora« auf das Meer aus. Drei Tage lang kreuzten die Fahrzeuge zwischen dem Archipel der Freunde, wo man Christian und die übrigen Rebellen verborgen glaubte. Die »Resolution« leistete, weil sie nur geringen Tiefgang hatte, während dieses Kreuzzuges sogar sehr wichtige Dienste; sie verlor sich aber von dem anderen Schiffe in der Gegend der Insel Chatam, und obwohl die »Pandora« mehrere Tage lang in Sicht derselben blieb, hörte man doch von ihr und den fünf Seeleuten, die sie führten, niemals ein Wörtchen wieder.

Die »Pandora« hatte mit ihren Gefangenen den Weg nach Europa eingeschlagen, stieß aber in der Torres-Enge auf eine Klippe und versank fast augenblicklich mit einunddreißig Matrosen und vier der Rebellen.

Die Mannschaft und diejenigen Gefangenen, welche sich aus dem Schiffbruche retteten, erreichten in der Nähe ein sandiges Eiland. Hier konnten Offiziere und Matrosen sich notdürftig unter einem Zelte bergen, während man die Meuterer, welche dem glühenden Sonnenbrand ausgesetzt waren, zur größeren Sicherheit und auch zur eigenen Erleichterung bis an den Hals in Sand eingrub.

Einige Tage blieben die Schiffbrüchigen auf diesem Eiland, dann kamen sie mittels der Schaluppe der »Pandora« nach Timor, wobei trotz der mißlichsten Umstände die strenge Bewachung der Gefangenen nicht einen Augenblick vernachlässigt wurde.

Im Juni 1792 in England angekommen, wurden die Meuterer vor ein Kriegsgericht unter dem Vorsitze des Admirals Hood gestellt. Sechs Tage nahmen die Verhandlungen in Anspruch und endeten mit der Freisprechung von vier Angeklagten und der Verurteilung anderere sechs zum Tode, wegen des Verbrechens der Desertion und Wegnahme des ihnen anvertrauten Schiffes. Vier der Verurteilten wurden an Bord eines Kriegsschiffes durch den Strang gerichtet, Stewart und Peter Heywood aber, deren Unschuld endlich an den Tag kam, vollkommen begnadigt.

Was war aber aus der »Bounty« geworden? Hatte sie mit dem Reste der Rebellen Schiffbruch gelitten? Darüber wußte niemand auch nur das geringste.

Im Jahre 1814, fünfundzwanzig Jahre nach den im Anfang dieser Erzählung geschilderten Auftritten, kreuzten unter Befehl des Kapitäns Staines zwei englische Kriegsfahrzeuge in Ozeanien. Sie befanden sich eben im Süden des Gefährlichen Archipels und in Sicht einer bergigen Insel vulkanischen Ursprungs, die schon Carteret bei seiner Erdumsegelung entdeckt und der er den Namen Pitcairn gegeben hatte. Sie bildete nur einen Kegel fast ohne Vorland, der sich steil aus dem Meere erhob und den bis zum Gipfel Palmenwälder und Dikkichte von Brotfruchtbäumen bedeckten. Nie war diese Insel bisher besucht worden; sie lag 1200 Meilen von Tahiti unter 25° 4′ südlicher Breite und 180° 8′ westlicher Länge, maß nur vierundeinhalb Meilen im Umfange, anderthalb Meilen der Länge nach und war nicht weiter bekannt, als was der Bericht Carterets über dieselbe enthielt.

Kapitän Staines beschloß, sie näher zu untersuchen und nach einem einigermaßen brauchbaren Landungsplatz an derselben auszuspähen.

Bei Annäherung an die Küste erstaunte er nicht wenig, Hütten und Anpflanzungen zu erblicken, während zwei Eingeborene vom Strande aus in ein Boot eilten, geschickt durch die Brandung ruderten und auf sein Schiff zukamen. Sein Erstaunen hatte aber keine Grenzen, als er sich plötzlich in reinstem Englisch anrufen hörte.

»He, Ihr da, werft uns doch ein Seil zu, damit wir an Bord kommen können!«

Kaum auf das Deck gelangt, wurden die beiden handfesten Ruderer von den erstaunten Matrosen umringt und mit einem Schwall von Fragen bestürmt, die sie kaum zu beantworten vermochten. Der Kommandant ließ sie vor sich führen und fragte sie nun erst ordentlich aus.

»Wer seid ihr?«

»Ich heiße Fletcher Christian und mein Kamerad heißt Young.«

Diese Namen hatten für Kapitän Staines, dem es gar nicht einfiel, an die Überlebenden der »Bounty« zu denken, keinerlei Bedeutung.

»Seit wann seid ihr hier?«

»Wir sind hier geboren.«

»Wie alt seid ihr?«

»Ich bin fündundzwanzig Jahre alt«, antwortete Christian, »und Young achtzehn.«

»Wurden eure Eltern durch einen Schiffbruch auf diese Insel verschlagen?«

Christian machte dem Kapitän auf diese Frage ein erschütterndes Geständnis, das in der Hauptsache wie folgt lautete:

Als er von Tahiti unter Zurücklassung von einundzwanzig seiner Kameraden wegsegelte, steuerte Christian, der einen Bericht der Reise Carterets auf der »Bounty« fand, direkt nach der Insel Pitcairn, deren Lage ihm für seine Zwecke besonders geeignet schien. Achtundzwanzig Personen befanden sich damals auf der »Bounty«. Es waren das Christian, der Aspirant Young nebst sieben Matrosen, sechs von Tahiti mitgenommene Eingeborene, davon drei mit ihren Frauen und einem zehnmonatigem Kinde und endlich drei Männer und sechs Frauen aus Rubuai.

Sobald sie die Insel Pitcairn betreten, war es Christians und seiner Gefährten erste Sorge, die »Bounty« zu zerstören, um nicht durch das Schiff verraten zu werden. Freilich beraubten sie sich damit jeder Möglichkeit, die Insel je wieder verlassen zu können, doch erheischte die Sorge für ihre Sicherheit diese Maßregel, zu der sie sich immerhin nur ungern entschlossen.

Die Ansiedlung der kleinen Kolonie verursachte jedoch manche Schwierigkeiten, da es sich um Leute handelte, welche meist nur die Gemeinsamkeit eines Verbrechens aneinanderkettete. Zwischen Tahitiern und Engländern kam es bald zu blutiger Fehde. Im Jahre 1794 schon lebten nur noch vier von den Meuterern. Christian fiel unter dem Messer eines Eingeborenen, den er halb gewaltsam mit hierhergebracht hatte. Dafür büßten wieder alle Tahitier mit dem Tode.

Einer der Engländer, dem es geglückt war, aus der Wurzel einer einheimischen Pflanze ein spirituöses Getränk herzustellen, ergab sich einer maßlosen Trunksucht und stürzte sich zuletzt, während eines Anfalles von Delirium tremens, von einem Uferfelsen ins Meer.

Ein anderer wurde wahnsinnig und packte einst Young und einen Matrosen, namens John Adams, die jenen töten mußten, um sich seiner zu erwehren. Im Jahre 1800 starb Young infolge eines schweren Asthmaanfalles.

Jetzt war John Adams allein noch von den Rebellen übrig.

In seiner Verlassenheit mit mehreren Frauen und zwanzig, aus der Ehe seiner Kameraden mit Tahitierinnen stammenden Kindern, hatte John Adams Charakter eine tiefgehende Umänderung erfahren. Er zählte jetzt erst sechsunddreißig Jahre; seit langer Zeit aber hatte er so viele gewalttätige und blutige Auftritte gesehen und die menschliche Natur in so verderbtem Zustande beobachtet, daß er in sich ging und ein ganz anderer Mensch wurde.

In der auf der Insel erhaltenen Bibliothek der »Bounty« befanden sich eine Bibel und verschiedene Andachtsbücher. John Adams las diese häufig, bekehrte sich, erzog die junge Generation der Insel, als deren Vater er sich betrachtete, nach den besten Grundsätzen, und wurde – eine natürliche Folge der Verhältnisse – der Gesetzgeber, Oberpriester und sozusagen der König von Pitcairn.

Bis zum heutigen Tage verließ ihn aber eine gewisse Unruhe nicht. Als sich ein Schiff im Jahre 1795 Pitcairn näherte, verbargen sich die vier Überlebenden der »Bounty« in unzugänglichen Wäldern und wagten sich erst nach dem Verschwinden jenes Fahrzeuges wieder an das Tageslicht. Ebenso geschah es 1808 bei der Landung eines amerikanischen Kapitäns an unserer Insel, der einen Chronometer und eine Boussole mit wegnahm, die er der englischen Admiralität zustellte, welche diesen Überresten der »Bounty« indes keine sonderliche Beachtung schenkte. Freilich hatte diese jenerzeit in Europa wichtigere und höchst ernsthafte Aufgaben.

So lautete der Bericht der beiden Eingeborenen, von Vaterseite zwei Engländer, denn der eine war Christians, der andere Youngs eigener Sohn, an den Kapitän Staines; als letzterer aber auch John Adams zu sehen wünschte, weigerte sich dieser, an Bord zu kommen, bevor er nicht wüßte, was mit ihm geschehen werde.

Nachdem der Kommandant den beiden jungen Leuten versichert, daß John Adams, da seit der Meuterei auf der »Bounty« fünfundzwanzig Jahre verflossen, schon durch Verjährung des Verbrechens geschützt sei, ging er selbst ans Land und sah sein Boot daselbst von einer aus sechsundvierzig Erwachsenen und einer großen Menge Kinder bestehenden Bevölkerung empfangen. Alle erschienen groß und kräftig, von ausgesprochenem englischen Typus; die jungen Mädchen blendeten durch ihre außerordentliche Schönheit, und ihr bescheidenes Auftreten verlieh ihnen noch besonderen Reiz.

Die auf der Insel geltenden Gesetze waren sehr einfacher Art. Ein Register enthielt das Verzeichnis über die von jedem einzelnen geleistete Arbeit. Geld kannte man nicht; alle Geschäfte wurden durch Tauschhandel erledigt, doch betrieb man, wegen Mangels der notwendigen Rohprodukte, keinerlei Industrie. Als Kleidung trugen die Einwohner große Hüte und weite Gewänder aus einer Art Bast. Fischfang und Ackerbau bildeten die Hauptbeschäftigungen. Ehen durften nur unter Adams Einwilligung und auch nur dann geschlossen werden, wenn der Mann ein hinreichendes Stück Land kultiviert und bepflanzt hatte, das seiner zukünftigen Familie hinreichenden Lebensunterhalt zu gewähren versprach.

Der Kommandant Staines stach, nachdem er alles Wissenswerte über diese, in verlassener Wasserwüste des Stillen Ozeans verlorene Insel gesammelt, wieder in See und ging nach Europa zurück. Seit jener Zeit hat der ehrwürdige John Adams seinen wechselvollen Lebenslauf nun auch beschlossen. Er starb im Jahre 1829 und erhielt einen Ersatzmann in Reverend George Nobbs, der auf der Insel das Amt des Pfarrers, Arztes und Schullehrers bekleidete.

Im Jahre 1853 beliefen sich die Nachkommen der »Bounty« auf einhundertsiebzig Individuen. Fortwährend nahm die Bevölkerung zu und wurde endlich so groß, daß drei Jahre später ein Teil derselben nach der Insel Norfolk übersiedelte. Viele der Auswanderer sehnten sich aber doch nach Pitcairn zurück, obwohl Norfolk viermal größer, an Bodenerzeugnissen weit reicher war und auch leichtere Existenzbedingungen darbot. Nach zweijährigem Aufenthalt kehrten wirklich mehrere Familien nach Pitcairn zurück, wo sie noch heute in bestem Gedeihen leben.

So gestaltete sich also der Ausgang eines Abenteuers, das einst so tragisch anfing. Zuerst der Zufluchtsort von Rebellen, Mördern und Verblendeten, wurde die Insel Pitcairn unter dem Einflusse der Grundwahrheiten der christlichen Moral und der Erziehung durch einen armen, bekehrten Matrosen die Heimat einer sanften, gastfreundlichen und glücklichen Bevölkerung, unter der sich die patriarchalischen Sitten der alten Zeit lebendig erhalten haben bis auf den heutigen Tag.

COLLECTION JULES VERNE

1. Von der Erde zum Mond
Direkte Fahrt in 97 Stunden 20 Minuten
2. Reise um den Mond
3. Reise um die Erde in 80 Tagen
4. Reise zum Mittelpunkt der Erde
5. Fünf Wochen im Ballon
6./7. Zwanzigtausend Meilen unter dem Meer
8. Abenteuer von drei Russen und drei Engländern in Süd-Afrika
9./10. Abenteuer des Kapitän Hatteras
11./12./13. Die Kinder des Kapitän Grant
14./15./16. Die geheimnisvolle Insel
17./18. Das Land der Pelze
19. Eine schwimmende Stadt
Die Blockadebrecher
20. Eine Idee des Doktor Ox
Meister Zacharius
Ein Drama in den Lüften
Eine Überwinterung im Eis
Eine Mont-Blanc-Besteigung
21. Der Chancellor
Tagebuch des Passagier J. R. Kazallon
22./23. Der Kurier des Zaren
Michael Strogoff
24. Schwarz Indien
25./26. Reise durch die Sonnenwelt
27./28. Ein Kapitän von 15 Jahren
29./30./31. Die Entdeckung der Erde
32. Die fünfhundert Millionen der Begum
33. Die Leiden eines Chinesen in China
34./35. Die großen Seefahrer des 18. Jahrhunderts
36./37. Das Dampfhaus

38./39. Der Triumph des 19. Jahrhunderts
40./41. Die Jangada
42. Die Schule der Robinsons
43. Der grüne Strahl
44./45. Keraban der Starrkopf
46. Der Südstern oder das Land der Diamanten
47. Der Archipel in Flammen
48./49./50. Mathias Sandorf
51. Robur der Sieger
52. Ein Lotterie-Los
53./54. Nord gegen Süd
55./56. Zwei Jahre Ferien
57. Kein Durcheinander
58./59. Die Familie ohne Namen
60./61 Mistreß Branican
62. Das Karpatenschloß
63. Claudius Bombarnac
Notizbuch eines Reporters
64./65. Der Findling
66./67. Meister Antisers wunderbare Abenteuer
68./69. Die Propeller-Insel
70. Vor der Flagge des Vaterlandes
71. Clovis Dardentor
72./73. Die Eissphinx
74./75. Der stolze Orinoco
76./77. Das Testament eines Exzentrischen
78./79. Das zweite Vaterland
80. Das Dorf in den Lüften
81. Die Historien von Jean-Marie Cabidoulin
82./83. Die Gebrüder Kip
84./85. Reisestipendien
86. Ein Drama in Livland
87. Der Herr der Welt
88. Der Einbruch des Meeres
89. Der Leuchtturm am Ende der Welt
90./91. Der Goldvulkan
92./93. Reisebüro Thompson & Co.
94. Die Jagd nach dem Meteor
95. Der Pilot von der Donau
96./97. Die Schiffbrüchigen der Jonathan
98. Wilhelm Storitz' Geheimnis
99./100. Cäsar Cascabel